仮面夫婦のはずが、エリート専務に子どもごと溺愛されています

小田恒子

Tsuneko Oda

Eternity
BUNKO

目次

仮面夫婦のはずが、エリート専務に子どもごと溺愛されています　5

書き下ろし番外編
知らなかった真実　331

仮面夫婦のはずが、エリート専務に
子どもごと溺愛されています

プロローグ

六月第一週の某日、日曜日。

来週土曜日に開業する、高宮《たかみや》グループのホテル内にあるチャペルで愛を誓い合う一組のカップル。

新郎はとても背が高く、軽く百八十センチはあるだろうか。顔立ちも整っており、バランスの取れた体格をしている。

威風堂々とした佇まいに眉目秀麗《びもくしゅうれい》の言葉がぴったりな男性だ。

そう、これが私の夫となる高宮雅人《たかみやまさと》、三十四歳。

切れ長の目には目力があり、見つめられるだけで萎縮してしまいそうだ。キリッとした眉は形が綺麗に整っており、その目力と同じく威圧感がある。スッと通った鼻筋は高すぎず、低すぎず。唇も厚すぎず薄すぎず。全てがまるで彫刻のように整っている。

学生の頃、モデルとして活動していたこともあり、彼の名は広く知れ渡っていた。一時期は、メディアでもイケメン御曹司として取り上げられていたほどだ。

今でも時折、彼の記事を目にする機会がある。主にホテル経営に関するもので、彼が会社の広告塔のような役割を果たしているせいか、彼の父である会長や社長である兄よりも露出が多い。

今日は自分自身の結婚式ということで、額《ひたい》を出すように髪型もセットされているけれど、普段は前髪を下ろしている。やはり何を着ても、どんな髪型をしても、過去のモデル時代を彷彿とさせてサマになる。

そして、その隣に並ぶのは、今日から彼の妻となる私、今井文香《いまいあやか》、三十一歳。動物に例えるとたぬきのような童顔で、実際の年齢よりも若く見られることが多い。

ウエディングドレスは、きっと全ての女性を素敵に輝かせてみせるのだろう。それこそ誰もが不思議な魔法にかかったプリンセスになれる、唯一無二の最強のアイテムだ。

今日の挙式は極秘で執り行われており、参列しているのは身内とごく一部の事情を知る人だけだ。

普段の私を知っている参列者も、今日、このような晴れの日に、私の着飾ったこの姿をうっとりとした眼差しで見つめているのがわかる。

身にまとったドレスはAラインが綺麗なロングドレスで、細部にまでレースの細工が施されたとても素敵なデザインだ。ふんわりとした裾もかなり長く、うっかり踏んづけて汚してしまったらどうしようと内心ビクビクしているけれど、きっと緊張で顔が強張《こわば》っているせいか、そんなことを私が考えているとは誰も思わないだろう。

今日の私の化けっぷりには、きっとみんなが驚いている。

そしてこの変わりように誰よりも一番驚いているのは、間違いなく夫である高宮だろう。

今から私たちは、祭壇の前で、挙式に参列している皆の前で、偽りの愛を誓う。

高宮も私と同罪だ。

――だって私たちは、もともと愛し合ってなどいないのだから。

なぜ、私たちがこんな茶番劇を演じることになったかは、半年前まで遡《さかのぼ》らなければならない。

第一章

――半年前の十二月某日。

その日は珍しく朝から冷え込みが厳しく、昼過ぎから粉雪がパラついていた。

来月三歳の誕生日を迎える一人娘、史那《ふみな》のクリスマスプレゼントと誕生日プレゼントは何にしようかと、私は昼休みにスマホでおもちゃを検索していた。

私は飲食業界大手のサワイグループの経理部で派遣事務員をしている。

娘を妊娠していることがわかったとき、それまで勤務していた銀行を退職し、一人でこの子を育てることを決意したのだ。

私の妊娠は、世間からは好奇の目に晒されることだろう。

――なぜ私の妊娠がみんなに受け入れられないと思うのか。

それは、この子には父親がいないからだ。

そんな環境の中で職場復帰をしても、陰で何を言われるかわからない。私だけならまだしも、不躾《ぶしつけ》な言動が娘にまで及ぶのは耐えられなかった。

この子を守れるのは私だけ。そう覚悟ができてからは、退職にも不思議と迷いはなかった。

娘の父親について、私は誰にも話をしたことはないし話すつもりもない。

ただ、これだけは言える。

この子の父親は決して不誠実な人間ではない。

たった一度の行為だったけれど、彼は私に史那を授けてくれた。

それだけで、私は充分だった。

シングルマザーになる道を選んだ私は、ボーナスが支給されるギリギリの十一月末まで銀行に在籍した。有給休暇は、妊婦健診に充てていたのでほとんど残っていない。

幸いにもつわりは軽く済んだ。信頼できる上司に妊娠していることを話すと、私の身体のことを考えた上で、負担の少ない部署に異動させてもらえた。そのおかげもあり、マタハラに遭うこともなく、退職まで円満に過ごすことができた。

実家の両親に妊娠を告げると、驚きのあまり父は口を聞いてくれなくなったけれど、母はあれこれ親身になってくれた。なんとか無事に史那を出産してからは、孫可愛さに態度が一変した父が我先にと史那の世話を焼いてくれるようになった。

まだ時々は子どもの父親について話題に上《のぼ》ることもあるけれど、それは相手が史那の存在を知ったら、それこそ史那を取られてしまうのではという思いからの発言らしく、今ではもう孫ラブなジジババと化してしまった。

だから私も安心して一年間子育てに専念することができたし、仕事復帰にしても両親がこうして私のフォローをしてくれているので、大変感謝している。

でも、子持ちの女性が一度離職してしまうと、再就職は難しいのが現実だ。

元銀行員という経歴は、再就職には優位な肩書きだと思っていたけれど、私がまだ一歳にもならない子を育てるシングルマザーと知った途端、てのひらを返すような態度を取る面接官もいた。そんな会社に当たると、メンタルがやられてしまう。

このご時世でもこんな人がいるんだと思うと、悲しくなる。

でも生活のため、史那のためにも落ち込んではいられない。

転職サイトなどで、条件の合う会社を探しては応募したけれど、全敗だった。さすがにすんなりとは立ち直れなかった。両親は、史那がもう少し大きくなるまで家にいてもいいと言ってくれるけれど、甘えてばかりはいられない。

これから先、史那にお金がどれだけかかるかわからないのだから。

将来、娘にやりたいことができたときに、経済的な理由で断念させないためにも、早く仕事を見つけなければ……。

退職前に、当時の上司からも、退職ではなく様々な制度をフルに使って復職すべきだと強く勧められた理由がここにあったのだと理解したが、あとの祭りだ。それに私は、退職したことについて後悔はない。だからこそ、新しい生活を始めるに当たって気持ちを切り替える。

そんなときに私に手を差し伸べてくれたのが、ママ友である智賀子《ちかこ》さんだった。

智賀子さんと私は通院していたクリニックが一緒で、よく妊婦健診の時間が重なり顔見知りだった。そんなある日、待合室での待ち時間中に言葉を交わし、私のほうが先に出産するからと色々教えてほしいと言われ、連絡先を交換したのがきっかけでお付き合いが始まった。

私の出産予定日は一月二十日で、智賀子さんは四月二十五日。

子どもの学年は違うけど、同じ干支になるし、お互い同じ女の子のママであることもあり、自然と仲良くなった。

そして私は娘を一月十八日に、智賀子さんは四月三十日に女の子を出産した。

出産後も、子どもの病院や育児についての相談や愚痴、お互いが色々と家族に言えないことを話したりして、心のよりどころのような存在になっていた。

智賀子さんとの交流を持つにつれ、智賀子さんのご主人とも面識ができて、時々私たち親子がお家に遊びに行くと、史那のことも可愛がってくれていた。

史那が一歳となり、改めて本腰を入れて就活を始めたものの、相変わらず手元に届くのは不採用通知ばかり。

シングルマザーに世間は冷たいと智賀子さんにも愚痴をこぼしていたところ、なんと彼女が再就職の手を差し伸べてくれたのだ。智賀子さんのご主人の実家は、飲食業界でも大手の会社を経営しており、そこでまずは派遣で働いてみないかと声をかけてくれたのだった。

子どももまだ小さいし、フルタイムで働くと慣れるまでは身体も大変だろうからと、まずは正規雇用にこだわらずに派遣で働くことを勧めてくれた。

そして派遣で数年働いて勤務実績を作り、勤務に問題がなければ、中途枠で数年後にそのまま正規職員としての登用も可能だと、シングルマザーの私には願ってもいない最高の条件を提示してくれたのだ。

帰宅後、早速両親に相談すると、史那のことは面倒を見るから、心配しないで頑張ってみなさいと就職に後押しをしてくれた。母子家庭であっても、同居の家族がいる場合、子どもを見てくれる人がいるからと保育所には断られる。けれど、両親が全面的に私の再就職を応援してくれるなら安心だ。

私は智賀子さんのご主人に言われる通り、サワイが契約している人材派遣会社に登録し、手順を踏んで現在に至る。

昼休みも気がつけば残りわずかな時間となり、私のスマホのアラームが鳴った。

何かに集中していると時間を忘れてしまうので、先ほど昼休みにお弁当を食べる前にアラームをセットしたのだ。

アラームを止めてスマホの画面を消したところに、先輩社員の村上《むらかみ》さんが声をかけてきた。

「娘さんへのプレゼント、決まった？」

村上さんは私よりも少し年上の二児の母で、お子さんは二人とも女の子だ。

「いえ、まだです。うちは誕生日が一月だから十二月のクリスマスと続けて二つ用意しなくちゃならなくて……」

私の返事に頷いている。

「この時期の出費は痛いよね、うちも子どもが二人でしょう。欲しい物を聞いてもすぐに言うことが変わるし、二人とも同じ物を渡さないとケンカになるし、もう大変」

たしかに二人になると、育児の大変さも度合いが違うだろう。

「でも、娘の喜ぶ顔を見るとこっちも嬉しくなるからね、仕方ない。私たちも親に同じようにしてもらってたんだからね。あ、それはそうと、さっき黒川《くろかわ》くんが今井さんのこと探してたよ？　またそのうち何かのノベルティ持ってくるんじゃない？」

村上さんは言葉の後半からニヤニヤしながら私に問いかけた。

黒川くんとはサワイの営業部に所属する男性社員で、私が経理に配属されたその日に、処理日を過ぎた出張旅費の伝票を持ち込んで、村上さんにこっぴどく怒られた人だ。子犬のような印象で、きっと弟がいればこんな感じなのかな、と思う。

聞くとまだ二十代の若い社員さんで、この時に初めて言葉を交わしてから、時々取引先の会社からもらったという非売品のメモ帳やボールペンなどをくれるようになった。私がシングルマザーであることを誰かに聞いてからは、史那が喜びそうな、コンビニのジュースについているおまけなど、ちょっとした物をくれるようになっていた。

ありがたいけど、何だかそのたびに気を遣わせているようで申し訳なく思ってしまう。村上さんはそんなの気にせずに受け取ればいいと言うし、黒川くん自身もきっとそんなふうに思っていないのだろうけれど、こうも頻繁《ひんぱん》に色々な物をもらうと、私のほうがどうしても気にしてしまうのだ。

黒川くんは普通にいい子だと思う。でも、それ以上の感情はない。

けれど最近、経理部のみんなは黒川くんと私をくっつけようと、わざと黒川くんの話題を振っては私の反応を見ようとしている節がある。村上さんにしてもそうだ。悪い人ではないがちょっとお節介なところもあり、仕事面では助かるけれど、プライベートな面でのお付き合いは遠慮したい。

村上さんも二児の母。自身も子育てをしているからこそ、一人で子どもの世話をするのは大変だとの前置きをされた上で、だからこそ子どもには父親がいたほうがいいのではないかと言われたこともある。けれど、それは周りが決めることではない。私自身が決めることだから本音は隠しているのに、割とあからさまにそのようなことを口に出されることもあり、正直困っている。だから私もちょっと素っ気なく返事をした。

「業務に関することじゃないなら、こちらから連絡する必要はなさそうですね」

村上さんは、今井さんは相変わらず塩対応ねと笑いながら、自分の席へと戻っていった。

きっと村上さんも悪気はないのだと思いたい。私には黒川くんだけでなく他の男性社員に対してもそんな気はないことは見ていてわかっていると思うのに……。

何でもかんでもオフィスラブだのゴシップネタに持っていこうとするのではなく、純粋に私に恋愛をして、史那にも新しい父親を……と、暗に伝えようとしていることも頭ではわかっている。でも今は、そんなことを考えている余裕なんてない。

周囲に気づかれないように小さく溜息を吐き、スマホの画面に表示されている時刻を確認した。昼休みの時間も残りわずかだ、そろそろ私も仕事モードに切り替えなきゃ。

私はスマホをバッグの中にしまうと、机の上の伝票整理を始めた。

年末が近いせいもあり、経理はいつの時期もなかなか暇な時間がない。

常に経費の支払いが適正かどうか、領収書はきちんとあるか、様々な部署からの請求書や領収書が回ってきて神経を使うから仕事が終わるとドッと疲れが出る。両親のフォローがなければ、こんなに早い時期の社会復帰なんて無理だったとつくづく思い知らされる。

父はまだ現役で働いているけれど、母は現在専業主婦なので、史那の世話も日中は母に任せっきりで負担をかけてしまっている。何かと二人に迷惑をかけているので、十二月の給料は史那のプレゼントのほかに、両親へのプレゼントを用意しよう。家族の笑顔を思い浮かべながら、仕事に取りかかった。

現在、私は派遣社員なのでいくら忙しくても残業ができない。

仕事が片づかない場合、翌日に繰り越せるならまだいいほうで、下手したら他の人に皺寄せが出て迷惑をかけてしまう。

派遣社員の仕事は、いかに効率良く、制限時間内に仕事を正確に処理するかにかかっている。

今頑張って評価してもらえたら、史那が幼稚園に上がる頃には正社員登用も夢ではない。

だからこそ、私はそれを目標に日々努力を重ねている。

――そんな私の平凡ながらも幸せな生活が、まさかあの人との出会いで一変することになるとは、このときの私には想像もつかなかった。

そう、あの人――それが、私の夫となる高宮雅人との再会だった。

第二章

夫となる高宮と再び出会ったのは、クリスマスが近いある日のことだった。

この日も定時で仕事が終わると、私は史那を連れて智賀子さんのお宅へお邪魔することになっていた。

日頃史那を構ってやれない分、休日はべったりな私たちだけど、この日はサワイの専務である智賀子さんのご主人が出張で不在のため、晩ごはんを食べにこないかとお誘いを受けていた。仕事が終わる時間に母に史那を会社近くのコンビニに連れてきてもらい、史那と一緒に智賀子さんの家へ遊びに行く段取りだった。

翌日は土曜日で仕事も休み、久々の女子会だと盛り上がっていた私たち。

史那も、何度か一緒に遊びに行ったことのある智賀子さんの家と聞き、訪問を楽しみにしていた。

智賀子さんの娘、愛由美《あゆみ》ちゃんは史那よりも少し言葉が遅くまだまだしっかりと話せないものの、意思の疎通が図れるようになってからは毎日が楽しそうだ。

史那も自分と歳が近い愛由美ちゃんに会えるのが楽しみらしく、智賀子さんの家に遊びに行くと伝えると、毎日「はやくきんようびにならないかな」と口にする。

女の子はおしゃべりが早いと聞いていたけれど、史那も例外ではなく、最近は毎日がとてもにぎやかだ。私は就業時間中、必ず定時で上がれるように、いつも以上に仕事を早く片づけた。そして、約束の場所に向かう。

コンビニの駐車場で、母と史那が車の中で待っており、私の姿を確認した二人が車内から出て来た。

「ママ、おかえりーっ！」

史那が大きな声をあげて私に駆け寄ってくる。全身で喜びの感情を伝えてくれる史那が可愛くて堪らない。

私は、目線を史那の高さに合わせるためにその場に屈《かが》むと、勢いよく飛びつく彼女を抱き留めた。

「ただいま、史那」

お互いギュッと抱き合い、視線が合うと、どちらからともなく笑顔が溢れる。

「お母さん、ありがとう」

史那を抱っこして母にお礼を告げると、母はあまり遅くならないようにと私たちに釘を刺した。最近寒さから史那の生活リズムが崩れており、朝なかなか起きないのだ。多分夜更かしをさせたくないのだろう。

私が史那につきっきりになれない分、そこは母任せで口は出さないように気をつけている。でも、せっかくお友達の家へ遊びに行くので今日だけは大目に見てもらおう。夕方のお出かけなのだから仕方ない、と言い訳しよう。

私は史那を下ろして手をつなぎ、バス停へ向かった。

史那も、バスに乗ることを楽しみにしている。

バス停に到着すると十分ほど待ち時間ができたので、私は史那と一緒に寒さを紛らわせるために歌を歌った。テレビ番組で流れているアニメの歌や童謡……史那が知っている曲はまだまだ少ないけれど、一緒に歌っているとバスが到着した。

「バスの中では静かにしていようね」

母が用意してくれていた絵本を取り出して、史那の気を引いた。

他の人の邪魔にならないように、史那を膝の上に抱っこして一緒に絵本を見たり、車窓から見える景色を眺めたり……いつも乗っている我が家の軽自動車よりも目線が高いからか、見えるものすべてが新鮮に映り、史那はいつも以上にご機嫌だ。

なんとか無事グズることなく目的地まで到着すると、私は智賀子さんに連絡した。

愛由美ちゃんも楽しみに待っていてくれるとの返事を史那に伝え、史那も嬉しそうに智賀子さんの家へと向かった。


智賀子さんの部屋でごはんを食べながら色々な話で盛り上がっていると、突然インターホンが鳴った。

時刻は十九時少し前。専務は出張のはずだった。この時間の来訪者なんてまず考えられるのは、宅配業者の人だろうか。智賀子さんがモニターで相手を確認すると、玄関へと向かった。

何やら話し声が聞こえるけれど、私は史那にごはんを食べさせながら愛由美ちゃんの相手をしていたので、来訪者が誰かはわからない。そうこうしていると、智賀子さんとその人が一緒に部屋に入ってきた。

その瞬間。私はその人の顔を見て絶句した。

……なぜ、あの人がここにいるの？

私の心臓はまるで何かに締めつけられたかのように苦しくなる。こんな寒い季節なのに、冷や汗が止まらない。

……待って、落ちつかなきゃ……

きっと彼は私に気づいていない。

それにしても私が彼の目の前から姿を消してから四年の歳月が流れているのに、彼はあの頃と全然変わらない。それどころか、あの頃よりも大人の色香が漂《ただよ》っている。

「ママーっ、あーん」

史那のごはんをねだる声で我に返った私は、史那に視線を戻し、史那の世話をする。

この行動は、決して不自然ではないはずだ。

私は史那の口にスプーンを近づけ、きちんと口の中にハンバーグが入ったのを確認すると、手近にあるふきんで史那の口元を拭った。そんな私の行動を、彼は入口から眺めている。

智賀子さんと一体どんな知り合いで、なぜここにいるのだろう……

動揺しているのを悟られないように気をつけながら、史那の世話に集中しているふりをする。そして史那もお腹を満たし、ごちそうさまを言うと、突然目の前に現れた男のないかもしれない。まさか目の前にいるこの人が自分の父親だと思ってもいない史那は、私にぴったりとくっつきながらも彼のことが気になっているのが分かった。

愛由美ちゃんも智賀子さんの抱っこでご機嫌を取っている。愛由美ちゃんはまだ食事中だけど、目の前にいる彼のことが気になって、でもお腹が空いて、食べることに集中できないでいる。

しばらく様子を見ていたけれど、愛由美ちゃんも器で遊び始め、そのタイミングで智賀子さんが口を開いた。

「雅人さん、バタバタしててごめんなさいね。ちょっとここは落ち着かないでしょうから、こっちで話をしましょう。文香さん、こちら、高宮雅人さん。雅人さん、こちら、お友達の今井文香さんと娘の史那ちゃん。ちょっとコーヒー淹れてくるね」

そう言って、智賀子さんはキッチンへと向かった。この場に私と史那、愛由美ちゃんと彼を残して……

高宮グループ――

国内のホテル業界シェア上位に君臨するホテル王で、最近では建築物件の耐震強化に取り組んでおり、その独自の手腕で手堅い経営を続けている。

彼、高宮雅人は高宮グループ会長、高宮和成《かずなり》の息子で、現在専務として経営に携わっている。雅人の兄である直人《なおと》は社長に就任。一族経営の会社ではあるけれど、そのカリスマ性に役員従業員一同、平伏している。

　そんな私とは住む世界の違う人が、なぜこの場にいるのかはわからない。それに智賀子さんとの関係性も。私は史那を抱っこしたままその場から動けないでいた。

　愛由美ちゃんは、智賀子さんの後追いをしてキッチンに向かって歩いていく。それを彼は上手に気を引き、智賀子さんのほうへ行かせないようにあやしながら相手をしている。彼の子どもを見つめる眼差しは、意外にもとても優しい。子どもが好きなんだということが伝わってくる。

　子どもの相手、上手だな……

　私は彼の言動を眺めていた。

　しばらくしてコーヒーの香りが部屋に漂ってきたので、私は智賀子さんの消えたキッチンに目線を移した。智賀子さんが、トレイにコーヒーと子どもたち用に紙パックのジュース、クッキーを用意していた。

　智賀子さんが私と彼が向かい合わせになるようにそれらをセットすると、リビングスペースに私たちは誘導された。

　木目のローテーブルの隣に子どもたち用のベビーチェアをセットして、史那と愛由美ちゃんも一緒に席に着いた。幼児用のお菓子を少し出して、子どもたちのご機嫌を取りながら、智賀子さんが口を開いた。

「文香さん、黙っていてごめんなさい。今日、文香さんをうちにお呼びしたのは、雅人さんを紹介したかったからなの」

そう言って、智賀子さんはまず私に詫びを入れた。

意味がわからなくて固まっている私に、智賀子さんは一つずつ、私に理解できるように説明する。

「こちらの雅人さんは、私の親戚に当たる方でね。親戚といっても本当に遠い血縁関係だから、実家の方もお付き合いとかはなかったんだけど、主人の友人だったこともあって、主人と結婚してからは今では家族ぐるみでのお付き合いなの」

智賀子さんのご主人も大企業の御曹司だから、似たような境遇の彼と接点があってもおかしくはない。

でもまさか、そんな親密な間柄だったなんて……

そのような接点から私と繋がるなんて、思ってもみなかっただけに驚きが隠せない。

それに、家族ぐるみでのお付き合いならば、なぜ今日、わざわざここに一人で来るのか……

私の疑問が顔に出ていたのだろう。ここで彼が初めて口を開いた。

「家族ぐるみは沢井家のことで、私はまだ独身です」

彼の言葉に、私は再び固まってしまった。

「以前、親が勝手に決めた婚約者がいた時期もありましたが、色々あって破談になりまして……」

彼はそこで一度言葉を切り、まっすぐ私に視線を向けた。

「うちもそれなりの規模の会社を経営しているから、後継者問題やら何やら過去には色々ありました。最近やっと落ち着いてきたところに、私の花嫁問題が再浮上しまして……」

現会長である彼の父親が体調を崩して、社長の席を長男であり彼の兄である直人氏に譲ったのが、今からおよそ二年前。ホテル王の世代交代はニュースに取り上げられたから、世間でも知られている。

現社長にあたる彼の兄の直人氏は、社長就任前に元国会議員で某大臣経験者の孫娘との政略結婚で後継ぎ予定の子どもも生まれており、会社の将来は安泰だと週刊誌の記事で読んだ記憶がある。

今、目の前にいる彼に関しても、たしかに以前、婚約者がいたのも知っている。なぜ別れたのかは知らないけれど……。

「そこで今回智賀子さんにお願いして、このような形であなたとの接点を頂いた次第です。……今井さん。期間限定でも構いません。どうか私の花嫁役を演じてもらえないでしょうか？」

彼の突拍子もない発言に、智賀子さんも私と同じで困惑している。少なくとも、彼が何を考えているかわからないといった雰囲気だ。きっと智賀子さんも、彼に何かしらうまく言いくるめられて私をここに呼び出したのだろう。どうやら智賀子さんにだまされたわけではなさそうだ。

「私に近寄ってくるのは、実家の財産目当ての打算的な女性ばかりで、正直ウンザリしています。もともと親が勝手に婚約を決めた相手については、私自身恋愛感情は全く持てず、なかなか身を固めない私に親や先方が強硬手段に出たので説き伏せるにもそれなりに時間がかかりました。私がこのままずっと独身を貫いたほうがいいのは、充分承知しております。しかし周りがそれを許してくれない。そこで、智賀子さんのお友達で独身の、口が固くて信頼できる人がいたら紹介してほしいとお願いして今に至ります」

彼の話を聞いて、ますます私も智賀子さんも困惑している。事情は理解したものの、なぜ私なの？　智賀子さんのお友達で信頼できる人なら、きっと他にもいるだろう。

それよりも、彼は本当に私のことに気づいていないのだろうか。それとも、気づいていて敢えて知らない振りをしているのか。一体、何の意図があってこんなことを言い出すのか……

たしかに私は独身だけどシングルマザーだし、シングルマザーへの偏見や風当たりが強いのは私自身が身をもって経験している。そんな私が高宮家の花嫁だと、それこそ彼に迷惑をかけてしまうに違いない。

おそらく私と同じことを考えていた智賀子さんがおもむろに口を開いた。

「たしかに私は、雅人さんに『独身で口が固くて信頼できる人を紹介してほしい』と言われて、今ここにいる文香さんが思い浮かんだけど……申し訳ないけど、そんな事情なら紹介はできない。あなたのバックには高宮グループがあるんだよ？　文香さんだけでなく、史那ちゃんまで世間の目に晒すような真似はできない」

智賀子さんの声色はいつもと違って怒気《どき》を含んでいる。

母である智賀子さんの、いつもと違うただならぬ雰囲気に、愛由美ちゃんがグズり始めた。

智賀子さんも慌てて愛由美ちゃんを抱っこする。

「びっくりさせてごめんね。あゆちゃんに言ったんじゃないよ、大丈夫だからね」

愛由美ちゃんは智賀子さんにしがみついて離れそうにない。

智賀子さんは少し席を外すと言って、愛由美ちゃんを抱っこすると隣の部屋へと移動して、この場には彼と私と史那の三人が残された。史那も愛由美ちゃん同様に驚いて私にしがみついている。

私は史那を膝の上に抱き彼を見つめると、彼は何とも言えない表情を浮かべている。

「……たしかに智賀子さんの言う通り、私のバックには高宮の名前が常につきまといます。史那ちゃんの存在を考えると、今回の話をお願いするべきではないとは思います。でも……もし、今回の件を承諾して頂けるなら、私は全力であなた方親子を守ります」

彼の態度に嘘は混じっていなさそうだけれど、こればかりは私にはわからない。

智賀子さんが反対した理由は、きっと自分も一般家庭の出身だから、もし仮にこの話を私が受けた場合、後々苦労するのがわかっているからだ。

彼ならきっと有言実行で私たちを守ってくれるだろう。でも、彼の家族や親戚の人たちや、高宮家を取り巻く環境はどうだろうか。私だけならともかく、史那に対して理不尽な態度を取られるようなら……ましてや私の目の届かないところで史那が嫌な思いをするようなことがあるならば、私の答えは一つだけだ。

「高宮さんの事情はわかりました。でも、この通り私には娘がいます。史那のことは、ご家族の方にどう説明されるおつもりでしょうか？」

史那は自分の名前を呼ばれたことで、私と彼の間を交互に見つめている。

「それは問題ありません。もし承諾頂けるなら、あなた方親子に関して親戚一同、文句は言わせません。お約束します。……今井さん、お願いできないでしょうか」

まるで土下座することすら辞さない勢いで頭を下げる彼に、史那が不思議そうな顔をする。

「ママ、なんでこのおじちゃんあやまってるの？」

彼が私に頭を下げているのが、史那には謝罪しているように見えたのだろう。私は史那にそうじゃないと言うものの、どのように説明すればいいのかわからない。

そんな史那に向かって、彼が声をかけた。

「はじめまして、史那ちゃん。おじちゃんが、君のパパになってもいいかな？」

唐突な彼の申し出に、史那は一瞬キョトンとしたものの、愛由美ちゃんや児童館で会うお友達には父親がいるのに、自分には父親がいないことをやはり寂しく思っていたのだろう。史那の顔に笑顔が浮かんだ。

「おじちゃんがふみなのパパ？　おじちゃん、ママのことすき？」

史那の問いに、彼は答えた。

「うん、好きだよ。だからおじちゃんは、史那ちゃんと史那ちゃんのママと、家族になりたいんだ。史那ちゃん、おじちゃんが君のパパになってもいいかな？」

史那が『ママのこと好き？』の問いに、すんなりと『好きだよ』と返事する彼の真意がわからない。だからまだ、彼の言葉を鵜呑みにしてはいけない。

彼が史那の目線に合わせて話をする。

史那は驚きの表情を見せたものの、パパになりたいという言葉に喜びを隠せない。

「ほんとうにふみなのパパになってくれるの？　あのね、あゆみちゃんにはパパがいるのに、ふみなにはいないの。ふみな、いいこにしてるのに。クリスマスプレゼントで、サンタさんにパパをおねがいしても、ママがそれはむりだっていうの」

史那の返事に私は思わず口を挟みたくなるものの、もう手遅れだ。史那はすっかりその気になってしまっている。追い打ちをかけるかのように、高宮が史那に語りかける。

「史那ちゃん、いいこにしてるの？　じゃあ、おじちゃんが史那ちゃんのパパになるって約束するよ。おじちゃんは、君たちを泣かせるようなことはしないし、何があっても守ってみせるから」

そう言うと、史那の目の前に小指を立てて出してきた。

「ちょ、ちょっと待って下さい！　勝手なことをしないで‼　私はまだ承諾もしていないのに、何で史那にそんなことを言うんですか？　史那に取り入ってその気にさせるなんて卑怯じゃないですか⁉」

私の言葉なんて無視して彼は史那と指切りげんまんをしている。史那と約束を交わした後、改めて私に向かって口を開いた。

「今、史那ちゃんにも約束しました。私は何があってもあなたたちを守ります。子どもの前で嘘なんて吐かないし、この言葉に嘘偽りはありません。突然こんなことを言われて困惑するのは充分承知でお話をしております。もしよろしければ、一度きちんと考えてみてもらえないでしょうか」

高宮が何を考えているかわからない。口ではそんな甘いことを言って、また裏切るのではないかと思わずにはいられない。そう、『あのとき』のように。

子どもの目の前でこんなことをいけしゃあしゃあと言ってのける彼に対して、腹の底から怒りが込み上げてくる。それなのに、私は何も言えなかった。こちらを見る高宮と、史那の顔が、あまりにも似すぎていたから。そう——彼こそが、史那の『父親』なのだ。

愛由美ちゃんが落ち着いたのか、智賀子さんに抱っこされて一緒に戻ってきた。

愛由美ちゃんはもう泣いてはおらず、でも手にはベビー用のおせんべいがしっかりと握られていた。

智賀子さんが席に戻ると、彼はおもむろに口を開いた。

「今、史那ちゃんにはパパになってもいいと言ってもらえたから、今井さんの返事待ち。今井さん、連絡先を交換してもらえますか？」

先ほどのやり取りを智賀子さんは知らない。知ればきっと智賀子さんも私と同じく怒りの感情をあらわにするだろう。でも今ここでそれを伝えると、せっかく愛由美ちゃんも落ち着いたところなのに再びグズグズになるのは目に見えている。これ以上智賀子さんを巻き込むわけにはいかない。それに、最初に彼の口から『期間限定』の言葉が出たのだ。詳細を聞くためにもやはりもう一度改めて会って話をする必要がありそうだ。

私はいろんな言葉が溢れ出しそうな自分の感情を抑えてバッグの中からスマホを取り出すと、連絡先を交換した。

連絡先交換が終わったら、彼は最初から長居をする気はなかったらしく、席を立つと智賀子さんが見送りのために後に続く。史那は彼がパパになる約束を交わしたばかりなのに帰って行くことに驚き、智賀子さんの後を追って玄関へと駆けていく。私は一人、リビングでその様子を茫然《ぼうぜん》と眺めていた。

玄関先で話し声が聞こえるものの、暖まった室内の空気を逃がさないために閉ざされたリビングの扉がその声を遮って、こちらには何を話しているかは聞こえない。高宮が千賀子さんの家を出て少ししてから、智賀子さんと愛由美ちゃん、史那が戻ってきた。智賀子さんが有料動画配信チャンネルで子ども向けのアニメ番組をつけて、子どもたちの気を逸《そ》らせている間に、大人同士で話をする。

「まさか雅人さんの話があんなことだったなんて……文香さん、嫌な思いをさせてごめんなさい」

智賀子さんは私に深々と頭を下げた。

「そんな、智賀子さん、頭を上げて。内容なんて知らなかったんでしょう？　たしかにびっくりしたけど……」

「私自身が普通の家庭から沢井の家に嫁いで来て、夫や夫の両親、夫の姉夫婦には可愛がってもらってるけど、親戚や対外的なお付き合いは本当に苦労してるから……ましてや文香さんには史那ちゃんがいるから、史那ちゃんまで巻き込んでしまうと思ったら口を挟まずにはいられなくて。私が席を外している間に何か変なこと言われたんじゃない？ 本当にごめんなさい」

やっぱり智賀子さんは私のことを考えた上で彼に噛《か》みついてくれたんだ。その気持ちが嬉しかった。

智賀子さんは続けて口を開く。

「大体、そんな大事なことを私の友達に頼もうとするのがまずおかしくない？ そんなの、自分の知り合いに数年契約とかでお願いすればいい話じゃない？ 『高宮専務の妻』なんてポジション、きっと誰もが狙ってるよ。それなら、それを逆手に取って、離婚のときにある程度まとまったお金を渡せばそれで済む話でしょ。まさかそんなことを文香さんに言うような人だと思わなかったの……嫌な思いをさせて、本当にごめんなさい」

たしかにそうだ。

でも彼は、あえて智賀子さんの知り合いで口の固い人という条件を出して私に当たったということは、彼の周りには、本当に信頼できる人がいないのかも知れない。

そう考えると、仮にそんな人の中から誰かを選んで契約結婚をしたとしても、相手が高宮の名前に固執するあまり、離婚後も揉めごとが絶えないなんてことも考えられる。

いや、それよりも史那が彼の実の娘だとわかったら、それこそ私との契約結婚の話はどうなるのだろう。契約満了時、つまり離婚するときに、下手したら高宮家に史那を奪われてしまう可能性もあるの……？　それだけは絶対に避けなければ。史那が彼に懐かなければなんとかなるかも知れないという考えは、現時点での可能性は限りなくゼロに近い。

「さっき、高宮さんからも『期間限定』って言葉が出たから、後日改めて連絡を取ってみようかと思ってるの。からかうにしては手が込みすぎだし、史那にまで取り入られて外堀を埋められて逃げられなくされてしまったら、話だけでも聞いてみないと納得もいかないし……」

「うん、そうだね。でもすぐに返事しなくていいよ。もしかしたら、それまでに適任者が現れるかも知れないし」

私たちはそう言うと、この話を終わらせた。

彼から連絡が来たのは、翌週月曜日の夜。

連絡先を交換した無料通話アプリにメッセージが届いた。

『高宮です。金曜日の夜は失礼しました。もしよろしければ、一度二人だけでお会いしてお話ししたいと思いますが、ご都合はいかがでしょうか？』

絵文字やら顔文字は一切ない、淡々《たんたん》と用件を伝えるメッセージだった。

気がつかなかったとスルーするつもりが、誤って既読をつけてしまったので無視をする訳にはいかないだろう。

あれから数日空いたことで私も多少は冷静に考える時間があり、今回の彼の提案は断る方向で考えが固まっていた矢先のメッセージだ。

史那を理由に断るにしても、実際に会うとまた先日みたいに流されてしまいそうだ。

画面を見つめながら文章を考えている時に、史那が私を呼ぶ声が聞こえ、スマホは一旦放置した。

「ママ、えほんよんでー」

史那はそう言って、最近のお気に入りである絵本を私に差し出した。

ＴＶでも放送されている国民的なキャラクターの絵本で、史那のおもちゃ箱もそのグッズで溢れている。私は絵本を受け取ると、史那の隣に座って一緒にページを開いた。

ある程度一緒に読んで満足したのか、史那も眠そうな素振りを見せたので、絵本を閉じると私は史那を寝室へと連れて行った。入浴も歯磨きも済ませており、そのまま一緒に布団に入ると安心したのか史那はそのまますぐに眠りについた。

私もしばらくの間史那の隣でじっとしていたけれど、熟睡《じゅくすい》したのを確認すると、布団から出て明日の朝の準備をした。

いくら実家で世話になっているとはいえ、家事の全てを母任せにする訳にはいかない。

みんなが使った食器を洗って片づけたり、洗濯物をしまったり、少しでもやれることはやろうと行動を起こす。

私がキッチンで片づけをしていると、物音を聞いた母がやって来た。

「お茶でも淹《い》れようか?」

洗い物が終わり、食器の水気を切ってちょうどふきんで皿を拭き終わったところだった。私は母に声をかける。

「寝る前のカフェインはいいわ。それより、史那ちゃんはもう寝たの?」

母はダイニングの椅子に座って私を見つめている。きっと何か話があるのだろう。

「うん、寝入りは早かったよ。今日は日中何やってたの?」

私は食器棚に器を片づけながら母に聞いてみる。いつもなら寝る前はグズグズになるのに、今日みたいにすんなり眠りに落ちるのは珍しいことだった。

「今日は児童館まで歩いて行ったの。子どもには結構な距離があるから疲れたんだろうね。グズらずにちゃんと歩いてくれたから助かったわ」

児童館は、実家から大人の足で片道三十分は余裕でかかる距離にある。それを母と二人で歩いて往復したとなると、疲れるのも納得だ。

「史那ちゃん体力あるから、夏場はプール遊びで体力消耗させないと身がもたないわ」

母も今日はお疲れの様子で、私は母の向かいの席に座った。

私の家事が一通り落ち着いたのを確認すると、母が切り出す話題は、あのことだった。

「史那ちゃんから聞いたけど、あなた、結婚するの？」

彼が『史那のパパになってもいいか』と言ったことを史那が母に話したのだろう。

「まだどうしようか悩んでる……」

溜息を吐きながら答える私に、母は高宮のことを聞いてきた。

そりゃそうだろう。自分の娘が結婚するかも知れないのだから、相手のことが気にならない訳がない。ましてや、義理の息子になるかも知れない相手だ。自分たちの身内になる人間がどんな人なのか、母だって知る権利がある。

「少なくとも史那ちゃんの口ぶりでは、悪い印象は受けなかったけど、まだ子どもの言うことだから真に受けるわけにもいかないし。お相手はどんな方なの？」

私は、先週金曜の夜の出来事を母にどこまで話をしていいか考えた。契約結婚だなんて、母が聞いたら卒倒するに違いない。なので、契約のことは抜きにして、智賀子さんの家で高宮を紹介され、事情があって結婚を急いでいると話した。話を聞いた母は、困惑の表情を浮かべている。

当たり前だ。

高宮家に嫁《とつ》ぐことになった時の私の苦労は想像もつかないし、そうなった場合、史那にも今のようには会えなくなる可能性だってあるのだから。

「まだきちんと返事はしないほうがいいわね。文香は高宮さんのこと、よく知らないんでしょう？　それに、そんなので仮に結婚しても、うまくいかなかったとき……考えたくないけど、離婚なんてことになったら、史那ちゃんを傷つける可能性だってあるんだよ。文香一人だけの問題じゃない、史那ちゃんのこともあるんだからね」

　母も智賀子さんと同じ意見だ。

「さっき、スマホに一度二人で会ってきちんと話をしたいって連絡があったの。私も史那のことがあるし、ここまで外堀を埋められて逃げ場をなくされた以上、きちんと話を聞いた上で今後のこととか考えたいから、仕事が終わってから一度会ってみようと思ってる。日程が決まったら、その時は史那のことお願いするけどいいかな？」

　私の言葉に母は頷いた。

「きちんと話をしてきなさい。文香の人生だから、自分が納得する答えを見つけるまで、焦らなくていいから。史那ちゃんのこともだけど、文香の幸せも考えなさいね」

　母はそれだけ言って自分の部屋に引き上げて行った。

　私は、母の言葉を噛み締めながら、彼に連絡を取ることを決意した。

　片づけも終わり、私も史那が眠る寝室に戻り、先ほど放置していたスマホを手に、液晶画面を見つめていた。

　彼は自身の花嫁役を探していると言ったけれど……

　もしかして、智賀子さんが紹介する相手が私だと最初からわかっていたのだろうか。

そして、史那が自分の娘であるということも。

彼が史那の父親だということは誰一人として知らないはずだし、私も口にしたことすらない。もちろん、両親や智賀子さんにだって話していない。でも史那の顔を見れば、鋭い人には彼が父親だと気づかれるかも知れない。それに、史那の誕生日を逆算していけば、当然のことながらあの日授かった子だということは彼に一発でバレてしまう。

彼に再会するまでは、みんな史那は私に似ていると言ってくれるし、実際似ていると思っていた。

けれど……

やはり遺伝は隠せない。金曜日に少しだけ顔を合わせただけなのに、何気ない表情が、やはり彼にとても似ていた。史那のことは内緒にしていたから、彼自身、自分に娘がいたなんて思ってもみなかっただろう。

私は彼の資産目当てで出産したわけではない。

純粋に、あの頃の私は彼を愛していた。今だってそうだ。あの頃と何ら変わりはない。

でも、彼の側にいることが叶わなくて、逃げ出したのは私……もし仮に彼が女性不信に陥っているとすれば、それは間違いなく私のせいだろう。でも、そもそも逃げ出す前も、逃げ出してからも連絡をしなかったのは彼なのだ。しばらくの間はずっと連絡を待っていたのに、それすらなかった。最終的に、私は彼に裏切られたのだ。

一体どうすれば……

既読スルーする勇気はなく、でも、できることならば、あちらから今回の話はなかったことにしてもらうように仕向けたい。それか、史那を理由にドタキャンするか……多分その方が角は立たないだろう。私は文面を考えてメッセージを送る。

『夜分遅くにすみません。連絡が遅くなりました。先週と同じく金曜日なら大丈夫ですが、もしかしたら娘の体調次第では、当日に突然お断りしてしまう可能性もありますので、はっきりとお約束は致しかねます。それでもよろしいでしょうか?』

メッセージを送信したのは二十三時前。

さすがに迷惑な時間帯の返信だとは思いながら、スマホをベッドサイドに置いているスツールの上に置いた瞬間、メッセージを受信した。

まさか、彼からの返信……?

私はまだ手に触れているスマホの液晶画面のお知らせ通知画面を見て驚愕《きょうがく》する。

そこには、紛れもなく彼の名前が表示されていた。

画面を開くと既読をつけてしまうので、私はそっとスマホから手を離して史那の眠る布団の中に潜り込んだ。私の気配を感じた史那は、無意識に私のほうへ顔を擦《す》り寄せて何かムニャムニャと寝言を発したかと思うと、私の気配に起きることなくそのまま眠っている。

私は史那がこうして側にいることが何よりの幸せだと痛感《つうかん》する。

何があっても、この子だけは絶対に守らなければ。期間限定の花嫁なんて引き受けたら最後、史那まで巻き込んでしまう。そうさせないためにもこの話はきちんとお断りしよう。そう決意して私は眠りに就いた。

翌朝、五時半にセットしていたスマホのアラームで目覚めたものの、寒くてなかなか布団から出られない。ぼんやりとする頭でスマホのアラームを止め、再び布団の中に腕を入れて暖を取る。隣で眠る史那がふにゃふにゃと柔らかく温かくて、思わず抱き寄せると寝ぼけた彼女のグーパンチを浴びてしまい、しっかりと目が覚めてしまった。

改めて布団の中で思いっきり伸びをしてから、史那を起こさないようにそっとベッドから出ると、スツールの上に置いていたスマホを手に取った。

昨日、彼からメッセージが届いていたので今のうちに内容を確認しよう。

私はスマホの画面を開き、無料通話アプリのメッセージ欄を見た。

ニュースや広告等のメッセージの内容を確認しながら一つずつ消して、最後に彼とのトーク欄を開く。

すると……。

『もちろん史那ちゃんが最優先です。今回のお願いに関しては、史那ちゃんがいてこそのことですので。では、金曜日にまたご連絡させていただきます。おやすみなさい』

文面を読んで、鳥肌が立つ。

『史那がいてこそ』の一文で、彼が史那が自分の娘だと気づいていることを察した。どうにかして逃げ切りたくても、きっと逃げ切れないだろう。それならば……

私は金曜日の夜、彼に会う覚悟を決めた。

彼との約束の金曜日まで、どうやって過ごしたのか正直言って記憶がない。

金曜日が来るのがとても怖い。私たちの運命が大きく動き出そうとしているのは明らかだった。願わくば、このままひっそりと親子二人で穏やかに過ごすことができるのならば……

私はこの時ほど神様に祈ったことはない。

神社の前を通りかかったときに、鳥居の外から手を合わせて祈るしかない無力な私は、常に史那の身に危険が及ばないように願わずにはいられなかった。

——どうか、史那のことをお守り下さい。

精神的なダメージで食欲もないけれど、家族……特に史那に心配をかけたくなくて、朝食と夕食はなんとか食べていたものの、さすがに昼食は喉を通らなくてお弁当は持って行かなかった。きっと持って行っても食べずに無駄にしてしまうのが目に見えている。

母には、今週は同僚からランチに誘われているとか、忙しくてゆっくりごはんを食べる時間がなさそうだからコンビニのおにぎりで済ませるとか言ってごまかした。

母はきっと、なんとなくわかっているのだろうけど、何も言わずに見守ってくれている。

職場でも、いつも休憩室で持参したお弁当を広げて昼食をとっているのに、休憩室にも顔を出さない私のことを、黒川くんが目ざとく見つけて色々と声をかけてくれた。年末が近づいて仕事が忙しいのだとそれらしく話すと、深くは追及されなかったものの、休憩時間が終わって自分の席に戻ると、栄養補助食品の差し入れが机の上に置かれていた。

「あ、それ、さっき黒川くんが来て置いて行ったよ。今井さん、忙しいのはわかるけど、ごはんはきちんと食べなきゃだめだよー」

どうやら村上さんにも、私が食欲がないことを気づかれていたようだ。今度黒川くんに会ったときに、きちんとお礼を伝えなければ。村上さんにも気を遣わせてしまったのですみませんとお詫びして、午後からの業務に取りかかった。

実際に十二月は何かと気忙しいし、私も派遣社員なので勤務時間内にその日の仕事をきちんと片づけなければならない。口にした言葉は嘘ではないけれど、食欲不振の本当の理由がそこではないだけに、このさり気ない気遣いに何だか申し訳ない気持ちになる。

この平穏な生活を守るために、今私にできることは一体何だろう……。

考えても答えは出ない。全ては彼との話し合い次第だ。

そうして迎えた金曜日。

お昼前に、私のスマホにメッセージが届いていた。

『仕事が終わる頃に、そちらへ迎えに行きます』

私のサワイでの契約は、朝八時から十七時。途中お昼の休憩が一時間だから、八時間勤務である。

大抵の企業の就業時間と一緒で、違うのは派遣社員だから残業がないことと、賞与がないことだ。

給料は時給での計算になるが、智賀子さんの知り合いだからか、ありがたいことに同じ社内の他の派遣社員より少し高めだ。智賀子さんのご主人である専務から、他の人には内緒ねと最初に言われた契約書でもきちんと取り交わしてあるし、母子家庭ということもあり、税制面でも優遇されている。なので、実は独身時代の給料と手取り金額は大差がない。

賞与支給がないから贅沢はできないけれど、もし他の企業に就職していたとしても、多分職場環境も待遇もここよりいいところなんてなかなか見つからないだろう。今はとにかく、数年後の中途採用枠を目標に、真面目に働くだけだ。

午後からの業務は、決算に向けて経費支払いの適正処理ができているか、過去の領収書と帳簿の付き合わせだったので、かなり神経を使う。精査は特に気が抜けない作業だ。

村上さんと手分けして取りかかったおかげで、なんとか就業時間ギリギリで終わらせることができた。

経理の部署で帰宅の挨拶を済ませてロッカーに荷物を取りに行くと、ちょうどのタイミングでスマホが彼からのメッセージを受信した。

『お仕事お疲れさまです。サワイ本社ビル地下駐車場に車を停めてます。ご足労《そくろう》をかけますが、そちらへお願いします』

このメッセージに続き、車の車種、ナンバーを知らせる通知が届いた。

――え？　このビル地下駐車場にいるの？

私は驚いて思わず手にしているスマホを落としてしまった。

幸いにも液晶画面に影響はなく、電源も落ちてはいない。あまりの衝撃に、言葉も行動も固まってしまう。今この場に私以外誰もいないのは幸いだ。もし誰かがいたら、変に勘ぐられたりする。

私はようやく我に返るとスマホを拾い上げ、手早く荷物をまとめてエレベーターに向かった。

「あれ、今井さん、お疲れさまです。今帰りですか？」

廊下で黒川くんにばったりと出会い、声をかけられた。営業の帰りだろうか、手には大きな紙袋を下げている。

「お疲れさまです。はい、定時を回ったので。あ、この前は差し入れをありがとうございました。お礼を言うのが遅くなってしまってすみません」

黒川くんとは、顔を合わせるときはこれでもかというくらい重なるのに、この時期は営業も忙しいのだろう。こちらから会いたいと思うときに限って、営業で外回りに出かけていてなかなか顔を合わせる機会がなかった。ようやく会えたので、やっと先日の栄養補助食品のお礼が言えた。

「いや、そんなの気にしないでください。僕も営業で外に出るとき、タイミング悪くて食事にありつけない日もよくあるんで、お役に立ててよかったです。それよりも、よかったらこの後一緒に飯でも食べに行きませんか？　今日週末だし、僕も今日の営業報告が終わったら予定ないので」

こうやってよく黒川くんに食事に誘われるものの、一度として誘いを受けたことはない。社員さんより派遣の私のほうが終業時刻が早く、仕事終わりに社員さんからお誘いを受けることはないだけに、正直戸惑うばかりだ。

派遣同士でも、仕事終わりにこのように誘い合わせて食事に行くことはない。黒川くんも、私がシングルマザーで、自宅で史那が待っていることをわかっているはずなのに……社交辞令とはいえ、業務時間外でこのような一対一のお誘いは本当に困る。

「すみません。これから予定が入っていて……」

お誘いを受けるたび、角が立たないようにやんわりと断り続けているけれど、黒川くんは一向にお構いなしだ。子犬のような笑顔で切り返される。

「あ、そうなんですね。もう予定が入ってるんだ、残念。これからは前もって誘いますね」

いつも同じようなやり取りをしているのだから、そろそろ学習してくれるとありがたいと思いながらも、仕事面で接点もあるし、強く出ることができないでいる。でもここは、一度きちんと線引きをしたほうが今後のためにもいいのかも知れない。

「黒川さん、私には子どもがいますので、仕事が終わったら母親です。業務外でのお誘いはすみませんが今後もお受けできませんので。では失礼します」

今回これだけはっきり断ったんだから、これからはもう誘われることはないだろう。

私は黒川くんに一礼すると、踵を返してエレベーターへと向かった。

エレベーターの扉が開き、私はすぐさま乗り込んだ。中には誰もおらず、私は用心のため一階でエレベーターを降りて、何気なく周りを見渡して様子を伺った。

多分誰も私のことを気にしていないだろう。でも……もしものことを考えて、私は地下駐車場に繋がる階段へと向かった。

防火扉付きの重厚な造りのドアを開けると、非常用階段へと繋がっており、二階や三階フロアに勤務する人たちは、エレベーターを使わずもっぱらこちらを利用している。

非常用階段も人の気配はなく、私は足早に地下駐車場へと向かった。

来客用の駐車場スペースに、メッセージに記されていた車が停まっており、運転席には私を見つめている彼がいた。

車のフロントガラス越しに見つめ合っていたのはほんの数秒だけど、私にとってのそれは、数分にも思える長さだった。

彼の私を見つめる眼差しは、とても荒々しく、それを理性で無理矢理抑えているような鋭いものだ。

見つめ合っていると、今、私たちがどこにいて、どういう状況に陥《おちい》っているかなんて忘れてしまいそうになる。

あれからもう、四年近く経つ。彼からの連絡をずっと待っていた。でも、待つことを諦《あきら》めた私は、彼の連絡先を削除して、スマホも契約を変えて彼から逃げた。彼の眼差しのせいで、あの日に時間を巻き戻したかのような錯覚を起こしてしまいそうだ。

そんな危うい均衡《きんこう》を破ったのはやはり彼で、運転席から出てくると助手席側のドアを開けて、私を促す。

「どうぞ、乗って下さい」

彼の他人行儀な態度が、これが現実だと私に突きつける。

現在の私と彼は、智賀子さんを介して知り合った、ただの他人。過去に一度だけ肌を重ね合ったことはあるものの、それだけの赤の他人――

私はそれを肝に銘じながら、そっと会釈《えしゃく》をして視線を逸らすと、彼が誘導する車の助手席に乗り込んだ。

私がきちんとシートベルトに腰をかけたことを確認すると、彼は助手席のドアを閉める。運転席へと戻りシートベルトを締めて、車は静かに動き出す。

「お互い色々と話したいことはあると思いますが、内容が内容だけに人に聞かれたくありませんので、人目のつかない場所へ向かってます」

私の不安を払拭《ふっしょく》する発言に安堵したのも束の間で、到着した場所は、高宮グループが経営する『フラワーフォレストホテル』だった。

高台に建設されているこのホテルの敷地内には、日中のみ一般向けに開放しているフラワーパークや展望台があり、デートスポットとして賑わっている。フラワーパーク内でも、一般開放されていないイングリッシュガーデンでは、挙式ができるようにチャペルも建設されており、土日祝日は宿泊客以外の利用客も少なくない。

フラワーパークの名にふさわしく、年中色々な種類の花が咲き誇っている。

彼は駐車場に車を停めると、正面玄関ではなく従業員や業者が出入りするホテルの通用口から中に入って行くので、私は置いていかれないように後ろをついて歩く。偶然にも従業員の勤務時間に重ならなかったのか、誰一人すれ違うことはなかった。

そうして彼について行きエレベーターに乗ったものの、なぜか最上階フロアのボタンを押す彼に、疑問を抱く。

このホテルは彼にとっては人目を気にする場所ではないだろうけれど、たしか最上階は……

エレベーターが最上階に到着したことを知らせるアナウンスが流れ、静かに扉が開くと、そこがスイートルームのある客室フロアだと一目でわかった。

彼は、ジャケットのポケットからカードキーを取り出して扉を開ける。

部屋は正面のスペースが全面ガラス張りになっていて、高台からは庭園と街全体が見渡せる絶景ポイントになっていた。

思わず声が出てしまいそうになるのを、楽しそうな表情で見られてしまい、恥ずかしくなる。

「この部屋からの景色は素晴らしいでしょう。この下の階にあるバーやレストランの共有スペースから見える景色よりも、独り占めって感じがするし」

たしかにこれは独り占めだ。

彼の手で部屋の照明が落とされると、ガラス張りの部屋の明かりによる乱反射がなくなり、夜景がますます綺麗に見える。人工的な光だけど、そこに人々の営みがある。

まだ時刻は十八時。

この時期はもう陽《ひ》も落ちて、夜と変わらない。

私はそこに近づいてガラス越しに夜景を見つめていると、気がつけば私の右側に彼が立っていた。

「あの日もこうやって、二人で夜景を眺めていたな。ふみか……いや、あやか」

彼の言葉に、完全に四年前、沖縄で一夜を共にしたのは私だと気づかれていることを悟った。

「……そうですね」

私の声は、きちんと発せられているだろうか。

「色々と聞きたいこともあるし、話したいこともある。でも、史那ちゃんが家で待っているからあまり時間は取れないんだろう？」

彼の言葉で、あの頃のノスタルジックな思いから、一気に現実に戻される。

「そうですね……あの子の就寝前までに、できれば帰宅したいですね」

ガラス越しに絡まる視線に彼の熱を感じたけれど、それに私は気づかないふりをする。落ち着け、私。私には史那がいるんだから。あの子を守らなきゃいけないんだから。

しばらくの間沈黙が流れた。

沈黙を破ったのは、ルームサービスが届いた合図のブザー音だった。

「……食事をしながら話をしよう」

彼は部屋の明かりを元に戻すと、入口へと向かった。

彼が扉を開き、ホテルスタッフと一緒に部屋に入ってきたのを確認すると、スタッフはテーブルの上に食事のセットを始めた。

全てのコース料理を、所狭しと並べているのは彼の指示だろう。途中で皿を下げてもらったり次の皿を出してもらったりすると話を聞かれてしまうから、一度に済ませるように考えたに違いない。

レストランの個室だと人の出入りは限られるけれど、それでもそこに出入りする人間は不特定で誰に見られるかわからない。その点このようにルームサービスなら心配はないだろうけど……

彼を取り巻く環境は私とは違うのだ。

もし今日のこの行動を、彼に好意を寄せるどこかの令嬢や、彼の身辺を嗅ぎまわる人間に目撃されているかと考えるだけで身の毛がよだつ。

「飲み物はどうだ？　アルコールも飲めるなら、遠慮なくどうぞ」

彼がスタッフの前で私に声を掛けた。アルコールは、最後に会ったあの日以来飲んでいない。

決して飲めないわけではないけれど、今は史那が家で私の帰宅を待っているから、お酒の匂いを自宅に持ち込みたくない。

「いえ、ノンアルコールで構いません。何か適当にお願いします」

私の言葉に、ルームスタッフは承知致しましたと返事すると、炭酸水《ペリエ》を用意して退室した。

「お酒、飲んでもよかったのに」

四年前、彼と沖縄のホテルで会ったとき……あの日、彼にバーで度数の低いカクテルを勧められて一緒にお酒を飲んだ。そのときのことを覚えているのだ。

「いえ、お気遣いなく。お酒は妊娠してからずっと飲んでなくて。だから少しでもお酒を口にしたら、すぐに酔ってしまいそうで……」

彼から席に着くように促されたので、返事をしながら私も席に着いた。そして私の返事から話が繋がり、数年ぶりの二人きりの会話が始まった。

「文香はつわりは大変だったのか？」

過去の私を気遣う彼の発言に内心驚きつつ、彼にそのことを悟られないよう、私は感情を顔に出さないように細心の注意を払いながら返事をする。

「いえ……幸いにもそこまでひどくはなかったので。つわりも個人差がありますから、比較はできません。出産前の産休に入るギリギリまで働いてましたが、実際は産休を使う前に退職しましたので……」

「育児休暇を取って仕事復帰とかは考えなかったのか？」

「自分が経験して初めてわかりましたが、妊娠、出産……つわりや体調って本当に個人差が激しいんです。理解が得られる人と得られない人との温度差も思っていた以上にすごかったですし、やはりお腹の中の娘を守れるのは、最終的に自分自身になりますから……」

質問だらけの彼に対して、私は当たり障りのない返答をする。

「退職したことを後悔したりは……」

彼の問いを、最後まで聞く前にきっぱりと答えた。

「全くありません」

史那と仕事なんて、天秤にかけるまでもない。史那は私の元にやってきてくれた大切な、かけがえのない宝物なのだ。何があっても私の一番は史那だ。

私の毅然とした返事に、彼がハッとした表情をした。

彼の表情を見て、私は自分が話しすぎたことに気づいた。このままではすっかり彼のペースだ。

「……せっかくの料理が冷めないうちに、食べながら話をしよう」

そう言って彼がフォークとナイフを手に取り、前菜のサラダに手をつけたので、私もカトラリーに手を伸ばす。

「とりあえず、今は食事をしようか。昔話はまた日を改めよう。今は食事と、今回の依頼の件で話をしたい」

彼の言葉に再び現実に引き戻され、私は目の前にある料理を口にした。

どれも自分では到底真似のできない盛りつけや味つけに、やはりプロの料理は素晴らしいと改めて思った。舌だけでなく五感が刺激される。贅《ぜい》を尽くした料理とは、このようなものを指すのだろう。そして、食事をしながら、今回の依頼の件に話は移る。口調もそれまでの俺様口調から改まってやけに丁寧なのは、私が心を開いていないのを察したからだろう。

「食事しながらで申し訳ないですが、改めて自己紹介させていただきます。高宮雅人です。誕生日は十月三十一日。三十四歳です。父は高宮ホールディングスの会長、兄は社長、私は専務に就任しております。家族構成や詳細はこちらに記してあり、後ほどお渡ししますので、ご覧になって下さい……まあ、君にとっては今さらだろうが、一応言うだけ言っておく」

そう言って彼はジャケットのポケットから、一通の封筒を取り出すと、テーブルの上に置いた。

「今回の花嫁の件、できれば俺としては史那ちゃんの母親である文香、君にお願いをしたい。でも君もこんな急な話は納得いかないだろう」

当たり前だ。私が彼の前から姿を消して、四年近い年月が経過している。

「そこで、文香はこの話の何が納得いかないかを、俺が納得するように説明してくれ。俺が納得できれば、この話はなかったことにしよう。君も口外するような真似はしない

「だろうし」

彼のとんだ無茶振りに呆気にとられた私は、言葉が出ず、表情を取り繕うこともできない。

しばらく沈黙が続いて、私はようやく口を開いた。

「……そんなことを言っても、私が理由を説明したところであなたは何一つ納得する気はないでしょう？」

彼の目を見た。史那を巻き込みたくないと言ったところで、この契約は史那がいてこそだと言い放ったのだ。彼の狙いが最初から史那だったのだと今さらながら気がつくなんて……私がそう考えていることに気づいたのか、彼は射抜くような鋭い眼差しで私にこう言った。

「よくご存知で。そう、俺は君たち親子を手放さないよ」

彼の声には抑揚がなく、顔からも感情は読み取れなかった。

やっぱりだ。話し合いと言いながらも、結局は何一つ私の言うことは聞き入れてもらえない。聞く耳すら持っていない。今日、この場に来た時点でもう、彼の中で私は彼の策略に嵌《は》まってしまっているのだ。私は両手に持っているナイフとフォークを置いて溜息を吐いた。

「……もう、何を言っても無駄なんですよね。この部屋に入った時点で、すでに話をなかったことにはしてもらえない。……目的は何ですか？」

彼もナイフとフォークを皿の上に置く。

「話が早くてよかった。目的は最初から言ってる通り、俺の花嫁探しだよ。史那ちゃんは、俺の娘だろう？」

私は彼を睨《にら》みつけた。

「史那は、私の娘です」

「遺伝子上の父親は、俺だろう？　君はそんなに股のユルい女じゃないはずだ」

……なんてことを口にするのか。無礼講だと言わんばかりの発言にしてもちょっとひどすぎる。いつの間にか高宮が自分のことを『私』から『俺』と言うようになっていることに気づけないくらいに私は動揺していた。

「……侮辱《ぶじょく》しないで下さい。たしかにあの日以前もあの日以降も、あなた以外に私は身体を許してません。遺伝子上のことを言えば、たしかに史那の父親はあなたです。……でも！　私は、あなたに認知を求めたりしないし、史那を口実にあなたの妻の座を狙ったりしない。だからあんなふうに史那を懐柔して取り入るような卑怯な真似はしないでください」

あまりにも腹が立ち、思わず余計なことまで喋ってしまったけれど、彼には私の反応は想定の範囲内だろう。彼の表情は全く変わらない。

「じゃあ、今後も俺に頼る気はない、と？」

彼の声色も、感情のこもらない無機質なものに変わったのを感じ、私は頷いた。

「勝手に一人で何もかも決めて……君の気持ちはよくわかった、文香。でも、俺とこうやって会っていることで、外野の人間が史那ちゃんのことを嗅ぎつけてくるのは時間の問題だ。あれだけ見た目が俺に似てるんだ。俺の子どもだと疑いようもない。なのに史那ちゃんが私生児だとわかれば、それこそ君たち親子のことを面白おかしく噂されるのは目に見えてるし、それこそ高宮の親戚もうるさいからな」

彼の言葉に私は顔色を失った。

彼の言葉は全てが悪意に満ちているように思えて、思わず彼の顔を睨みつけた。彼の挑発だとわかっていても、相手にせずにはいられない。

彼は私の反応を見てニヤリとし、そして言葉を続ける。

「だからうるさい外野を静かにさせるためにも、改めてきちんと史那ちゃんのＤＮＡ鑑定をしてほしい。そうすれば俺に何かあったときに、法律上でも戸籍上でも親子関係が立証されれば俺も安心できる。その上で、契約を結ぼう。何があっても俺は君たち親子を守る。ただし、君は対外的には書類上の妻であり、史那ちゃんの母である前に、俺とは今後も他人だ。お互い生活に干渉はしないが、人目があるから不倫だとか他の男と話題になるような行動だけは避けてくれ。それ以外なら自由にしてくれて構わない。これでどうだ？」

彼の言葉を咄嗟《とっさ》に理解できず、思わず聞き返してしまった。

「え……？　どういうこと……？」

「どうって、言葉の通りだけど？」

「私の話、聞いてます？　私は史那と二人で生きていくんです。史那には戸籍上の父親はいないんです。これからだってそう。あなたに頼る気はないって、ご自分で今確認されましたよね？」

「ああ。でも、自分の血を分けた娘と、その娘を命懸けで産んでくれた女性を何かあれば守るのは、子どもの父親として、男として当然だろう？　結婚して子どもがいるとわかれば、しばらくの間は騒がしいかも知れないけどその辺りの情報操作はこっちで何とでもなる。周りはすぐに静かになるし、君たち親子だって経済的に楽になる。君だって、仕事を辞めて史那ちゃんと一緒に過ごしてくれて構わない。それとも何か？　すでに父親候補の男でもいるのか？　サワイの職場に。……そうだな、たとえば年下の男、とか。君は年下の男が好みだったのか？」

彼の言葉に、黒川くんとの仲を疑われているのだとピンときた。そんなことあるはずないのに。誰に対しても一定の距離を保っているし、再婚なんて考えたことすらない。そこまで知っているということは、すでに私の身辺調査は一通り済んでいるのだろう。

「そんな相手がいると思いますか？　シングルマザーを相手にする物好きなんてそうそういないと思いますよ。……あ、ここにいらっしゃいましたね」

黒川くんの件についてはもう勝手に誤解すればいい。今さら私が違うと言っても信じてくれるかどうかもわからないし、具体的な名前も出ていないのだからあえてこちらから話す必要もない。

嫌味な言い方をされたので、同じように嫌味で返答する。彼に疑われるような人なんて本当にいないのに。

「そう、そんな物好きは俺一人で充分だ。今後、俺は自分の子どもを望めないと思うし、史那ちゃんの将来をよく考えた上での提案なんだが、これは君にとっても悪くない話だろう？」

何だか一方的な発言にカチンとくるものの、冷静に考えると、先ほどの彼の発言も一理ある。デリケートな彼の事情を知っているだけに、強く発言できない。

彼の周囲に群がるゴシップ好きな人間が仮にこのホテルに張り込んでいた場合、私の素性を嗅ぎ回るだろう。そうなる前に史那が彼の娘であることが立証されていれば、あとは世間に公表する時期を見計らっていたなどと適当に理由をつけてどうにでもなる。

史那の父親のことを嗅ぎつけられる前に……

私には、他の手立てが考えつかなかった。

「……わかりました。その条件で、契約しましょう。契約の期限はいつまででしょうか」

どのくらい沈黙しただろう。ようやく腹をくくり、重い口を開いた私に彼はあっさりと答える。

「さあ……史那ちゃんと家族になる約束をしたし、彼女の物心がつく頃には俺はもう、父親認定されるだろうし、実際に親子なんだから、史那ちゃんの将来のことを考えたら簡単に離婚なんてできないだろう」

まるで私の神経を逆撫《さかな》でするかのような態度だ。

「卑怯だわっ！　史那をそんなふうに利用しないで!!　それならこの話はなかったことにして下さい」

私は席を立ち、荷物を手に持って部屋を後にしようとした時……

「多分、ロビーや駐車場にメディア関係者がいたと思うよ。今日、ホテルの取材でロケがあったからな。さっきルームサービスを届けにきたスタッフから報告があった。ああいう連中は妙な勘が働くというか、鼻が利くというか。『報道の自由』を盾に、やりたい放題だからな」

背後から聞こえる彼の言葉に悔しさを隠せない。

だから彼とは関わりたくなかったのに……

私が彼と関わりを持ちたくなかった理由は、彼の過去にある。かつて学生時代にモテルとして活動していた彼の名は、私たちの世代では広く知られていた。当時は彼のファンもとても多く、それこそ遠い存在の人だった。

モデルを引退した現在も、彼は会社の広報部長として広告塔の役割を果たしている。ホテルを紹介するニュースでは彼の顔が映し出されたり、会社のホームページでは彼の写真が掲載されていたりと、今でも彼の姿は時折メディアで目撃する。それだけに、私や史那の存在は、彼にとってマイナスの要因でスキャンダルになるのではと、巻き込まれたら最後、私たちも世間の目に晒されるのではないかと必要以上に神経質になってしまう。

特に史那に関しては、彼と顔がそっくりなだけに、もし何かあったときのことを考えると尚更だった。

後悔先に立たずとはこのことだ。

「……わかりました。お引き受けします。あなたの花嫁役。だから、これ以上史那を巻き込まないで下さい」

悔しくて、涙が溢れそうになるのをなんとか堪《こら》えたが、声は震えている。

「交渉成立、ですね。では、テーブルに戻って下さい。今後のことを話し合いましょう」

彼の笑顔が、悪魔の微笑みに見えた。

渋々席に戻った私に、彼から告げられたのは、半年後に行われる私たちの結婚式の日取りだった。

　すでに式場である高宮グループの新しいホテルのチャペルも予約済みとのことで、私は逃げ道を完全に塞《ふさ》がれていた。

「近日中に文香のご両親に挨拶に行くから、都合のいい日を聞いておいてくれ。それから、史那ちゃんのＤＮＡ鑑定も行うから、早いうちにこの病院に行ってくれ。話は通しておく。受付で名前だけ伝えてくれたらいい。後は余計なことは言わなくていいから」

　彼から業務連絡のように淡々と今後の予定が語られているけれど、全て決定事項であり、話し合いと言えるものではない。

　私がすべきことを、すでにメモに書いて先ほどの釣書と共に渡された。

「両親には何て言えばいいの？　父親が誰かなんて話をしていないし。ましてや、父親が名乗り出たと知ったら卒倒するわ。史那を高宮グループに取り上げられるんじゃないかって思ったから、私は今まで口を閉ざしていたのに……」

　私の本音が出てしまった。

「……それは問題ない。たしかに彼女が本当に孫なら、うちの両親は猫可愛がりするだろう。でも、兄夫婦にはすでに跡継ぎ予定の男の子がいるから、そんなことにはならないし、させない」

「でも……」

私の言葉を彼が遮る。

「挙式はこの日だけど、入籍はそれよりも早く……そうだな、俺が挨拶に行く日にご両親から承諾を得たら、その足で行くぞ。史那ちゃんのほうは、DNA鑑定結果が出る前に認知するとまたうるさい輩がいるから、証拠を揃えた上で認知して、戸籍も移す。その辺の手続きはこちら側の弁護士に相談する。ご両親には、俺が挨拶に行くときに話をするから、それまでに早急に日程を調整してくれ」

彼の一方的な発言に、私の意思なんてお構いなしだ。

さもこれは決定事項だと言わんばかりに淡々と語る彼を、冷めた目で見つめる私に、ようやく気づいたのか、不意に表情を緩めた。

「俺はこれ以上周囲から結婚しろと言われずに済む。君は史那ちゃんと一緒に俺の元で何不自由なく生活ができる。お互いにＷＩＮＷＩＮの対等な契約だと思うが、何が不満だ？」

いかにも自分が正しいと言わんばかりの傲慢な発言に、言いたいことはたくさんある。

でも所詮、言い返したところで覆《くつがえ》ることはもうないのだ。言うだけ無駄なら黙って受け入れるしかない。そして、私も彼みたいに割り切ればいい。ルームシェアだと思えばいい。史那の父親である彼と、愛のない生活を……

しかし……

「いえ、人目のあるところや史那の前では、きちんとそれなりに役目を果たします。でも、史那を傷つけるような真似だけはしないと、これだけは約束して下さい」

私の発言の何かが気に入らなかったのだろう。途端に彼の表情が固くなる。

「もちろんだ。君たち親子のことは、俺が守る。傷つけるようなことはしないし、そんなことはさせない。それは先週、史那ちゃんにも約束した。そもそも俺はもうモデルもとっくの昔に引退して、今はただの一般人だ。今でもメディアが思い出したかのように俺の話題を取り上げること自体がおかしいんだ」

その言葉を聞いて、少し安心した。彼も好きでメディアに晒されている訳ではない。

たしかに彼は専務取締役という役員の傍《かたわ》ら、広報部長の役職にも就いている。独身のイケメン御曹司という肩書が独り歩きしているせいで、マスコミが好き勝手に報道しているけれど、本来なら仕事面で矢面に立つのは、会長である彼の父親や社長である彼の兄であり、彼ではない。

無駄にルックスがいいから、いつの間にか広告塔のようになってしまっているけれど、仕事に関しては会社の広報担当者だっているのだ。

「君も、契約上とはいえ俺の妻になるんだから、不貞《ふてい》を疑われるような変な噂が立たないように身辺は綺麗にしておいてくれ。それからご挨拶の件は、できるだけ早急に頼む。何なら明日、明後日でも構わないから、ご両親の都合のいい日時を決まったら連絡してくれ」

不貞《ふてい》を疑われるのは心外だけど、それを言うなら彼自身もそうだ。

それにしても彼の口ぶりに疑問が浮かぶ。なぜ彼は、そこまで入籍を急ぐ必要があるのだろう。そんなに外野からの横やりがひどいのだろうか。それなら、これからいきなりパッと出てくる私と史那の存在は、その人たちにとって、きっと歓迎できるものではないだろう。ますます私に不安が圧《お》しかかる。

「文香が不安にならないように手を回すのが俺の役目だ。君たち親子は俺が必ず守るから。これだけは信じてほしい」

彼の熱意の真意はわからない。

でも、今の私にはどうすることもできなくて、気がつけば、私は頷いていた。

食事を済ませて話も終わり、時刻を確認しようとスマホをバッグの中から取り出すと、母の携帯からの着信があり、メールも届いていた。急いでメールを開き目を通すと、史那が珍しくグズって手がつけられない状態になっている。発熱もあり、早く帰って来て。とあった。

私は彼に断りもせず、慌てて母の携帯に折り返しの電話を入れる。二コール鳴らす前に、母の携帯から聞こえた声は、史那の泣き声だ。史那の声に掻《か》き消されないように母がマイクに向かって声を発した。

『文香、ごめんなさいね。もう大丈夫なの？』

今日のことは母にも伝えていたから、母も大事な話を邪魔してはいけないとしつこく電話をすることを遠慮していたのだろう。

私は視線だけ彼に向け、母との通話を続ける。

「うん、大丈夫。史那の様子は？　熱が高いの？」

史那の名前を出したことで、彼も史那の調子が悪いのを察したようだ。私の側に近づいてきたけれど、一定の距離を置いてくれている。

『熱は三十八度前後なんだけど、夕飯を済ませてから機嫌が悪くなったから、多分その時点で熱が出てたんだね。今日はもうお風呂入れずに、前にもらっていた解熱剤、さっき飲ませたところなんだけど、やっぱり文香が側にいないと心細いみたいよ。もう帰れそう？』

まさか史那が体調を崩すと思っていなかったので、私も動揺が隠せない。

「うん、すぐに帰る。今、史那に電話代われる？」

今、史那の側にいてやれないことがとてももどかしい。

側にいたらギュッと抱きしめて、史那の辛さを二人で分け合うのに……

スピーカー越しに、母が史那に通話相手が私だと説明している声が聞こえると、すぐに泣きながら私を呼ぶ史那の声が聞こえた。

『ママーっ！　はやくかえってきてぇーっ！』

史那の割れんばかりの声が耳に響く。彼にも史那の声は聞こえているだろう。彼の表情が、史那を心配しているように見えるのは、気のせいではないと思う。

遺伝子上での父親だと先ほど告げたけれど全然驚かなかったし、逆にこちらにカマをかけてきたくらいだから、それまでに彼はきっと私たちのことを調べ上げたのだろう。

その上で、もしかして史那に対して、父親としての感情が湧いているのだろうか。

「史那、ごめんね。もう帰るから。お熱、しんどいよね。ママがおうちに帰るまで頑張れる？」

史那に落ち着いてもらいたくて、優しくゆっくりと声をかけた。史那はしゃくり上げながら、自分の感情を必死に訴えている。

『はやくかえってくる？』

しゃくり上げながらも鼻声になった史那の声が、少し冷静さを取り戻したように感じた。

「うん、もう帰るよ。ばあばが用意してくれたお熱のお薬飲んだんだって？　偉かったね。明日お熱が下がってなかったら、一緒に病院に行こうね」

病院の言葉に過剰反応をする史那をどうにかあやし、すぐに帰ると言い聞かせて電話を切ると、彼もすぐに部屋から出られるように準備をしてくれた。

「発熱はよくあるのか？」

部屋から出て、彼について歩きながら会話をする。少しの時間がもったいないし、もどかしい。

「いえ、微熱程度の発熱はたまにありましたけど、三十八度近い発熱は珍しいです。しんどいからか、かなり機嫌も悪そうでしたし……」

エレベーターの中で、並んで立った。

二人の間には甘い雰囲気など全くない。恋人や婚約者には見えないだろう。けれど、史那のことを心配する親同士の私たちは、仮初めでも夫婦に見えるだろうか。

エレベーターが停まり、降りた階は二階だった。

彼が向かった先は守衛室で、私にも一緒に入るように言われ、ついて行った。

部屋一面にモニターが配置されており、彼は一階のロビー、エントランス、出入口、駐車場、従業員通用口と隈《くま》なくチェックして行く。

「……怪しげな人間はいないようだ。行くぞ」

そう言って私の手を引くと、今度はここにきた時に乗った従業員用のエレベーターに乗り込み、通用口前に降り立った。

従業員通用口の前には、重厚な扉がある。先ほどこのホテルに入る時に通った通路だ。

ホテル利用者が乗る通常のエレベーターとは違い、従業員用のエレベーターは、業務用のものだから内装もシンプルだった。荷物の搬入もあるため割と広いスペースが確保されており、私個人的な意見としては圧迫感がない分、この従業員用エレベーターの方が好きかも知れない。

通用口から外に出て、彼の車に乗ると、我が家へ向かって走り出した。

家までの道程はお互い無言だったけれど、史那が心配だという思いは隣に座っていても伝わった。

信号待ちで停車中、早く青信号になれとばかりに指がハンドルの上をトントンと叩いてイライラしているのを感じたから……

住所を教えなくても私の実家へとスムーズに運転している姿を見ると、身辺調査なんてとっくに済ませていることを知り複雑な心境だけど、今は無駄口を叩くよりも黙っている方がいい。

自宅前は道路が狭いことも把握しているようで、彼は近くのコンビニに車を停めた。

家の前まで送ると言ってきたが、私はその申し出を断ってこのまま別れた。

「史那がこんな調子なので、両親との顔合わせの連絡は後日、改めます」

私の言葉に頷《うなず》く彼。背中に彼の視線を感じながら、踵《きびす》を返して帰宅の途についた。

急いで扉を開けると、不機嫌な史那の声が玄関まで聞こえた。

「史那、ただいま。遅くなってごめんね。お熱はどう？」

玄関の物音を聞きつけた史那が部屋から飛び出してきたので、私は出迎えてくれた彼女をぎゅっと抱きしめた。

史那はグズグズ言いながらも私の帰宅で安心したのか、小さな手を私の背中に回してきた。寝室に連れて行くと素直に布団に入り、絵本を読んでとせがんできた。リクエストに応えて、史那のお気に入りの絵本を二冊読みあげているうちに、泣き疲れたのか単に眠かったのか、気がつけば史那は寝落ちしていた。

涙で濡れている目元をそっと拭《ぬぐ》い、寒くないように布団をかけ直すと、私も部屋着に着替えて寝室から出た。リビングに両親が揃って史那の様子を聞こうと私を待っていたので、ようやく落ち着いて眠ったと報告すると、安堵の表情を浮かべていた。

ちょうどこの場に両親が揃っているので、私は二人に話をすることにした。

「お父さん、お母さん、大事な話があるの」

私のただならぬ雰囲気を察してくれ、父はテレビの電源を落とし、そのままリビングのソファーで話をすることになった。

両親は並んでソファーに座り、私は向かい側に置いていたスツールに座る。

「……実は今日、史那の父親に会ってきたの」

私の言葉に二人は固まった。

そりゃそうだろう。

今の今まで史那の父親について、私は頑として口を割らなかったのだ。話の続きを聞きたいのだろう。両親は私を促した。

「ずっと黙っていてごめんなさい。父親は、高宮ホールディングスの次男で専務の高宮雅人さん。相手が相手だったから、ずっと父親の名前が言えなかったの。彼、史那の父親になりたいって言って、先週智賀子さんのマンションに現れて。私も突然のことで驚いてるんだけど、近く、お父さんたちに挨拶したいって呼び出された」

彼の事情は話さず、でも高宮が私に話した内容で両親にも話せる事実を語った。

両親も、びっくりし過ぎて言葉がなかなか出てこないようだ。

一般家庭の人ならまだしも、相手は次男とはいえ、大企業の御曹司だ。まず彼と私の接点がわからないから、余計に混乱しているはずだ。

「高宮さんとは学校は違うけど、大学時代に他の大学とのサークル活動で一緒だったの。でも学校も学年も違うし、あの当時は接点もほとんどなくて……」

私と彼は三歳違いのため、私が大学一年の時に彼は四年。サークル活動も、四年生は後期授業が始まる頃には引退してしまい、ましてや大学が違うからそう簡単に会うこともなく、それっきりだった。一夜限りの逢瀬のことは、そのまま話すと両親もさすがに卒倒するだろうと、その辺は曖昧にぼかして話をした。

「でもその後にちょっとご縁があって、一時的にお付き合いみたいなことがあって……史那を授かった。でも、あの人の背後にある高宮の名前に私はふさわしくないと思って、彼の前から消えたの。それが、今になって現れた……」

「……で、高宮さんは何て？」

母が、なんとか感情を落ち着かせ、震える声で私に問いかける。

「私と結婚して、史那を認知するって言ってる」

「結婚って……じゃあ、史那ちゃんは……？」

両親は絶句している。

「私には彼の考えていることがわからないの。近く、結婚の挨拶に来たいって言ってる。私たちがどうなるかも……」

しばらく沈黙が続いたけれど、それを破ったのは父だった。

「とりあえず、一度高宮さんと会ってきちんと話を聞こう。じゃないとこっちも返事のしようがない。史那ちゃんのこともあるけど……文香、肝心な自分の気持ちはどうなんだ？」

父はまっすぐに私を見つめている。

「……私は、史那には父親がいない。それでも愛情はたっぷりかけて育てたいと思ってた。あの子には、父親が誰なのかを生涯明かすつもりはなかったけど……今は何とも答えられないから、あの人の真意を知って、その上で返事をしようと思う」

私の返事に、両親も頷いた。

「文香の気持ちはわかった。日程は、休日ならいつでも大丈夫だから、また明日にでも連絡してあげなさい。で、文香自身、高宮さんに対して少しでも愛情が残ってるなら、史那ちゃんのことは抜きで、自分の幸せも考えなさい。文香が幸せを感じていたら、史那ちゃんもそれは敏感に感じ取るから。史那ちゃんだけではなくて、文香、あなたたち二人の幸せを考えて結論を出しなさいね」

母の言葉に頷いた。両親に入浴を促されたので、私は風呂に向かった。

私の幸せ……

一体どうすればいいの……

全ては彼の思惑通りに物事が進んでいる。一体何が目的なんだろう。いくら考えても答えは出ない。彼に連絡を入れるのがとても憂鬱だ。

ゆっくり湯船に浸かり、身体の芯まで温まると、プロポーズ紛いの契約のことを思い出していた。

彼には私に対する愛情なんてない。高宮の考えていることなんてわからない。ひょっとして、あのとき私が逃げたと思って私のことを恨んでいるのかも知れない。けれどあのときの私はああするしかなかった。

色々考えているとのぼせそうなので、そうなる前に湯船から出て、身体が温まってい
るうちに眠ってしまおう。私は手早く身体をタオルで拭き風呂から出ると、スキンケア
を済ませてドライヤーで髪を乾かした。

髪の毛も、出産後の抜け毛が酷かった時期に一度短くカットしてから大分落ち着いて
きて、そろそろ彼と出会った頃の長さになる。

多分毛先を切り揃えたら、あの頃と変わらないだろう。幸せだったあの頃と……
ブラッシングを済ませて、寝ている間に髪の毛が絡まらないように軽く編み、史那が
眠る寝室へと向かった。

寝室の扉をそっと開けると、史那はぐっすりと眠っている。

私は史那の眠るセミダブルのベッドに潜り込み、そのまま一緒に朝まで深い眠りに就
いた。

翌朝、解熱剤が効いたのか、単なる突発的な発熱だったのかは定かではないけれど、
史那の体温は平熱に戻っていた。咳やくしゃみ、鼻水などの症状もなく、下手に病院に
連れて行って別の病気をもらっては大変だし、幸いにもまだ解熱剤の予備があったので、
土日は自宅で様子を見ることにした。

史那の体調に安堵し、彼に連絡を取ろうとバッグの中からスマホを取り出すと……
なんと、彼からの通話の不在着信通知が三件。うち一件に留守電メッセージが、無料

通話アプリには二件のメッセージが入っていた。

無料通話アプリの方は、両親の都合の確認ではなく、両方とも史那の体調を心配する内容だった。

――本気であの人は、史那の父親になる気なのだろうか。

留守番電話のメッセージも、内容は史那の容態を確認するものだけだった。

彼が現在置かれている立場や状況について私にはわからない。けれど、こうやって史那を心配してくれている彼のことを少しは信用してもいいかと思えた。

仮に父親としてではなくても、幼な子を心配する人間味のある人だ。きっと子どもを目の前にして、ひどいことを言ったりして傷つけたりはしないだろう。

私は震える手で彼にメッセージを送信した。

『昨日は連絡できなくてすみませんでした。史那ですが、昨夜の発熱は嘘だったかのように元気です。風邪の所見もないので、今日明日は自宅にて様子を見ることにしました』

メッセージを送ると、すぐに既読がついた。

ずっと心配していてくれたのか、それとも、たまたまスマホを手にしていたのかはわからない。でも、昨日あんなに史那のことを心配してくれていたのだ。経過報告は必ずしなければと思った。

既読がついてそれほど経たないうちに、手にしていたスマホが着信を知らせた。

液晶画面に表示されている名前は……

彼の名前だ。

私は思わず生唾を飲み込んでしまったけれど、この着信、さすがに無視するわけにはいかないだろう。震える指で、応答ボタンを押す。

「……もしもし」

『おはよう。今、大丈夫か？』

私が聞こうかと思った言葉がそのまま彼の口から発せられる。

でもよく考えなくても、彼は大丈夫だから連絡して来ているのだ。余計なことは言わないほうがいいだろう。

「はい、大丈夫です」

『そうか。史那ちゃん、熱が下がってよかったな。……もし仮に急変したら、どこの病院に連れて行くんだ？』

「平日は、かかりつけにしている近所の小児科に行きますが、時間外や夜だったら、まだお世話になったことはありませんが急患センターですね。土日や祝日は地元の小児科医が持ち回りで休日当番をやってるから、日中ならそこに……」

話題が史那のことだというのが何だか不思議な気がするけれど、彼の心配が素直に伝わってくる。

『そうか……ならよかった。あんまりしつこく電話してもどうかと思ったけど、史那ちゃんの容態が気になって……気を遣わせて悪かったな』

安堵する声に、嘘は感じられない。あくまで声を聞いただけの感想であり、直接顔を見ていないから、その表情までは窺《うかが》い知れないけれど……

「いえ……ご心配いただきありがとうございます」

『史那ちゃんのこと以外でも、何かあったら遠慮せず連絡してくれ』

こうやってすんなり言葉が出てくる辺りからして、思わず勘違いしそうになってしまう。

「ありがとうございます。……あの、まだ少し構いませんか？　両親への挨拶の件ですが」

私の言葉に、彼が息を呑む気配を感じた。

「昨日、両親にあなたが史那の父親であること、あなたが史那を認知して、私と結婚したいと言っていると伝えました」

彼は電話口で黙って私の言葉に耳を傾けている。

『……それで、ご両親は何て？』

その声が少し強張っているように感じるのは気のせいではないだろう。私は両親の言葉をそのまま伝えた。

「まずはあなたの話を聞いてからだと言ってます。両親は休日はいつでも構わないと言ってくれましたが、さすがに今日明日は史那のこともありますので、ご遠慮いただけるとありがたいです」

『そうだな。ご両親も心の準備が必要だろう。……来週の土曜の十四時頃に、そちらにお邪魔してもいいか？』

「両親に伝えます。私のほうこそ、そちらにご挨拶は……」

『まだその必要はない』

私の言葉は最後まで発することなく秒で遮られた。

「……そうですか、わかりました。では、失礼します」

彼の『必要ない』。この言葉が心に刺さり、泣きたくなる。

そうだった。私は契約上の彼の花嫁役であり、彼が心の底から望む女性ではないのだ。史那を思いやる優しい父親の一面に触れて、思わず勘違いしそうになったけど、彼は私に対して愛情なんてひとかけらもない。これは最初からわかっていたことだ。

ちっぽけな私のプライドを守るため、彼に返事をさせる隙を与えないように、こちらも承諾の言葉を伝えた上で通話終了のボタンを押した。

彼が何か言いかけていたけれど、そんなのは私の知ったことではない。そう、あれはプロポーズなんかじゃない。単なるお互いに利益ある契約なのだ。改めて自分自身に言い聞かせた。

病み上がりの史那に余計な心配をかけたくない。と言うのは単なる建前で、それ以上に先週の彼の、父親立候補発言について今は史那から何も聞きたくない。

あの日、あの後史那には、あのおじちゃんが勝手に言ってるだけだからと言ってはぐらかしたけれど、私と二人だけになる就寝前などにふと思い出したかのように彼のことを口にする。そんな時、史那が寝入った後に色々と考えるのは、やはり彼女には父親の存在が必要なのだということだ。

考えないようにしていても、史那の口から父親のことを言われると、つくづく思い知らされる。

スマホの充電残量が少なくなっていたので、充電器のアダプターを差し込んだ。

今のスマホも使い始めてもうすぐ四年。彼の前から姿を消したときに、番号も機種も全て新しく変えた。そろそろ新しく番号も変えて契約をし直そうか思ったけれど、契約を変えたところでまたすぐに彼にバレてしまうだろう。しかも自宅の場所も調べ上げられているのだから、今さら無駄な費用をかける必要はない。私だけならまだしも、史那が一緒にいる以上、どこに行ってもすぐに見つかって連れ戻されるのは目に見えている。

私は溜め息を吐くと、スマホを部屋に置いて史那の相手をするためにリビングへ向かった。

テレビもちょうど子ども向けの番組が終わり、アニメが見たいと言い出したところだったので、有料配信チャンネルで配信されているアニメ番組をつけて一緒に見ることにした。おそらく日本に住む子どもたちならば必ず一度はハマるパンのキャラクターのアニメを見て、一緒に笑うこのささやかなひと時が、ものすごく貴重だ。

彼から告げられた結婚式の日取りまで、約半年――

この束の間の平和な時間はいつまで続くのだろう。

彼の気が変わって私たちのことなんて放っておいてくれたらいいのにと、彼と再会してから何度思ったことだろう。

悲観的な思考になっている自分に気づくと同時に、心の奥底に閉じ込めていたあの頃の想いもまだ忘れていないことに気づく。

二つの矛盾した思い。どう折り合いをつけていけばいいのだろう。

そんなこんなで約束の土曜日を迎えた。

朝から両親も私もピリピリしており、そんな空気を敏感に感じた史那は、私たちの様子を伺っていた。子どもに大人の顔色を伺わせるようなことはしたくなかったけれど、今日だけは私たちに気持ちの余裕なんてない。全ては彼の出方次第だ。

約束の十四時が近づくにつれ、両親も口数が少なくなっていく。史那もいつもと違う大人たちの様子に戸惑いを隠せないようだ。私は史那をぎゅっと抱き締めて平常心を保とうとするが、緊張して指の震えが止まらない。

そして、約束の十四時ちょうどに、彼は現れた。

手土産に、出張先で買ったというご当地の有名なお菓子と、史那にはご当地キャラのぬいぐるみを買ってきており、史那は大喜びだ。両親は初めて会う彼のオーラに圧倒されていたが、玄関で立ち話というのもなんだからと言って、彼を迎え入れた。

リビングで彼と並んで座った私は、彼の発する言葉を聞き逃すまいと耳を傾けるものの……日頃と違う光景に、史那も興味があるのか私に逐一報告してくれるので、集中力が弱まっている。おまけに大人は誰も相手をしてくれなさそうだと察したのだろう。先ほどからワガママを言い始めてグズりだす始末。

ご機嫌取りでおもちゃを渡しても、珍しく反発する。乳幼児特有のイヤイヤ期だ。一度こうなってしまったらなかなか手に負えそうにない。仕方なく私は中座を申し出て、史那を連れて散歩に出ることにした。

彼が両親に何と言って説得するのか気になるけれど、今の史那を蔑《ないがし》ろにする訳にはいかない。私抜きの両親と彼の三人での話となるが、こればかりは致し方ないだろう。彼も両親も大丈夫だと言うので、後ろ髪を引かれる思いで史那を連れて家を後にした。

家の中にいると、史那も大人たちの会話が気になり交じろうとするだろうし、大人たちも史那を気にして落ち着いて会話ができない。詳細は後で母に聞けばいい。

そのときの私は、そう安易に考えていた。

史那に付き合って、一時間程近くの公園でブランコに乗ったり、砂遊びをしたり滑り台を滑ったりして、ようやくご機嫌が直ったところで、おやつを食べようと帰宅を促した。史那もすんなりと頷いたので、家に帰ると、彼はすでにもう帰った後だった。

二人で洗面所に向かい、一緒に手洗いうがいを済ませて史那におやつの準備をしていると、父から声をかけられた。

「史那ちゃんのことは母さんに任せて、文香、少しいいか？」

おそらく先ほどあった彼の挨拶の話だろう。私は母に後を任せて父の後に続き部屋を出ると、父は私たちの部屋に入り、二人並んでベッドに腰かけた。

そんなに広くないこの部屋で、ゆったりと座れるのはベッドしかない。

父は何と言って私に話をしようかと考えあぐねているようだ。

彼は両親に何を話して、両親はどう返事をしたのだろう。彼が帰ってから私のスマホには連絡が入っていない。

どのくらい沈黙が続いたか、父がようやくその重い口を開いた。

「高宮さんのことだけど、今日初めて会って、文香抜きで話をしてみて……文香は、その……なんだ。……高宮さんのこと、好きか？」

どうも奥歯に物が挟まったような歯切れの悪い言葉に、父の戸惑いを感じる。

一体私抜きで、どんな会話をしていたのだろう。

「好きも何も……彼から離れてもう三年半以上経つんだよ？　それに、彼は高宮グループの御曹司だし。身の程知らずもいいところでしょう」

私の言葉に、父はしばらく沈黙した後、言葉を繋ぐ。

「……それは、文香の気持ちではなくて、文香と高宮さんの置かれている立場だろう？　高宮さんの事情も聞いたよ」

父の言葉に、私は動揺を隠せなかった。両親は、知ってしまったのだ。

彼が私に愛情を持っているわけではなく、夫婦という名の契約を結ぶことを……

「……もし、高宮さんに少しでも気持ちが残っているなら、二人でよく話し合いなさい。父さんたちは何があっても文香と史那ちゃんの味方だから。でもな、史那ちゃんの認知の件も、入籍の話も、きちんと結婚式を挙げてからにしてくれとお願いしたから、その日までは『今井文香』だからな？」

父はそう言い残して部屋を後にした。

一体彼は、両親に何を言って結婚を承諾させたのだろう。

史那のお昼寝中に母に聞いてみたけれど、直接本人に聞きなさいと言って、教えてくれなかった。

両親は、この結婚話を反対すると思っていただけに、私の予想を裏切る反応に戸惑いを隠せない。

彼からは何も連絡はなく、モヤモヤとした気持ちを抱えて週末を過ごした。私のスマホに連絡が入ったのは月曜日のお昼だった。

彼は土日祝日なんてお構いなしの仕事なので、私から連絡をすることはほとんどない。私が電話した時に商談中だったりすると迷惑がかかるかも知れないというのは単なる言い訳に過ぎない。本当は、私から連絡をしていいものか、正直言ってわからなかった。

モヤモヤしていた私のスマホの無料通話アプリに、気がつけばメッセージが届いていた。

休憩室でお弁当を食べ終え、給湯室で弁当箱を洗い、それをロッカーに仕舞おうとバッグを取り出したついでにスマホのチェックをしたら、彼からメッセージが届いていたのだ。

『今週は地方のホテル査察に出るので、そちらに帰るのが金曜日の夜になります。史那ちゃんのＤＮＡ鑑定、できれば今週中に受けて下さい。行く日がわかれば前もってこちらから指定の病院に連絡を入れます』

メッセージと一緒に彼の指定する病院と住所が入力されていた。

内容は、私が期待していたものではない。というか、私は一体何を期待していたのだろう。

両親に結婚の挨拶に来たから、それらしく愛を囁《ささや》かれるとでも思っていた？

彼が私のことを好きだなんて有り得ない。それよりも、メッセージの内容で気持ちが重くなる。

ＤＮＡ鑑定、本気だったんだ……

そんなものは受けるまでもなく史那は彼の娘であるのは間違いないのに……これは高宮の親戚一同に証拠として見せるため必要なのだろうけど、なぜだろう、彼からのメッセージに溜息しか出てこない。

専務として地方のホテルを飛び回る忙しい彼の仕事の邪魔をするわけにはいかない。

わかっている。でも……

『わかりました』

一言だけ入力して、メッセージを送信した。

どんなに言い訳を考えたとしても、理由はただ一つ。やはり私の気持ちは、あの頃と少しも変わっていないのだ。でもそれを素直に肯定してしまえば、またあの頃のように苦しむだけ。

自分が意図しない再会だったけれど、史那の存在を認めた上で、いきなり結婚話をされて戸惑う私を、彼はどう見ているのだろう。

史那を理由に結婚話を持ち出したのか、それとも彼の言うように、周囲からの結婚話を断る口実にされているのか……

私に都合のいい解釈で、もしかしたら彼にもまだ私に対する気持ちが残っているのか……

いや、多分それはないだろう。

私を見つめる目線は冷たく、とてもじゃないけれど愛情なんて感じられない。

私に固執するのも、私が彼の娘である史那を産んだからだろう。彼の血を分けた、たった一人の娘を。

私に愛情なんてなくても、智賀子さんの家で再会したときの子どもたちを見つめる眼差しや、二人で食事をしているときにした母との電話の会話を聞いて、史那の体調を心配してくれたことを考えたら、上辺だけでなく、史那のことを本当に可愛がってくれるに違いない。

史那のＤＮＡ鑑定、早めに済ませなきゃ。

私は手帳を取り出して、自分のスケジュールを確認した。史那のプレゼントも買いに行かなくてはいけないので、一日だけお休みを取って午前中に病院へ、午後から史那を母に任せて買い物に行くとするか……

明日いきなり休みを取るのはさすがにみんなに迷惑をかけるので、明後日の水曜日に休ませてもらうように、後で課長に申請しよう。

『水曜日の朝一で有給休暇を取って、病院へ行ってきます』

彼に送信したメッセージの画面を見ると、まだ既読はついていなかった。

スマホを片づけると、気持ちを切り替える。

……よし、午後からも頑張ろう。

手早く化粧直しを済ませ、更衣室を後にした。

そして迎えた水曜日。私たち親子は、彼が指定した藤岡医院《ふじおかいいん》へとやって来た。

家から車で約三十分程度の場所にあり、古くからの個人病院らしく一軒家の一階部分が診療所、二階は居住空間だと一目でわかる構造の建物だ。

受付で名前を告げると、彼から連絡があったのだろう、すぐに別室へと通された。

史那用に暇潰しで持参していた絵本を取り出して、一緒に絵本の間違い探しをしていると、一人の若い医師らしき人物が入ってきた。見た感じ、年齢はおそらく彼とそう変わらないくらいだろうか。私よりは明らかに年上であるのは雰囲気で感じ取れる。

身長はそこまで高くないからか、威圧感はない。フチなし眼鏡で知的な印象だ。

顔立ちはキリッとしているけれど、表情が柔らかいおかげか、見知らぬ男性に対して人見知りをする史那も過剰反応を起こしていない。天は二物を与えずと言うけれど、そんなのは嘘だろうと思う。高宮にしろ、この医師にしろ、天は二物以上与えているに違いない。

目の前に現れた人物が私たちの座るソファーの前にあるデスクに箱を置いて、私たちの向かい側にある椅子に座った。

「そのままで大丈夫ですよ」

立ち上がって挨拶をしようとしたのを制された。私は彼の言葉に甘えて史那の隣に座ったままの格好となった。

「初めまして。私は高宮の幼馴染でここで医師をしております、藤岡達也《ふじおかたつや》です。この度は、高宮とのご婚約おめでとうございます」

藤岡先生は笑顔で話しかけてくれるけど、婚約話を切り出され、警戒心を隠せない。

彼はこの人にどこまで話をしているのだろう。

私の表情を読み取った藤岡先生は、私の緊張をほぐすために言葉を続けた。

「大丈夫ですよ。たいていの話は雅人から聞いていますし、医師には守秘義務がありますᅠ。この件について外部に漏れることはありませんのでご安心下さい。雅人の分のサンプルは取れてますので、娘さんのサンプルを今日は採取させていただきますね。DNA鑑定についてですが、娘さんの唾液をこの綿棒で取らせて頂いて、それを外部の検査機関に提出します。痛い思いをすることはありませんのでご安心下さい」

藤岡先生はそう言って、封の切られていない新品の医療用綿棒を取り出して私たちに見せた。

DNA鑑定を促され、気になってネットで調べた内容と今の説明はほぼ変わりない。史那と高宮の父子鑑定なので、史那を出産した私は今回の鑑定に関係はなく、史那だけが唾液のサンプルを取る。藤岡先生の言うことを素直に聞いて史那は口を大きく開けた。頬の内側に綿棒を擦りつけてサンプルを取ると、それを検査に出すために梱包した。時間にして一分もかからない早業だ。

「お利口さんだったね。もう終わったよ」

医師の言葉に史那は目を丸くした。今まで受診した小児科では必ずといっていいくらい泣いていたので、私も拍子抜けだ。

藤岡先生が史那の頭を撫でると、史那は急に恥ずかしくなったのか私の後ろに隠れてしまった。

そんな史那を見つめていた藤岡先生は、私に向き直った。

「史那ちゃんのサンプルと一緒に検査機関へ送付します。結果は早くて一週間、遅くても一ヶ月以内に出ます。検査結果は郵送も可能ですが、どうしましょうか？」

藤岡先生の表情は、さっきまでの穏やかなものではなく、すでに医師のものに切り替わっている。

「……郵送でお願いします。この結果は、あちらにも……」

「はい、もちろん高宮にも知らせます」

私が最後まで言葉を発する前に、藤岡先生が言葉を続ける。

「結果が出てからのことは、また高宮から連絡があると思います。……ＤＮＡ鑑定なんてしなくても、この子はあいつの幼少期にそっくりですけどね」

藤岡先生はそう言って、白衣のポケットの中から封筒を取り出すと、私にそれを差し出した。

私は封筒を受け取り、どうすればいいか彼の顔を見つめると、中を見るように促された。封筒は封をされておらず、すぐに中身が確認できる。

中に入っていたのは、一枚の写真。恐らく今の史那と同じくらいの月齢だろうか、男の子が二人、並んで写っていた。

「そっくりでしょう？　それ、今の史那ちゃんと同じくらいの年齢の僕と高宮です」

たしかに高宮の幼少期と今の史那は、顔立ちがそっくりだった。

「高宮家の両親は、史那ちゃんと会わせたら一発であいつの娘だと納得するでしょうけど……そうもいかない親戚連中もいますから、医学的に親子である証明をしなきゃいけないと高宮は言っておりました」

写真に写る幼少期の無邪気な笑顔の彼と、今の史那は本当にそっくりだ。誰がどう見ても親子だと思うだろう。

高宮と史那が親子であることは、母親である私ならばはっきりと言い切れるけれど、やはりきちんと証拠をつけて証明してこそなのかも知れない。

渡された写真を封筒の中に戻して藤岡先生に返した。

「心配しなくても大丈夫ですよ。雅人は何があっても必ず、必ずあなたたち親子を守ってくれます。だってあいつは……」

そう言って藤岡先生は私を見つめたまま言葉を濁した。

「……詳しいことは、また高宮や弁護士の先生が仲介に入ってくれると思いますので、そちらから聞いて下さい。今の段階でこれ以上、私が余計なことを口にはできません。今日はもうこれでおしまいです。わざわざ足を運んで下さってありがとうございました」

サンプル採取が終わったので、もうここには用事はない。

私たちは受付へ行き会計を待っていると、保険証だけ返されて代金請求はされなかった。今回の鑑定が乳幼児医療保険の適用を受けるのか、それとも高宮が代金を負担するのかはわからない。すんなりとサンプル採取も終わった私たちは病院を後にした。

思いの外早くに終わったので、私は史那を連れてファミリーレストランに入ると、フライドポテトとドリンクを注文した。

初めて入るファミレスに史那は興味津々で、周りを見渡してみたり、入り口にあるカプセルトイに反応したりと、楽しそうだ。

史那はまだ炭酸ジュースが飲めないので、炭酸の入っていない乳酸菌飲料を、私はコーヒーをドリンクバーで取り、席に戻った。

テーブルに届いたポテトを二人で分け合って史那との時間を過ごし、ファミレスを出ると一度帰宅して母に史那を任せた。

プレゼントを買いに行くため再び家を後にして、ショッピングモールの駐車場に到着した時、私のスマホにメッセージが表示されていた。

『藤岡から連絡がありました。DNA鑑定の結果が出た後については、弁護士が仲介してくれます。連絡先を登録しておくように』

その後に続く画像には弁護士の先生の名前と携帯電話番号の書かれた名刺が添付されていた。

そんなにすぐ連絡がくるわけがないから後で登録しよう。

送られてきたメッセージと画像に一通り目を通すと、私はショッピングモールの中に入って史那へのプレゼントを購入した。

買い物も無事に終わり、ひと息吐こうと立ち寄ったコーヒーショップで休憩中、先ほどの画像の名前と電話番号を登録して、帰路についた。

弁護士の先生から連絡があったのは、DNA鑑定の結果が出た翌日、年の瀬も押し詰まる十二月二十七日。

DNA鑑定の結果は、間違いなく高宮の娘であることを証明するものであり、当たり前の結果だけど安堵する私がいた。当然のことながら、彼にもこの結果は通知されている。医学的に史那が自分の娘だと証明されて、彼はどう思っているのだろう。

年末年始で忙しい時期だから、こちらからの連絡は控えたほうがいいのかと思っていた矢先、私のスマホに着信があった。

液晶画面に表示されていたのは、私がスマホに登録した『弁護士　杉本久志《すぎもとひさし》』の名前だった。

「……はい、今井です」

『お忙しいところ恐れ入ります。私、弁護士の杉本と申します。今井文香さんの携帯で間違いないでしょうか？』

電話の声は口調こそ丁寧だったけれど、突然の電話で警戒している私の声が自然と強張る。

「……はい、そうです。今井です」

『この度は、高宮雅人様よりご依頼を受けてご連絡をさせて頂いております。高宮氏の件ですが、少しお時間よろしいでしょうか？』

嫌だと言っても話は前に向いて進まない。

むしろ、進まないほうが私には好都合だけど、あちらはそうもいかないのだろう。

「……はい。ご用件は娘のことですよね？」

DNA鑑定の結果が出たのだ。話はきっと認知のことに違いない。

『そうです。高宮氏とお嬢様の親子関係が医学的に立証されたことにより、高宮氏より認知の手続きについての依頼を受けております。本来ならば、父親である高宮氏が手続きを行うべきことなのですが、ご承知の通り、何かとお忙しい立場の方ですので……』

杉本弁護士から電話で認知手続きの説明を受けるものの、彼が史那を認知することについて全然実感が湧かない。なぜなら私が書類上で手続きをすることがないからだろう。

今回の場合は任意認知と言って、婚姻していない父母の間に生まれた子を、父の意思により認知するものに当たるのだそうだ。よくよく話を聞けば、書類はいつでも出せるとのことで、認知は出生の日に遡ってその効力が発生するという。これにより、彼に何かあったときの法定相続権が史那に発生するのだ。相手が相手だけに、財産目当てと言われるのが嫌だったから史那には父親がいないで通したかったけれど……

杉本弁護士によれば、彼は早急に認知の手続きを行いたいとのことだった。

彼はなぜ、そこまで認知にこだわるのだろう。

どちらにせよ、契約結婚で半年後には私たちは夫婦になるのだ。私たち親子を守るためにも、実際に血の繋がりのある史那を認知するのだろう。医学的にも親子であることが証明されているのだから、不自然ではない。でも……

いつか史那が私の手の届かないところに連れて行かれるのではないかという不安は拭えない。

だからこそ、彼の認知の申し出を素直に受け止められないのだ。

「あの、そのことでご相談があるのですが……」

私は、重い口を開くと、杉本弁護士に自分の思いを伝えた。

第三章

——そして半年が経ち……

チャペルでの挙式も無事に終わり、私たちは控え室に通された。

パイプオルガンの荘厳《そうごん》な音色と、ステンドグラスから洩《も》れる光のグラデーションの調和が素晴らしい。天空の回廊をイメージしたチャペルは白で統一されており、大理石の床はステンドグラスの光を反射して、色鮮やかに煌めいている。

こんな立派なホテルだから、設計は大手の物件ばかり手掛けるゼネコンかと思いきや、意外にもチャペルの設計は彼の知り合いの個人事務所に頼んだのだという。故にこのチャペルは建築士さんと彼の、二人の思い入れのある物件なのだそうだ。

本当なら今日、この場にその建築士さんも参列される予定だったけれど、妊娠中の奥さんが昨日入院し、そのまま出産することになったため、急遽そちらに付き添うことになり、本日の参列は叶わなかった。

私たちの挙式は、来週開業するホテルのチャペルをモデルを使った撮影と偽って執り行われる。だから実際のモデルは私と彼だ。顔が写らないように、もし写ったとしても画像加工をして私たちだとわからないように処理してもらうことになっている。そしてその写真は、ホテルのホームページに掲載される。

プロのモデルを雇ったことにしているので、これは致し方ないとしても、顔が写らないとはいえ自分たちの写真がホテルのチャペルの宣伝に使われると思うと、気後れしてしまう。彼ほどのルックスならまだしも、私は平凡な顔立ちで体型だって普通だし、プロのモデルみたいに出るところが出ているわけでもなく、ウエストもくびれがない。これをホテルの宣伝に使われると思うと、なんだか申し訳ない気持ちになる。元モデルの彼は、撮影にも慣れているため堂々としている。対する私は、自信のなさから終始顔が引きつっていた。

高宮会長夫妻、社長夫妻、そして専務が撮影現場に現れるということは滅多になく、ホテル側のスタッフも、単なる撮影のためになぜ？　と疑問を持っているだろう。そこは仕事熱心である会長が、ホテルがオープンする前に家族にこれが自分のホテルだと自慢したいのだと、事前にホテル支配人の耳に入るように話をしていたおかげで怪しまれずに済んだ。私側の家族は会長夫妻の知り合いで、一緒に見学できるように取り計らったとの設定らしい。撮影中は撮影スタッフ以外立ち入り禁止にしていたため、ここで極秘に結婚式が行われることはこの場にいるスタッフ以外、誰も知らない。そのため、披露宴も行わない。

これは私たち親子の素性を外部に漏らさないための措置であり、後ほど会社の広報から、時期を見て専務の結婚を報告するように手配されている。

ホテルのごく一部を除いた人間にも、私たちの個人情報は漏らさないという徹底ぶりだ。控え室には、ごく限られた身内だけ集まっている。

六月のジューンブライドで、開業早々に予約が埋まっているとの話を聞き、そんな中で真っ先に私たちの挙式をさせてもらえることにただただ恐縮してしまった。

彼側の参列者は、彼のご両親、お兄さん一家と、藤岡先生。本当に僅かな人数だった。彼の兄嫁である遥佳《はるか》さんは第二子である男の子、蒼良《そら》くんを出産後、なかなか体調が戻らないとのことで、挙式が終わると私たちに祝辞を伝え、すぐに退席した。今日の挙式も無理をして参列してもらったようだ。

私側も、両親と史那、智賀子さん（ご主人はどうしても外せない出張で欠席、愛由美ちゃんはお留守番）だけの、本当に身内だけのひっそりとした挙式だった。

式が終わり、ウエディングドレスを着たままの私の隣に並ぶ彼と、ドレスアップして可愛らしく着飾っている史那を、智賀子さんが写真撮影してくれた。こうして彼と一緒に写真を撮るなんて、思えば四年前、初めて彼と話をしたあのバー以来だ。そして、史那を交えて三人だけの家族写真は初めてだ。

史那はキッズモデル顔負けでポージングをして、その場の空気を自然に和ませてくれている。

「文香さん、私とも写真撮りましょう」

智賀子さんはそう言うと、なんと彼にスマホを手渡した。

「夫にも後で見せるから、綺麗に撮ってね。全身と、顔のアップも」

智賀子さんはそう言うと、史那を抱っこして一緒に並んだ。

彼は無表情のまま、智賀子さんのスマホのカメラを起動させ、数枚シャッターを切った。写真を撮影し、彼が智香子さんにスマホを返すと、智香子さんはすかさず写真写りをチェックし、満足そうに微笑んだ。そのときだった。

「家族写真を撮影しますから、ご親族の方はこちらにお越し下さい」

ホテルスタッフの声により私たちの撮影会は中断され、挙式の撮影をしてくれたプロのカメラマンが私たちを誘導した。

中央に私たち夫婦と彼の膝上に抱っこされた史那、後列にそれぞれの両親が並び、写真が撮影された。カメラマンの男性はジムで鍛えているのか、とても体格がよく筋肉質なせいで、上半身のジャケットを脱いでシャツ姿になると、その胸板の厚さや腕の逞《たくま》しさが強調される。日焼けした肌は、白いシャツがよく映える。まだ若いと思われるけれど、口ひげを蓄えて、チョイ悪な印象だ。シャッターを切りながら、助手の女性に何やら耳打ちをしている。助手の女性は、顔を大きなマスクと眼鏡で覆っていて表情こそ遠目でわからなかったけれど、どこか友人に雰囲気が似ていた。でもまさか、彼女がこんなところにいるはずもない。私は緊張で彼女に気をかける余裕なんてなかった。

「次の家族写真は、史那ちゃんの七五三かな」

彼の父である高宮会長が口を開くと、会長夫人である彼の母が言葉を続ける。

「いつだって構いませんよ。こんなに可愛い孫娘なんだから、畏《かしこ》まって撮影しなくても、日常生活でもたくさん写真を撮りましょう」

彼の両親の言葉を、どう解釈すればいいのだろう。私は思わず智賀子さんにアイコンタクトを送った。

智賀子さんは苦笑いしている。きっと、深く考えるなと言いたいのだろう。

同じ一般家庭に生まれ育ち、嫁ぎ先が大企業の御曹司という共通点を持つ私たち。境遇が似ているだけに、先輩である智賀子さんについつい頼ってしまいそうだ。

ようやく結婚式という一大イベントが終わり、着替えも済ませて帰宅のためのタクシー待ちの時間、私は四年前のあの日の出来事を思い出さずにはいられなかった。

四年前。

それは、友人の可奈子《かなこ》からのメッセージから始まった。

スマホのロック画面に設定している通知に、『沖縄で結婚式を挙げます！』のメッセージが表示されて、慌てて私は無料通話アプリの可奈子とのトーク画面を開いた。

千葉を拠点に全国の海で活動している水中カメラマンの彼氏さんと、遠距離恋愛を成就させたのだそうだ。

可奈子とは大学のサークルで仲良くなってからの付き合いで、大学を卒業後、彼女は出身地の広島に帰ってしまった。けれど、時々このようにSNSで連絡を取り合っており、彼氏さんとの出会いから惚気《のろけ》まで色々と聞かされていた。

彼氏さんの顔が映っている写真を見せてと何度かお願いしたことがあるけれど、いつも可奈子は恥ずかしがって見せてくれなかった。なので、私はまだお相手の顔を知らない。沖縄での挙式の後、日を改めて大阪で披露宴を行うとも書かれていたけれど、披露宴の予定日はあいにく銀行業務の検定試験日で、受検を希望していたため参列できなくてどうしようかと考えていた。

せっかくの機会だし、それならばお祝いがてら私も沖縄へ行ってみよう。こんなことがなければ、私はきっと沖縄になんて行く機会すらない。

沖縄で運命的な出会いがあったと聞いたのは、一年前に連絡を取り合ったときのことだ。

広島と千葉との遠距離恋愛、どうなることやらと見守っていたけれど、このようなおめでたい報告が届き、とても嬉しく思った。

二人が出会った思い出の地、沖縄で結婚式を挙げたいとのことで、挙式の日取りを聞き、私はすぐさまチケットを手配することを決意した。

ちょうど五月の連休が明けた翌週に、沖縄入りして平日に結婚式を挙げるのだそうだ。そのあとは新婚旅行を兼ねて沖縄の海を堪能するのだという。離島のダイビングポイントにも潜りに行くと話していたので、旅行客の少ない時期を狙ったのだろう。

可奈子とのやり取りを終えると、私はスマホで沖縄のことを調べ始めた。

東京から沖縄までは、飛行機で約三時間。あちらの交通事情がわからないから旅行ガイドの記されたページなどを検索した。

初めて訪れる土地だ。時間に余裕を持って行動したい。

私は銀行に入行以来、よっぽどのことがない限り有給休暇を使っていない。昨年度から繰り越した休暇もまだたくさん残っているので、この機会に少し使わせてもらおう。

せっかく沖縄に行くのだから、ゆっくりと観光もしてみたい。けれど旅行慣れしていないだけに、一人で色々観光地を回るのはやはり心細い。最終日に那覇市内の活気ある国際通りを散策すれば、それなりにお土産屋さんも見て回れるかな。

ある程度の調べ物が終わると、次に格安航空会社のサイトを開いた。キャンセルや便の変更は利かないけれど、旅費を少しでも抑えようと、サイト内を検索してみた。けれど可奈子の結婚式の前日は、どの便も満席だった。もしかしたら、時期的に修学旅行などの団体客が座席を押さえているのかもしれない。

結婚式当日も、同様だった。私は格安航空券を諦めて、次に航空会社のサイトから、ホテルと往復の便がセットになっている旅行プランを検索した。

こちらは運よく空席があり、ホテルも希望するところが空いていた。

沖縄行きの旅行代金は、土日を跨がない平日出発便でありビジネス路線の時間帯ではないせいか、連休中と比べて格段に安くなっている。

今回、五月の連休明けは、幸いにも五十日《ごとおび》と呼ばれる繁忙日と重ならない。私は可南子の結婚式の前日に当たる火曜日の午後から半日休暇を、結婚式当日とその翌日木曜日の二日間の有給休暇を申請することにした。

沖縄到着が夕方になるように、往路は午後の便を。そして二泊分の宿泊と、往路と同じくらいの時間帯の帰路の便を予約した。

予約画面を眺めては、一人沖縄への思いを馳せる。いつか再び沖縄を訪れる機会があれば、その時は大好きな人と一緒がいいな……

可奈子の結婚式を楽しみにカレンダーに予定を書き込むと、その日までカウントダウンを始めた。

五月の連休も終わり、いよいよ今日の午後から有給休暇を使って沖縄に行く。そのため今日は朝から大荷物を持っての出勤だ。同僚にも友達の結婚式に参列するためと事前に伝えているので、私の荷物を見て、「楽しんできてね」「お土産よろしくね」などと声をかけられた。私は笑顔でそれに答えると、業務に取りかかった。

上空を旋回中に機内から見た沖縄の海は、サンゴ礁が群生する南の島特有のマリンブルーが夕日の色に染まり、海面の波が乱反射して煌めいていた。同じ日本なのに地元の海の色と全く違う。この景色の美しさにすっかり魅了された。可奈子が沖縄の海の虜になるのもわかる気がする。

窓際の席に座っていた私は、着陸するまでの間、上空から見える海をずっと眺めていた。

飛行機が無事に那覇空港に着陸すると、到着ロビーには『歓迎、めんそ～れおきなわ』と書かれた大きな横断幕がかかっており、その開放的な雰囲気から一気に南国にやってきた実感が湧く。私は荷物を受け取ると、ガイドブックを片手にゆいレールに乗って宿泊を予約しているホテルへと向かった。

沖縄は本土よりも一足早く夏を先取りで、夕方でも半袖でないと暑いくらいの熱気を感じる。

結婚式は、恩納村《おんなそん》にあるプライベートビーチを所有するリゾートホテルで執り行われる。沖縄の交通事情を調べると、本土と違って電車は走っていない。唯一あるのが、那覇市内を走るモノレールのゆいレールだけだ。

移動手段は車やバス、タクシーが主流で、恩納村方面へはリゾートライナーというバスが空港から出ている。国際通り入口にある県庁北口からも乗車が可能だ。

ホテルに戻る時は、逆ルートで運航しているエアポートライナーというバスに乗る。こちらもゆいレールの旭橋《あさひばし》駅、那覇バスターミナル前に停車する。

当初宿泊も、初日は可奈子たちが挙式をするホテルを予約しようかと考えたけれど、荷物を移動させる手間を考えたら、同じホテルに連泊したほうが便利そうだと思い、那覇市内の繁華街でゆいレールの駅が近いホテルに予約を入れた。でもまさか、ここが高宮グループの所有するホテルだと、このときの私は夢にも思わなかった。

宿泊するホテルは『ホテルニライカナイはいむるぶし』。

このニライカナイとは、沖縄の言葉で『海の向こうの理想郷』を意味するものだ。沖縄には、ニライカナイという理想郷が、他界もしくは海のかなた、海の底にあり、神々が豊穣、幸福をもたらしてくれるという世界観がある。地域によっても、ニライカナイがあるとされる場所や存在の考え方は様々だという。

はいむるぶしとは、沖縄の方言で南群星《はいむるぶし》、南十字星を意味するそうだ。パンフレットに書かれている説明を読んでからホテルのロビーを改めて眺めると、かつてここが、琉球王国《りゅうきゅうおうこく》という統治国家であったことを思わせるような異国情緒溢れる内装で、観光客の目を楽しませてくれる。

チェックインを済ませ、ルームキーを渡された部屋は、オーシャンビューだった。オーシャンビューとは、ホテル客室から海が見えるという意味で、客室の全てから見えるわけではなく、客室のどこかから見えることを指す。このような沖縄のリゾートホテルでは、海がどれだけ客室から見えるかによって料金設定も異なり、海がよく見える客室は人気も値段も高い。

繁華街の中にあるホテルでオーシャンビューの部屋にグレードが上がっているのは、平日で宿泊客が少なかったからだろう。ホテル側の粋なサービスに、思わず笑みがこぼれた。可奈子たちが宿泊している恩納村のリゾートホテルには、プライベートビーチがあるという。きっと宿泊している部屋からの景色は、ここ以上に素晴らしいだろう。

今日は移動だけでくたびれた。自分自身が身体を動かさなくても、物理的に長距離を移動している、それだけでどっと疲れを感じる。

部屋に入ってすぐカーテンを閉めるとパウダールームで手を洗った。そして再び部屋に戻ると、灯りをつけてソファーに座り、飛行機に乗る前に買ってきた軽食を食べながらスマホをチェックする。

新着メッセージの中に可奈子からのものもあり、急いでその画面を開いた。

『もう沖縄入りしたかな？　明日は十二時から挙式です。慌ただしいスケジュールになるけど、ごめんね。でも、わざわざこっちにまで来てくれると言ってくれて嬉しかった。本当にありがとう。明日、式場で待ってます』

メッセージと共に、恐らく篤史《あつし》さんが撮影したと思われる海中の写真が添付されていた。海底から地上に向けてカメラを向けられたもので、気泡《きほう》と太陽、よく雲の隙間から見える『天使のはしご』と呼ばれる光の筋が映っている画像は、まるで自分が海底の中にいるかのような錯覚に陥ってしまいそうだ。

水中カメラマンの仕事をしている篤史さんの写し出す海の中の世界は、さすがプロの仕事と思わせるもので、素人撮影の画像とは全然違って鮮明だし、そして何より被写体がとても斬新で魅力的だ。多少は加工処理しているのかもしれないけれど、プロのカメラマンの写真だと一目でわかる。きっと何気ない一コマも、こうやって篤史さんのカメラは被写体のキラキラとした瞬間を写し出す。

明日の挙式の撮影をするカメラマンは、同業者の記念撮影をするのだからさぞかしプレッシャーを感じているに違いない。

軽食を食べ終わると、ゴミを片づけ、荷ほどきをした。明日の挙式に着用予定の服をスーツケースから取り出すと、クローゼットの中に移動させた。

明日はエアポートシャトルバスに乗って、可奈子たちが宿泊しているホテルへと向かう。ちょうどそのホテルがバスの停留所になっており、アクセスもいい。九時過ぎに運航する県庁北口発のバスが、時間的にもちょうどいい。このバスに乗ろうと決め、スマホのアラームをセットした。

明日に備えて今日は早く休もうと、浴槽にたっぷりとお湯を張り、のんびりと浸かった。那覇空港からここに到着するまで緊張状態が続いていたせいか、肩の力が抜けると脱力感が半端じゃない。お風呂から出てベッドにダイブしてゴロゴロしていると、いつの間にか眠ってしまっていたようで、気がついたら夜明け前だった。カーテンを開けて朝日が射して明るくなる海をぼんやりと眺め、眠気覚ましにコーヒーを飲み、部屋に備え付けてあるテレビのスイッチを入れた。

昨夜髪の毛を乾かさずに眠ってしまっていたせいで、まとまりがつかない。二度手間にはなるけれど、シャワーを浴びることにした。髪を洗い、ついでに洗顔も済ませる。眠気を飛ばすにはちょうどいい。

朝のシャワーでスッキリしたので、テレビをBGMに朝の支度を始めた。朝食をとった後は国際通りを散策しながらバス停まで歩いて行こう。

予定を頭の中で組み立て、準備が整うと、部屋を後にした。

朝食を提供しているカフェのビュッフェでしっかりと腹ごしらえを済ませると、しばらくの間窓の外に見える人の往来を眺めていた。ある程度の時間が経過し、カフェの中にいる宿泊客も疎《まば》らになってきたところで私も席を立つと、一度部屋に戻り、最終チェックを済ませホテルを後にした。

のんびりと散策しながらバス停まで徒歩で向かう。挙式に参列するため、今の私の格好はこの場所ではとても浮いているだろう。けれどそんなことは気にしても仕方ない。ノースリーブの水色のワンピースに薄手のカーディガン。履き慣れない七センチのピンヒールは、靴擦れをおこさないか不安はあるものの、長時間歩き回ることはないだろうし、今日だけの辛抱だと言い聞かせる。

バス停には、何人か乗車待ちの人がいた。みんなが同じバスに乗ることはないだろうと思いながらも、何だか居心地の悪さを感じていた私は、早くバスがこないか時計ばかり見てしまう。それから十分くらい経った頃に、ようやく恩納村行きのバスが到着した。私は足元に気をつけながらバスに乗り込んだ。

目的地のホテルには、約二時間ちょっとで到着する予定だ。バスの中で暇つぶしに持ってきた文庫本でも読もうかと思ったけれど、せっかく沖縄にやってきたのだから車窓の景色を楽しむことにした。

窓の外に見える沖縄の海は本当に綺麗で、南の島の写真や映像でよく見るマリンブルーがとても眩しい。昨日も飛行機で上空から眺めることができたけど、やはり近くで見ると格別だ。ホテルに到着したら、海風に乗って一足早く夏の香りを感じるだろうか。はやる心をどうにか落ち着かせながら、目的地であるホテルに到着するのを今か今かと楽しみにしていた。

バスは予定時刻より少し遅れて目的地へと到着した。乗車時と同じく足元に気をつけながら降車すると、目の前にはホテルの建物がそびえ立つ。リゾートホテルに足を踏み入れる機会が滅多にないため気後れしてしまうけれど、こんなことがないと訪れることはないだけに、私は深呼吸をするとホテルの正面玄関へと歩を進めた。

フロントで挙式に参列するために来たことを伝えると、別のホテルスタッフにチャペルへと案内された。チャペルはプライベートビーチに面した場所にあり、絶好のロケーションだ。

まだ挙式まで時間があるせいでチャペルの中には入れないものの、ビーチに面した回廊から外に出られそうだ。

沖縄の陽射しはもう夏と言ってもいいくらいに眩しくて、油断していると即日焼けしそうだ。羽織っているカーディガンは薄手のもので紫外線を通しそうだったので、一度脱いで腕と首に日焼け止めをしっかりと塗り、再びカーディガンに袖を通す。目の前に広がる綺麗な海を見たい衝動を抑えられず、白い砂浜に足を踏み入れた。

ビーチには、どう見てもリゾートを楽しむ格好ではない男女二人組がいる。服装からして、可奈子たちの挙式に参列する篤史さん側の参列者だろう、仲睦まじい様子が遠目からも窺える。近くで海を見るつもりだったのに、いつの間にか私は遠目から二人の様子を眺めていた。そんな私に気づいたのは、女性のほうだった。連れの男性に何か話しかけると、二人が手を繋いで私の元へと近づいてくる。

「あの……もしかして、篤史くんの彼女さんのお友達ですか？」

やはりそうだ。私は頷くと二人は途端に打ち解けて、挙式までの時間を一緒に過ごすこととなった。

新婚旅行を兼ねての挙式だからか、後日披露宴を執り行う予定だからか、参列者の中に新郎新婦の両親や親戚はいない。五月の連休明けで友人たちはさすがに休暇が取りづらいのか、現地まで駆けつけてお祝いの席に参列したのは私たち三人だけだった。

篤史さんの幼馴染である藤沢《ふじさわ》さんは、一級建築士の資格を持っているそうで、仕事柄建築物にすごく興味があるのか、ホテルスタッフにチャペル内に誘導されてから挙式が始まるまでの間、ずっと建物の内部をカメラで撮影しながら何やらブツブツ呟き、隅々までチェックしている。藤沢さんの彼女である大久保《おおくぼ》さんは、いつものことだから気にしないでと、笑いながら私の話し相手をしてくれた。見れば、大久保さんの左手の薬指には、光り輝くダイヤの指輪がある。この二人も近く結婚するのだろう。なんだか幸せのお裾分けをもらったみたいで、心がほっこりする。

時間が来て、挙式が厳《おごそ》かに行われた。

このとき、初めて可奈子の旦那さんとなる篤史さんの顔を見た。筋肉質でかなり体格がよく、おまけに日焼けしているせいで、白のタキシードがとてもよく似合う。見た目はスポーツマン系の爽やかな好青年という印象だ。

私たちは持って来ていたスマホやデジカメで、貴重なオフショットをたくさん撮影できたし、何より二人がとても喜んでくれたのが嬉しかった。

無事に二人の挙式も終わり、可奈子たちも着替えを済ませ、私たちは五人で私のバスの時間までホテル内のラウンジでティータイムを楽しんだ。大久保さんには可奈子経由で今日の画像を送ると約束して、他のみんなに別れを告げると、再びシャトルバスに乗り那覇市内へと向かった。

バスが那覇市内に到着したのは、日も暮れた頃だった。お腹が空いたけれど、この格好で街中を歩くのは少し目立つし、ピンヒールを履きなれていない私の足は、もう限界だった。一度ホテルに戻り、持ってきたストレッチ素材のオフィスカジュアルワンピースに着替え、足に馴染んでいる靴に履き替えると、散策がてら夕食をとろうと国際通りに繰り出した。

国際通りを歩きながら、気になるお店を見つけてはウインドウショッピングを楽しんだ。

夕食も、現地の人がよく訪れるような大衆食堂に行ってみたかったけれど、一人ではやはり怖くて冒険できず、ようやく見つけたそれらしいお店に入ってソーキそばとラフテーを注文した。

私好みの味つけに、沖縄料理の虜《とりこ》になりそうだ。向こうに帰ったら沖縄料理のお店を探して食べに行かなきゃ。今朝もホテルでジーマーミ豆腐や海ぶどう、ミミガーなど、心ゆくまで沖縄料理を堪能したのに、美味しく平らげた。

よく食べ物は北海道のものが美味しいと耳にするけれど、沖縄は沖縄でまた味わいのある食べ物も多く、私は甲乙《こうおつ》つけがたい。

日本にいるのに、どこか異国のように感じてしまうのは、この土地がかつて琉球王国だったときの独自の文化が根づいているからだろう。日本にいるのに日本じゃないようなこの不思議な空気感を楽しみつつも、お腹がいっぱいになった私は食堂を後にして、近くにあった雑貨屋を覗いてみた。

せっかく沖縄まできたのに何も買わずに帰るのはつまらない。何か記念に残るような品物はないだろうか。

ふと目に留まったのは、ミニサイズの可愛いシーサーの置き物だった。ガイドブックに載っているような厳つい表情のものではなく、表情の柔らかい、可愛らしくデフォルメされたものだった。シーサーはもともと守り神として玄関に置かれるものらしいけれど、このサイズなら玄関脇のシューズボックスの上に置いてもいいだろう。

早速それを購入して、自分用のお土産だと伝えると、飛行機で移動する時に割れないようにと厳重に梱包してくれた。支払いを済ませてバッグの中にしまうとホテルへと向かう。

土日に比べると人通りは少ないだろうが、それなりに賑わいを見せている。ホテルに戻り部屋で荷物をまとめると、荷物の一番上に先ほど購入したシーサーの置物を置く。

そして今日は、生まれて初めての経験で、一人でホテルのバーでお酒を飲んでみようと思った。せっかく沖縄までやってきて、このような素敵なホテルに宿泊しているのに、楽しまないなんてもったいない。今までも一人でお酒を飲みに行くことなんてなかったので、もし仮に酔っ払ったとしても旅の恥はかき捨てて、お一人様を満喫しよう。とりあえずパウダールームで歯磨きと化粧直しを済ませると、最上階にあるバーに向かった。

最上階にあるバー、カナサンドー。『愛してる』という意味の、沖縄地方の方言だ。

全面ガラス張りで、間接照明がお洒落な空間は、日中だと海が一望できる上に、対岸に空港があるのか、航空機の翼についているナビゲーションライトが点滅しながら空を飛んでいるところが見える絶好のロケーションだ。

そんな景色が楽しめるように、ガラス張りにしてある壁面の一角は、私みたいな一見の一人客も座れるように、横一列のカウンターが置かれており、私はその席に案内された。

店内は照明が落とされており、間接照明が天井から吊り下げられているシャンデリアを照らしてその光がロマンティックな空間を演出している。

私が座った席の奥に、一人の男性が座っていた。その容姿はとても目を惹くくらい整っている。私はこの人を知っている。

高宮雅人さんだ。

大学こそ違ったけれど、同じテニスサークルに所属していた先輩だった。

大学の枠を越えて交流があったが、他校の上級生である彼は人気者で、彼の周りにはいつも絶えず人が集まっていた。加えて彼は、当時モデル事務所に所属していて、有名人だった。そんな人の輪に割って入る度胸なんてなく、私と可奈子は高宮さんって格好いいよねと、一緒に憧れを抱いていた。ほとんど話もしたことのない他校の後輩である私のことなんて、きっと彼は覚えていない。けれど、こうして再び出会える奇跡を、チャンスを無駄にしたくない。

　意を決して私は、少し離れた席に座る彼、高宮さんに声をかけた。

「あ、あのっ……た、高宮雅人さん、ですよね？」

　一歩間違えればただの不審者だ。でもこの時の私は、声をかけることに精一杯でそんなことに気を回す余裕なんてなかった。そんな私に、彼はちらりと一瞥《いちべつ》するだけで、グラスのお酒を口に運ぶ。私のことを警戒しているのか、不躾な視線を投げかける。

「俺の名前を知ってるってことは、モデル時代の俺のファン？　それとも以前どこかで……」

「あ、あの……大学時代、学校や学年は違いましたが同じテニスサークルに所属していたんです。当時は新入生も多かったですし、きっと覚えていらっしゃらないですよね」

　当時、サークル内は彼狙いの女性たちで溢れ返っていた。

　彼もモデルの仕事が忙しかったのか、サークルに顔を出すことは滅多になかった。就活を理由に彼がモデルを引退してからは、そんなミーハーな女子たちはサークルを辞めていった。

　私の言葉に、彼はしばし考え込む。大学時代のことは覚えていなくても仕方ない。そう思っていたら案の定、彼は申し訳なさそうに頷いた。

「……大学のサークルのことはごめん、何校か合同のサークルだったし人数も多かったから、色々な記憶が混ざってはっきりと覚えてないけど、でも何か引っかかってる。話をしてるうちに思い出せるかもしれない。えっと……名前……」

「あ、今井と言います」

私はバッグの中から自分の名刺入れを取り出した。通勤用のバッグをそのまま持ってきていたので、その中に仕事用の名刺を何枚か入れていたのだ。

名刺入れから一枚取り出すと、彼に手渡した。彼は名刺をじっと見つめている。

「今井、ふみか、さん？」

幼少期からよく名前を読み間違えられていた私は、すぐさま訂正しようと口を開こうとしたその瞬間……

「ちょっと失礼」

どこからか着信音が聞こえた。どうやら音の発信源は彼のスマホのようだ。彼が上着のポケットからスマホを取り出すと着信音が一際大きく鳴り響く。バイブ機能も設定しているらしく、独自の振動音も聞こえる。そのまま彼は電話に出るのかと思いきや、液晶画面に表示されている名前を見た途端、小さく舌打ちをして通話拒否のボタンを押すと、そのままスマホの電源を落としてしまった。

「あの……電話、大丈夫ですか？」

平日夜の電話がビジネスの連絡ではないことくらい、何となく察したものの、名前を見て通話拒否をした上に電源を落とすなんて、相手はもしかしたら緊急でかけてきたかも知れないのにと思うと、差し出がましいとは思いながらもつい口を挟んでしまう。

「ああ、気にしないでください。問題ありません。それよりもマナーモードにしていなかったからうるさくしてしまいすみません。お詫びに一杯ご馳走させてください」

名前を訂正するタイミングを逃してしまった私は、彼の言葉を固辞したが、聞き入れてはくれなかった。バーテンダーを呼ぶと、私を隣の席に招き寄せてくれた。彼のテーブルの前には、ウイスキーのボトルとアイスペールと呼ばれる氷を入れる容器が置かれている。ボトルには『高宮専務』とご丁寧に役職名まで書かれたネームプレートがつけられている。これを見て、ここが高宮グループのホテルであることを察した。

「俺はこれを適当に飲んでるから、彼女には度数が低くて飲みやすいカクテルを作ってあげて」

彼の言葉に、バーテンダーはかしこまりましたと返事をし、私に言葉をかける。

「カクテルのお好みはありますか？　例えば甘口がいいとか、飲み口スッキリがいいとか」

日頃お酒を飲む機会がなく、このようなお洒落なバーに足を運んだことがない私は、お酒の種類など全然わからない。学生時代や職場での飲み会も、最初の乾杯は基本ビールだし、その後は気が向けばチューハイを飲むこともあるけれど、ほとんどソフトドリンクに切り替えている。

「えっと……お恥ずかしながら、あまりお酒を飲む機会がなかったので、正直なところよくわからなくて。甘口の柑橘系で、何かお願いできますか？」

「かしこまりました。では私の独断になりますが、お客さまのイメージでカクテルをお作りしてもよろしいでしょうか？」

「はい、よろしくお願いします」

バーテンダーが立ち去ると、この場にいるのは私たちだけだ。ボックス席には何組かのカップルが座ってお酒と夜景を楽しんでいる。

「せっかくの沖縄の夜を楽しみましょう。ここからの夜景は素敵でしょう？」

彼の言葉に、窓の外へと視線を向ける。

飛行機の翼の先で点灯しているライトは左右の色が違う。機種や大きさ、飛行経路によって飛ぶ場所が違うし、旅客機だけではなく日頃見ることのない航空自衛隊の飛行機も飛んでいるからか、見ていて飽きない。日中はおそらく遠目にはなるだろうけれど、きっと海も綺麗に見えるこのバーは絶好の穴場だ。

「すごいですね……なんか、色々と圧倒されて、すごい以外の言葉が浮かばないです……」

「ここのバーは、沖縄の方言で『愛してる』を意味する名前なので、女性への告白やプロポーズなど、ここぞというときによく利用されるんですよ。このロケーションも手伝って、成功率はかなり高いって評判らしいです」

彼の言葉に頷いた。こんなに素敵な場所で意中の男性に愛を囁かれたら、断る女性なんてまずいないだろう。

リゾートホテル最上階のラグジュアリーな空間、店内にはBGMこそ流れていないものの、店の中央にはグランドピアノが置かれている。もしかしたらピアニストの生演奏もあるのだろうか。

「ピアノは、ピアニストが生演奏をすることもあれば、お客さんが意中の人に弾いたりすることもあるし、弾きたい人が弾いていくんだ」

私の視線の先に気づいた彼が説明をしてくれる。

「何もかもが素敵ですね」

もうこの言葉しか出てこない。店内は、ボックス席のカップルが小声で会話を楽しんでおり、時折笑い声が聞こえる。お酒を置いているカウンターでは、バーテンダーがシェイカーを振っている。一体どんなカクテルが運ばれてくるのだろう。

しばらくしてバーテンダーがこちらにやってきた。

「お待たせしました。泡盛オレンジでございます」

そう言って私の目の前に置かれたのは、ロンググラスに入ったオレンジ色の液体だ。

グラスの口にはオレンジが添えられている。

「泡盛をオレンジジュースとシークワーサー、乳酸菌飲料で割ったものです。お客さまは沖縄が初めてのようでしたので、沖縄らしいものを作らせていただきました」

バーテンダーの言葉に思わず、そうなんですと大きく頷いて、航空会社の主催する飛行機と宿がセットになったパックツアーでやって来たことを告げた。

バーテンダーはカウンターテーブルの上にコースターを置き、その上にロンググラスを置くと、一礼して持ち場へと戻っていく。その後ろ姿を私は視線で追うものの、テーブルの上に置かれたカクテルが気になって視線を元に戻した。

「沖縄限定のカクテルですね」

高宮さんの言葉に、私の頬が緩む。

「知ってます？　女子は『限定』って言葉に弱いんですよ」

私の言葉に、ニヤリとすると、ウイスキーの入ったグラスを手に取り、私にグラスを持つように促した。

「もちろん知ってますよ。『特別』って言葉にも弱いですよね。沖縄での再会に乾杯しましょう」

そう言うと、私のグラスに自分のグラスを軽く当て口をつける。私も同様に、グラスに口をつけた。飲み口は甘くて、シークワーサーが入っているからか後味が少しすっきりしている気がする。泡盛は度数が高いから量が多いと飲み切れないと思っていたけれど、オレンジジュースやシークワーサージュースが多めに注がれているのか、とても飲みやすかった。

「お味はどうですか?」

「飲みやすくて美味しいです。でもこれお酒なんですよね。調子に乗って飲み過ぎないように気をつけなきゃですね」

「一口もらってもいい?」

彼はそう言うと私の手からグラスを取り、口をつけた。咄嗟のことに私は固まってしまったけれど、そんなのお構いなしだ。

「うん、甘い。でもお酒に弱いなら、気をつけて飲まないと酔いが回りそうだな」

口調は優しいものの、その表情は何だか物憂げだ。

「……何か、悩みごとでも?」

余計なことを聞いているのは自分でもわかっている。仕事上のことならきっとこんなところで一人で考え込むような人ではない、そう思ったからこそ、余計なお世話だと思いながらもつい口から言葉が出てしまった。

「あ……いや。俺の大学時代を知ってると聞いて、必死であの頃のことを思い出そうとしていたんだけど……当時、俺と何か話したことってある?」

私の問いに彼が答えるものの、何だか取ってつけたような返答だった。それこそ何かを誤魔化すような……きっと深く追及しないほうがいいだろう。私は彼の意図を汲んで、それ以上は聞かなかった。

「テニスサークルって当時すごく人気があったし、うっかり高宮さんに近づこうものならそれこそ先輩方からすごい目で睨まれるから遠目で見てるだけでしたけど……あ、そう言えば、一度高宮さんの怪我の手当てをしたことがあるんです」

「え？　怪我って……もしかして、右手の拳《こぶし》の……？」

私の言葉に彼の顔つきが変わった。もしかして思い出してくれたのだろうか？　私は言葉を続けた。

「はい。当時の私は入学したてでテニスも初心者で。おまけに運動神経も鈍いから、何もないところでよく躓《つまず》いて転んだりしてたんですよね。だから怪我したときに応急処置がすぐにできるように、自分用の消毒液や絆創膏《ばんそうこう》とかの医療品を持ち歩いてて。たまたま荷物を取りにクラブハウスに入ったときに、右手の拳《こぶし》に怪我をしていた高宮さんと会いました」

あの日の彼は、優しくて穏やかないつもの彼と違って何だか荒れていたように見えた。

右手の拳《こぶし》は恐らく自分で壁か何かを叩いて負傷したのだろう。詳しい事情を踏み込んで聞けるような雰囲気でもなかったし、第一、彼が何も話したがらなかったから、私は黙って彼の表面部分の怪我の手当てをした。折れたりひびが入ったりしているかもとは思ったものの、てのひらをグーパーと動かしてもらうと動作はできたので病院に行くほどではないと判断し、消毒をして何枚か絆創膏《ばんそうこう》を渡した。

利き手である右手を負傷しているとラケットも握れないし、いつもと様子が違ったのでみんなに見つからないうちにと帰宅を促したのだった。

下級生が他校の上級生に偉そうなことを言ってしまい、しかもその相手が彼だったのだ。このことを先輩に知られたらと思うと、恐ろしくて会話を楽しむ余裕なんてなかった。

その当時のことを思い出しながら話をする私の表情を、彼はまじまじと見つめていたけれど、話を最後まで聞いて、彼の瞳が何かを見つけたときのようにキラキラと輝いていることに気づく。

「そっか、君があのときの……俺こそお礼が言えてなかったね。今さらになるけど、あのときはありがとう。あの後、気持ちが落ち着いてからサークルに顔を出したのに全然会えなかったよね、お礼を言いたくてずっと探してたんだけど……」

グラスに口をつけながら、お互い昔話に花を咲かせる。

「ご本人を目の前にこんなことを言うのもなんですが、あの頃は学校が違うとはいえ高宮さんは女子からすごく人気があって、そんな人気者と一対一で話をするのはご法度《はっと》みたいな空気が当時サークル内にありまして……」

「ああ、それで……俺が今井さんを探していることで、迷惑をかけてしまったんだな」

そう、実はその後、彼がクラブハウスで怪我の手当てをしてくれた子を探していると風の噂で聞いた。顔を合わせたら私だとバレて、サークル内で居心地が悪くなりそうで、合同練習の日は用事があると言って接触を避けるようになったんだった。

私になりすました女子が彼に手当てをしたのは自分だと名乗り出たが、彼は顔を覚えているからそんな嘘は即バレで、私はいつ彼に見つかるかヒヤヒヤしていた。彼は四年の後期に入ったらサークル活動は引退すると聞いていたので、それまでは接点を持たないように神経を尖らせていた。

曖昧な笑顔で誤魔化していると、彼が突然爆弾を投下した。

「あのとき、俺が君に一目惚《ひとめぼ》れしたって言ったら信じる？」

危うく手にしていたグラスを落としそうになり、すんでのところでなんとか持ちこたえた。

「逃げられたら追いたくなるのが人の性《さが》だよね。あれからずっと、君のことを考えてた。あの頃のボブへアーも可愛かったけど、今の髪型もよく似合ってる」

これは夢を見ているのだろうか……？　本気で高宮さんが私を口説きにかかっているのか、それとも沖縄という土地が見せる一夜限りの恋なのか、判断がつかなくて私は固まったままだ。

「さっきも言った通り、このバーはここ一番の告白でよく使われる場所だ。ロケーション、店の雰囲気、お酒、全てを使って、今君を口説いてる。あのとき、きちんと君を捕まえることができなかったことが悔やまれるよ。……今日こそは、逃さない」

断ることは許さないと言わんばかりの食い気味な彼が、何だかおかしくて思わず失笑してしまう私を訝《いぶか》しげに見つめている。

「笑っちゃってごめんなさい。何だか信じられなくて。私、あの頃高宮さんのこと、一方的に憧れてて。その憧れてた人からこんなふうに言ってもらえるなんて夢にも思ってなくて……」

私の言葉に、彼は安堵の溜息を吐く。そして……

「よかった……嫌われてるわけではなさそうだ。もし俺が恋人になってほしいって言ったらOKしてくれる？」

彼の言葉に、無言で頷いた。その直後、彼は自分の上着のポケットから名刺入れを取り出した。

「ありがとう。この裏に俺の個人の連絡先があるから、よかったらこれ、登録しておいてくれるかな？　今、まだスマホの電源を入れられなくて……」

きっとさっきの電話の主が再び電話をかけてくる可能性があるのだろう。私は笑顔で頷いた。

「はい。じゃあ今、酔いが回らないうちに登録しますね」

スマホを取り出して、連絡帳に彼の連絡先を登録した。震える手で何度か入力を間違いながらも、彼の連絡先を手に入れることができて放心状態だ。そんな私を彼がからかう。

「何ボーッとしてるの？」

「だ、だって、これ、本当ですか？　今でも信じられなくて、目が覚めたらドッキリだったとか夢だったってオチじゃないかって……」

私が最後まで話し終わる前に、彼は私のスマホを手に取ると、カメラを起動させた。

「じゃあ、これが証拠。一緒に撮るよ」

そう言って私の肩を抱くと、スマホのカメラで撮影した。ちょうど違うテーブルのオーダーを受けたバーテンダーがその様子を見て、写真を撮りましょうと声をかけてくれたので、ガラス張りの夜景をバックに写真を撮ってもらった。肩を抱かれて固まる私に、彼は悪戯《いたずら》っぽく微笑む。

「ふみか、その反応、男慣れしてなくて可愛い。何だか今日はもう放したくないな……こっちにはいつまで滞在予定？」

バーテンダーからスマホを受け取り、カウンターへ戻って行ったあと、たった今彼氏になった高宮さんが私の耳元で囁いた。

「あの……明日の午後の便で東京に戻ります。実は今日、友達の結婚式が恩納村のリゾートホテルであって、どうしても参列したかったから、職場に無理言って二日間有給休暇をもらってきたんです。あ、それこそ彼女も同じサークルに所属していたんですよ。今日結婚したから苗字が変わりましたけど、旧姓が大野《おおの》可奈子。結婚して大村《おおむら》になりましたが、彼女と私、仲がよかったんです」

「大野さん……ごめん、覚えてないな。ふみか以外の後輩は、ほぼ記憶にないと言ってもいいぐらいだよ。サークルも人数が多かったし、他校との合同サークルだと人の出入りが激しいから、話をしたことのない人なんてまず記憶に残ってない」

彼の返事にがっくりするものの、私以外覚えていないという言葉が嬉しくて、でも私が沖縄にやって来るきっかけを与えてくれたのが可奈子の結婚式だったので、お酒の勢いもあり私はいつも以上に饒舌《じょうぜつ》になっていた。

「そうなんですね。可奈子、こっちで知り合った水中カメラマンの彼氏さんと遠距離恋愛を実らせて、二人が出会ったこの土地で二人だけで挙式するんだって言ってて。可奈子が広島出身で、彼氏さんが千葉の人なので、大阪で後日改めて披露宴をするそうなんですけど、その日は私が用事があって参列できないから、ここに押し掛けてきたんです」

可奈子の結婚式を思い出して笑顔になっている私を、彼が優しい眼差しで見つめている。

「水中カメラマン、それはまたすごい職業だね」

「本当に。スキューバダイビングのライセンスを取るだけでも大変でしょうし、その上水中でカメラを操るなんて本当にすごいですよね。でも、高宮さんだってすごいです。ご実家のお仕事とはいえ、専務さんなんですから」

私の言葉に、彼は謙遜する。

「親の会社だから、別にすごくはないよ。結構こき使われてるし。でも明日帰っちゃうなんて残念だな。せっかく遠路はるばる沖縄までやってきたのに、ろくに観光すらしてないだろう？　……まあ、銀行の仕事も忙しいだろうし、航空会社のパックツアーで来たなら、帰りの便の変更は無理だよな」

彼の言葉に頷いた。天候不良などの不可抗力の理由以外でキャンセルや搭乗便の変更をしたとしても、返金してくれないのだ。

「じゃあ、今夜は俺と一緒に過ごしてくれる？」

生まれて初めてできた恋人からのお誘いに頷いてしまったのは、お酒が入っている勢いと、地元ではなく沖縄という南国で開放的な気持ちになっているせいだろう。このときの私は完全に舞い上がっていた。

テーブルの上のカクテルを飲み干し、彼も飲んでいたウイスキーのグラスを空にすると、私たちはバーを後にする。そして彼にエスコートされて向かった先は、同じフロアにあるスイートルームだった。生まれて初めての経験づくしで、部屋に入ると私は子どものようにはしゃいでいた。そんな私を優しく見つめる彼の手が肩に触れると、そのままベッドに誘われ、私たちはベッドの上に並んで腰を下ろす。

彼の顔が近づくと、私は自然と瞼《まぶた》を閉じた。触れた唇はお互い先ほど飲んだアルコールで潤っており、ウイスキーの匂いが鼻孔《びこう》をくすぐる。柔らかい唇の感触に思わず少し口を開くと、待ってましたと言わんばかりに彼の舌が侵入した。

驚きのあまり身体に力が入るものの、彼の手が『大丈夫』と言っているかのように優しく私の身体を包みこんだ。それに気づいて力を抜くと、バランスを崩してベッドの上に倒れ込んだが、彼は覆い被さってキスを止めない。

キスをするたびに、チュッとリップ音が聞こえる。彼の舌が私の口腔で、ゆっくりと歯並びに沿って這う。私を支えていた左手は、利き手ではないのにいつの間にか背中のファスナーを下ろしてブラジャーのホックを器用に外している。右手は私の頬を優しく撫で上げていく。あまりの気持ち良さに私の口からは今まで聞いたことのない甘えた声が漏れる。

「……んっ……ふぅ……」

その声を聞いた彼は、ゆっくりと唇を離し、私をギュッと抱き締めた。密着する身体に、私は自然と彼の背中に腕を回すと、彼の昂《たかぶ》りが服越しに私の太腿に触れた。骨とは違う硬さに一瞬驚いたものの、私に欲情していることを直に感じた。

今まで男性とのお付き合い経験がないから、男性の身体の反応については、彼氏のいる子からの情報しかない。これから、そんな友達が経験したことを私も経験するのは、彼の部屋についてくることで察したし、もうお互い大人なのだから合意の上だ。

彼は私の着衣を一枚ずつはぎ取っていく。ストッキングも伝線しないようにと慎重に脱がされ、ワンピースも早々に脱がされ、かろうじて胸に引っかかっていたブラジャーも、呆気なく取り払われる。いよいよ最後の砦であるショーツに彼の手がかかるそのとき――

「……私一人だけ裸になるの、恥ずかしいです」

私は勇気を振り絞って言葉を発すると、彼は優しく微笑んだ。

「そうだな……でもそれだけ魅力的な君が悪い」

そう言って私の唇にチュッと音を立ててキスをすると、彼は自分の着ている服を脱ぎ始めた。

ホテルの部屋の照明が逆光となり、彼の身体のラインの陰影が綺麗に浮かび上がる。程よく筋肉がついた上半身は、思ったよりもがっしりと逞しく、着痩せするタイプなんだと知った。スラックスを脱ぎ、ボクサーパンツを脱ぎ捨てると、お腹にまで貼りつきそうなくらいに勃起した彼の昂《たかぶ》りが視界に入った。

初めて見る男性のそれは想像以上に大きくて、直視するのが恥ずかしくなった私は思わず視線を横に逸らした。あんなに大きなものが、果たして私の中に入るのか、そして彼は私で満足できるのか、不安がよぎる。

そんな私の気持ちに気づいたのか、彼が問いかける。

「もしかして、こういうことするの初めて？」

彼の問いに、私は羞恥心を露《あら》わにしながらも頷くと、彼は私の身体に優しく触れた。

「そうか……じゃあふみかの初めてが、痛いだけの思い出にならないように大事に抱くよ」

彼はそう言うと、私のショーツを脱がせた。自分を覆い隠すものが何もなくなり、恥ずかしさのあまり手で胸を隠そうと、膝を立てて下半身を隠そうとしたが、無駄な抵抗に終わった。

「俺も裸だから、ふみかと一緒だ。綺麗な身体、よく見せて」

彼はそう言いながら私の両手をまとめ上げるとシーツの上で動かせないように縫い留める。まるで昆虫標本になった気分だ。身動きが取れなくなった私の身体を、反対側の手で撫で上げていく。

肌に触れるその手つきは、まるで壊れ物を取り扱うように優しくて、このように直に肌に触れられたことのない私の身体は、逐一彼の手の動きに反応している。私にキスをしながら彼の手が胸の頂に触れた瞬間、私の身体は大きく跳ねた。その先端を彼の指先が優しく弾《はじ》いたり摘んだりと刺激を与えていくたびに、そこは段々と硬くなっていく。

反対側の胸も、触れられていないのに同じく硬く尖《とが》っていくのがわかった。

彼のキスが唇から首筋へと移動していくと、唇が這う感覚がくすぐったい。身体をよじらせようとしても、覆い被さった彼の身体がそれを阻止する。

「こら、じっとしてて。……ふみかの肌、すごく白くて柔らかいな。胸なんてふわふわしてる。美味しそう」

そう言いながら舌を胸へと這わせると、パクッと先端を咥えた。

「あっ……」

思わず口から声が漏れる。軽く歯を立てられたものの痛みは感じない。上目遣いで私の反応を見ながら、チロチロと犬が舐めるように右胸の乳首を舐め始めた。いつの間にか縫い留められていた手はほどかれ、彼の右手は私の左胸を揉みながら指先で私が気持ちよくなるように先端を撫で上げている。その姿を見ていると、お腹の奥の切ない場所がキュンと疼いた。疼きと同時に、熱い蜜が蕩けだす。初めての感覚に戸惑いつつも、彼から与えられる刺激は私の思考を鈍らせる。

「高宮さ……なん、か、身体が……へ、変……」

やっとの思いで口にした言葉に、彼は妖艶《ようえん》に微笑んだ。

「変なんかじゃないさ。それは『気持ちいい』って言うんだ。これからもっと気持ちよくなるから、音を上げるなよ」

胸元で囁くものだから、彼の吐息が胸にかかる。彼はその後も胸への執拗な愛撫を繰り返し、そのたびに私の下半身は疼いて仕方ない。疼きは段々増していき、無意識のうちに私の腰が動いていることに気づいた彼は、その手を私の胸から徐々に下へと這わせていく。そして彼の手が、いよいよ大量の蜜で濡れた蜜口に辿り着いた。彼の長くてしなやかな指がその蜜をすくい上げると、これ見よがしに自分の口へと運び、甘い蜜を舐めるかのように舐め取っていく。

「こんなに感じてくれてるんだな……嬉しいよ。これからここをいっぱいほぐしていくからな」

彼はそう言うと、私の脚を大きく割り広げて蜜口の中に指を一本挿し入れた。

「痛くないか？」

彼の言葉に、首を縦に振る。痛みはないものの、何だか変な感覚だ。指はすんなりと入った。

「やっぱり狭いな……痛みを感じないように、これから時間をかけてここをほぐしていくから。ふみかは何もしなくていい、気持ちよく感じてて」

彼の言葉に頷くと、彼は体を起こすと私の脚を開いたままその間に座り、私の下半身に刺激を与え始めた。蜜口に指を入れたままの状態で、反対の手で外側の入口付近にある突起を優しく撫でる。あまりの気持ち良さに、大きく身体がしなると同時に活きのいい魚のようにビクンと跳ね上がる。

「あ、ああっ……あ……あん、ん、んんっ…………んんーーっ」

言葉にならない声が先ほどからずっと口から漏れている。体内の刺激よりもまだ、外部からの刺激に私の身体は敏感に反応する。痛みこそ感じないものの彼の挿し入れている指は異物のような感覚で、正直まだ気持ちいいとは思えない。それをわかっているのか彼は外側からの刺激を止めようとしない。私の愛液をすくい上げると、ひだの内側にある突起に擦りつけ、撫でたり、時には軽く摘んだり、気がつけば敏感な部分を彼は自らの舌で舐め上げている。指先とは全く違うその感覚に、身体が歓喜している。

「ふみか、気持ちいいか？」

「はっ……、あ、ああっ、あんっ……い、いいっ」

返事にならない私の声と反応を見て、彼は妖艶に微笑んだ。

「俺も、ふみかが感じてくれて嬉しいよ」

彼は私の反応をたしかめながら中に挿し入れている指の本数を増やし、再び刺激を与え始める。反対の手で下半身の敏感な部分から手を伸ばして私の胸に手を這わせると、再び乳首に触れた。途端に私の身体は大きくしなる。先ほどからの刺激で先端はずっと硬くなったままだ。下半身と上半身、同時に与えられる刺激に私の身体は再び跳ね上がる。彼が愛撫を仕掛けてくるたびに、言葉にならない感覚が全身を駆け巡り、初めての感覚に私は心身ともに翻弄《ほんろう》されて、何がどうなってこうなるのか理解が追いつかない。

「ああんっ!……っふぅ……んんっ」

彼から与えられる刺激に、身体が敏感に反応すると同時に、私の口からは言葉にならない声が漏れている。こんな感覚、知らない。これから私はどうなってしまうのだろう。

どのくらいの時間が経ったかわからないくらい、彼は丁寧に私の入口をほぐしている。目の前が真っ白になりそうな感覚が何度も訪れるたびに、絶妙なタイミングで愛撫を止める。そのたびに私の身体の奥の疼《うず》きは強くなる。もう我慢ができないくらいまでぐずぐずにされてしまい、この後自分がどうなってしまうのかすら考える余裕なんてなくなっていた。

「あっ……おね、がっ……きて……!!」

その声に、彼は自らの昂《たかぶ》りの先端を私の蜜口にあてがうと、そこから溢れ出る蜜を先端に擦りつけていく。擦りつける際に、私の花びらの奥にある芯に当たるよう手を何度も上下に動かすものだから、そのたびに私の身体は何度も跳ね上がる。理性なんてとっくの昔に飛んでおり、私の本能が彼を求めている。今まで散々じらされて、私はもう我慢の限界だった。

「痛くても途中で止めてやれないけど……いいのか?」

彼が最終確認する。私は頷いてそのときを待っている。早くこの疼いた身体をどうにかして鎮めてほしくて私は彼に全てを委ねた。彼の屹立《きつりつ》を私の蜜口に挿し入れたその瞬間……それまで感じたことのない痛みが走った。

「いっ……‼」

痛みのあまり、思わず身体に力が入る。彼は私のそんな様子を見ながらも、ゆっくりと中に割り入ってくる。メリメリと音が聞こえそうなくらいに、彼のものが私の今まで誰も触れたことがない場所へとやってくる。先ほど指でほぐしたと言っていたけれど、そんなものとの比較にはならないくらいの質量が、押し入ってくる。これが破瓜《はか》の痛みなんだと頭で理解するものの、生理痛の何倍も痛い。私、本当にこの痛みに耐えられるのだろうかと、痛みと不安と恐怖で身体に力が入る。彼はそのままの体勢で手を伸ばすと私に触れる。

「ふみか、力を抜け。深呼吸……そう、上手だ」

彼の言葉に従って深呼吸をする。その様子を見ながら彼は私の花びらの奥の芯を触り、意識を痛みから逸らせてくれる。まだ快感よりも痛みの比率が高いけれど、深呼吸で少しリラックスした私の身体から少し力が抜けると、その隙を狙って彼が一気に最奥までやってきた。痛みのあまり、一瞬目から火花が飛び出しそうな感覚に陥った。

「一番奥まで入ったよ、よく頑張った」

彼はそう言うと私の頭を優しく撫でた。その手の温かさに、私を労わるような優しい声に、私の目からは自然と涙がこぼれ落ちる。その涙を彼がそっと拭うと私に覆い被さった。

「大丈夫、しばらくこのままでいるから。身体が辛くないようにじっとしてる」

そう言って私にキスの雨を降らせた。額《ひたい》に、瞼に、鼻梁《びりょう》に、頬に、唇に、顔中いたるところにキスをしてくれる。キスのおかげで身体から少し力が抜け、それを察した彼が動くよと囁くとそのまま腰を動かし始めた。

まだ痛みは走るものの、先ほど彼に散々ほぐされて私の蜜が溢れ返っていたおかげで、それが潤滑油の役割を果たし、痛みは徐々に感じなくなった。代わりに今まで感じたことのない感覚に囚われる。再び体に甘い疼きが走り、我を失って彼の身体にしがみつくと、彼も私をギュッと抱き締めながらも腰の動きを止めようとしない。彼から与えられる快楽という名の甘い蜜は、一度知ってしまったら最後、忘れられないものとなってしまう。彼が触れる場所が全て、性感帯になったかのようだ。

「ああ……あ、ああっ……んん……っ……っふあ……ああっ!!」

あまりの気持ち良さにずっと目を閉じていたけれど、ふと彼の表情を見たくなり瞼を開くと、彼が眉根を寄せながらも必死で何かを堪えているようだ。その表情に余裕なんて全くない。今までそんな表情を見たことがない私は歓喜した。

「……くそっ、気持ちよすぎる」

先ほどまであんなに余裕で私を翻弄していた彼をこんなふうにしたのは私なんだと思うとなんだか誇らしく思う一方で、今の私に彼を気遣う余裕なんてものはない。

彼も先ほどまでのように優しい気遣いはどこに行ってしまったのかと思うくらいに腰の動きが先ほどよりも速くなる。

「やばい、ふみかの中、めちゃくちゃ気持ちいい……」

「わ……たし……も、き……もち……いっ……」

さっきまで散々焦《じ》らされていた私の身体は、あっという間に限界に達し、目の前が真っ白になって下半身が痙攣《けいれん》してもなお、彼の動きは止まらない。身体に与えられる刺激が強すぎて私も意識を失いそうになった時だった。私のお腹の中で彼のものが大きく膨れ上がる感覚があり、それと同時にお腹の中が温かくなった。彼の熱い液が放たれたのだ。

彼自身もビクンと脈打っているのがわかる。彼の熱も感じる。

全てが初めてのことで、身体が言うことを聞かず、私はしばらくの間気を失っていた。

どのくらいの時間眠っていたのだろう。目が覚めると、ベッドの上で横たわる私に腕枕をしながら見つめている彼の姿が視界に映った。

「気がついたか？　最初から無理させたな。加減するつもりだったのに、気持ちよすぎて止められなかった」

「私……」

何を言いたいのか察したのだろう、彼は私の額《ひたい》にキスをしながら囁いた。

「ふみかが気を失ってから、まだ二十分くらいしか経ってない。最初から無理させたな」

彼の言葉に、先ほどまでの行為を思い出した。と同時に、下腹部に力が入った瞬間、膣から生温かい液が流れ出る感覚を覚えた。まさかと思ってゆっくりと上半身を起こすと、私の初めてである証の出血と白い液体が混ざり合い、シーツはピンク色の染みを作っている。気が動転した私は思わず口走った。

「あのっ……えっと、ゴム……その……着けて、ま……した……?」

私の言葉に彼からの返答はなく、しばらくの間沈黙が流れる。これが答えだということがわかるものの、なぜ彼が避妊しなかったのか、理由が知りたくて私は彼の言葉を待つ。

「ごめん、ゴムは着けていない。君を妊娠させたかった」

その言葉に、思わず私は息を呑む。でもすぐに彼は言葉を続けた。

「……冗談だ、勝手なことをしたことは謝る。だが実は……俺は、子どもができない身体なんだ」

思いがけない彼の言葉に私の理解が追いつかない。彼の言葉の続きを待った。

「公にはしてないから大きな声では言えないんだが……大学の頃にちょっと病気をして、その後遺症で子どもができない身体になってしまったんだ。こうやって好きな女性に対して身体は反応するし、行為自体もできるけど、子種がほとんどないって言われて……君と大学のクラブハウスで初めて会ったあの日、検査結果を聞いて自暴自棄になってたんだ」

男性不妊の話は、何かで見聞きしたことがある。成人してからあるウイルス性の病気に感染すると、その後遺症で活動精子の量が極端に少なくなるという。まさか彼がそんなことになっていたとは夢にも思わなかった。

彼の言葉に、あの日の記憶が蘇る。

——あの日の彼はいつもと様子が違っていて、言葉をかけることすら憚《はばか》られる空気をまとっていた。それでも右手の拳《こぶし》の怪我は放っておけなくて、疎ましがられることを承知の上で声をかけた。

「あの日、君は自分のことは語らず、俺に何があったかも聞かずに怪我の手当てだけをしてくれた。俺の気持ちを汲んで、誰かに何か言われる前に、気づかれる前に帰るべきだとも。それだけで俺の気持ちは救われた」

大学時代、我が身に降りかかった辛い経験を再びこうして口にすることは、きっと彼も辛いに違いない。でも今の私はどうしてこうなったのかを知る権利がある。黙って彼の言葉を聞いていた。

「怪我が治って気持ちも少し落ち着いたとき、きちんとお礼が言いたくて、ふみかのことを探してた。だけど見つからなくて……名前も知らない上に、大学も違うし俺は四年で、サークルも引退前で時間は限られていた。モデル事務所も、当初から大学在学中だけの契約だったし、学業にも支障をきたすようになって色々と不都合もあったから、早めに引退した。卒業後は、高宮グループに就職も決まっていて、大学時代からずっと家業も手伝ってた。だからサークルにもあまり顔を出すこともできなかった」

高宮グループのホテルは、ラグジュアリーなリゾートホテルの他にも、地方にビジネスホテルも展開しており、幅広い客層が利用している。

「兄のところに去年の夏、待望の第一子が生まれて、いよいよ俺も身を固めるようにと周りがうるさくなってきた。でも……こんな身体じゃ、自分の子どもなんて望めない……俺がいくら頑張ったとしても、君を妊娠させることなんてできないだろうな……」

自虐的な表情が、彼の苦悩を物語っている。

「このことを……ご家族は、ご存知なんですか……？」

私の想像以上に、彼の抱えているものが大きすぎて、やっとの思いで絞り出した言葉だった。

「いや……検査してから何年経った今でも自分自身が認めたくなくて、今日初めて君に話したくらいだから、両親も兄も知らないことだ。病気をしてからというもの、誰かにこのことが知られたらと思うと怖くて、誰とも付き合おうと思わなかったくらいだからな」

将来結婚して子どもが望めないということに絶望している彼に、どんな言葉をかけるべきかわからずにいると、彼は力なく笑う。

「だからきっと、避妊なんてしなくても妊娠はしないだろう。でも……もし今日の行為で君が妊娠することができたなら……そのときは、俺と結婚してくれないか？」

唐突のプロポーズに、私は固まった。

今、なんて言った……？　結婚、って、私と……？

「さっきも言ったように、大学で初めて会ったあの日に俺は君に一目惚れした。こうして肌を重ねた以上、手放したくないとすら思ってる。もしふみかが妊娠したら、きちんと責任を取る覚悟もできている。いや、責任というよりも、俺がふみかを独り占めしたいから、是が非でも俺と結婚してもらう」

彼がここまで一気に話したところで、一息吐いた。そして、その後に続く言葉に、私は心を揺さぶられた。

「……でもそれは俺の一方的な感情であり、将来のことを考えたら君にも相手を選ぶ権利がある。もし今回妊娠しなかったとして、付き合いが続いた上で結婚まで話が進んだとしよう。でも俺の子どもを妊娠する可能性はゼロではないかもしれないけど、限りなく低いと思う」

彼は、自分自身のことだけではなく、私の将来のことまで考えている。

「将来的に子どもが欲しいと思っても、俺側に不妊の原因があるから、それを理由に結婚を断られても仕方ないと思ってる……でも……」

私は彼の言葉を遮るように、彼の腕枕から身体を起こすと、彼の前に向き合って座った。彼も私に釣られて居住まいを整える。お互いが裸のままで、隠すものは何もない。私は深呼吸をして気持ちを落ち着けると、思っていることを口にした。

「高宮さんの事情はわかりました。――将来のことは、現時点でまだ考えられませんが、このままの流れでお付き合いをさせてもらって、もし自然に妊娠することができたら、そのときは、私と結婚してください。仮に妊娠することがなかったとしても、結婚が決まった時点で、それはまた考えましょう」

私の言葉に彼は息を呑むと、私の腕を掴んでそのまま自分の胸に抱き寄せた。私はバランスを崩してそのまま前のめりに彼の胸の中に倒れ込んだ。

「ありがとう……ふみか、愛してる」

このときの私は天にも昇るような気持ちだった。人生の中で一番幸せな瞬間だった。改めて気持ちを確かめ合うと、私たちは再び深く唇を重ねた。

「二回目してもいい？」

私の身体を気遣いながらも嫌だと言わせる空気ではないだけに、私はしょうがないなと苦笑いをすると、再び私は彼に組み敷かれた。

「加減はするけど、今度は意識飛ばすなよ」

「じゃあ、初心者相手にあそこまでじらさないでくださいね」

お互いが軽口を叩きながらも、甘い空気に切り替わる。彼は私の手を取ると、自分の一番大事なところを握らせる。

「見てこれ、ふみかに反応してこうなってるのわかるか？」

私の手の中で、彼が段々と大きく、硬くなっていく。軽く握ってみると、彼は笑いながら私の反対の手もそこに添えた。彼は私が触りやすいように私の身体を跨いだ。

「こうやってちょっと力を入れて擦ってみて……そう、めちゃくちゃ気持ちいい」

初めて触れる彼の身体は、私とはまるで構造が違う。見る見るうちに片手だけでは収まらない長さにまで大きくなった彼のものは、先端の部分がすでに濡れている。触れることも見ることも初めてのそれが、一体どうなってこうなるのか不思議でならない。私の考えていることなんてお見通しなのか、彼が説明してくれる。

「これは先走り。我慢汁とも言うんだ。ふみかの中に入りたくて、中で出したくて堪らないとこうなる」

露骨な発言に思わず顔が真っ赤になってしまう。

「だって好きな子にこんなことしてもらってるんだから、こうなるのは当たり前だろ

『好きな子』の言葉に、私の心は舞い上がる。憧れていた人に愛を囁かれて肌を重ねて一つになれる。こんなにも幸せでいいのだろうか。

「ふみかもさっき、ここが濡れてすごいことになってただろう？　それと一緒だ」

そう言って空いた手で私の蜜口に触れようと手を伸ばす。すでに私の秘めたる場所への入口は相変わらず濡れそぼっている。私の手から自身の屹立を外すように促し、再び私の下半身までずり下がると、蜜口にそれをあてがった。そしてゆっくりと私の中に入ってくる。

ずんっと私の下半身を圧迫する彼のものは、先ほどと同様に、硬くて熱をもっている。彼の言う通り、私の身体は二回目だというのにすんなりと彼を受け入れた。先ほどの初めての痛みが再び下半身に走るのかと戦慄《おのの》いたものの、ほとんど痛みを感じることはなかった。甘い痛みが、気持ちいいに置き換わる。彼の律動を私がぎゅうぎゅうに締めつけている。

「ふみか、きつい」

彼はそう言うもののわざとではないし、どうすれば締めつけないで済むかなんてわからない。

「力抜いて。リラックス」

そんなことを言われても、無理な話である。彼は仕方ないなと軽く溜息を吐きながら私に覆い被さると、一度私の中から抜き出し私の胸にキスをした。いや、これはキスと言うよりも……ちゅうっと吸い付いている。その吸引力で肌に痛みが走るけど、彼は一向に止める気配がない。ようやく吸い付くのをやめたと思ったら、そこには鬱血痕がある。これはもしや……

「うん、綺麗についたな。これが消える前にまだふみかを抱けるように願掛けしたから」

これがキスマークだと気づいた私は、途端に嬉しくなった。まるで自分の所有物だと言わんばかりのマーキングだ。まさかそんなふうに思ってくれているなんて思ってもみなかった。

「高宮さんは、いつまでこっちにいるんですか？」

「んー、明日、こっちのホテル業協会の会合があるんだ。それが終わって懇親会もあるから明後日の昼の便で帰る予定。向こうに帰ったら、食事でも行こうか」

「はいっ、楽しみにしてます」

「じゃあ、続きするぞ」

彼はそう言うや否や、雑談で油断していた私の中に分け入ると、思いっきり最奥を突いてくる。

「ああっ……‼」

強烈な刺激に私の口からは思わず恥ずかしい声が上がる。私の腰を掴んだ手は、私を逃さないと言わんばかりにしっかりと固定されている。

先ほど大股を開いて股関節が痛くなっていた私は、彼の身体をがっちりとホールドするように両脚を彼に巻きつけた。それをすると彼が身動きが取りづらくなるのか、私の脚を自分の両肩に担《かつ》ぎ上げるとかかとが肩に引っかかるように乗せ、再び私の腰を掴み直して自身の腰を振り始める。腰を掴んでいた手を離すと、私の手を取り、指を絡めるように握りしめた。いわゆる恋人繋ぎというやつだ。

「ふみか、愛してる」

彼の言葉に返事をしたいのに、それどころではない。激しく腰を突かれた上に空いた手で胸を揉みしだかれ、私の秘所から溢れ出る蜜と先ほど彼が出した液とが混ざりあって、下半身はもうぐしょぐしょになっている。

彼の肌が、じんわりと汗ばんでいるのがわかる。私に触れる手も汗でじっとりとしており、私の身体も汗と彼の唾液と蜜口から溢れる液でもうドロドロだ。

「あ……わ、……た、し……も……………き……すき……」

彼が動くたびに、全身に快感が走る。

その都度、彼は私の突起部分を触って官能を、悦《よろこ》びを私に与えてくれる。

その過酷な『飴と鞭』も、いつの間にか美味しい飴の味だけしか感じなくなっていた。

彼と結合している蜜穴も、私の蜜と彼の先走りと先ほど彼が放った精が混ざり合い、ドロドロになる。お互いの汗と熱気も加わり独特の香りが部屋の中に充満している。

「ふみかの中はすごいな……なんだか食いちぎられそうだ」

私の身体が彼をみっちりと締めつけているのを感じるから、彼も同じように感じているのだろう。このまま二人、繋がったままでずっと一緒にいられたら——そう思ったら胸が切なくなり、余計に彼を締めつける。

「なあ……それ、わざとやってる？」

「そんなこ……と、……な……ああんっ!!」

私の奥を突いたまま、私の乳首を執拗に指で摘むと同時に腰を今以上に私に擦りつける。身体に教え込まれる官能は、止《とど》まることを知らない。気持ちいいという感覚と同時に、愛されているという安心感が伝わる。彼といつまでもこうしていられる未来を夢見ていると、再び私の目の前は真っ白になりそうだ。彼から教わる快楽で私の身体が敏感に反応するせいか、あっという間に達してしまう。痒いところに手が届きそうで届かない。ついさっきもじらさないでとお願いしたばかりなのに、彼は意地悪だ。

「まだだ、まだイっちゃだめだ。もっと気持ちよくなれ」

彼はそう言うと腰の動きを止め、私の身体に愛撫を始める。胸を揉みながら反対側の手で私の髪の毛をすくい上げ、そこにキスを落とす。胸を触る手がおざなりになって私が正気に戻ったとき、再び私の中に彼が楔を打ちつける。その激しさに、目の前がチカチカする。彼の一挙手一投足に私の身体は都度敏感に反応し、面白いくらいにビクンビクンと跳ね上がるのは、私が彼を求めて止まないからだ。

再び彼が私の腰に自身の腰を打ちつけ始めると、彼の表情からはそれまでの余裕が消えた。必死に自身を解き放つのを我慢して眉根を寄せている。その表情を再び見ることのできた私は、両手を伸ばして彼を求める。彼もそれに気づき、私をギュッと抱き締めると、私も彼を同じように抱き締める。もう、これ以上くっつく場所がないくらいに身体を密着させると、最後のスパートを駆け始めた。私ももう限界が近い。彼のものが大きく膨張し、私の中で爆ぜるのと、私の目の前が真っ白になるのは、ほぼ同時だった。

次に目覚めたときには、隣で彼が眠っていた。私を抱き枕のようにしっかりと抱き締めている。窓の外はもう明るくなっている。いつの間にか夜が明けていた。大学時代、遠くから憧れていただけの先輩とこうして一緒に朝を迎えているなんて、今でも夢を見ているようだ。できるだけ身体を動かさないように彼の寝顔を見つめていると、私のスマホのアラームが鳴った。アラームを止めようとベッドから起き上がろうとすると、彼の腕に力が入った。

「おはよう……」

まだ寝ぼけているのか瞼は閉じたままだ。

「おはようございます。スマホのアラーム止めますね」

私の言葉を理解したのか、彼の腕の力が抜けた。ベッドの中から抜け出すと、私の脚に力が入らない。立ち上がろうとするものの、途端にバランスを崩してその場に座り込んでしまった。その物音で彼もしっかりと意識が覚醒したのだろう。ベッドの上から衣擦れの音が聞こえると、私の横を通って彼が起き出した。お互い昨夜肌を重ねたまま寝落ちしたのか、裸のままだ。私のバッグを手にした彼が目に映った。差し出されたバッグを受け取ると、中からスマホを取り出してアラームを止める。

「ごめんな、ホント無理させた……」

座り込んだ私の前にかがみ込むと手を伸ばして私の頭に触れた。彼の髪の毛は寝癖がついて跳ねている。こんな彼の素の姿を見ていること自体、未だ信じられない。

「立てるか？　昨日のままで身体も気持ち悪いだろう、ゆっくり風呂に入るか」

そう言って私を立ち上がらせようとするけれど、まだ下半身に力が入らない。それに気づいた彼は、私を抱き上げるとそのままバスルームへと連れて行く。突然の浮遊感に驚いた私は、思わず彼の首に腕を回して抱き着くと、その勢いで彼が私にキスをした。

バスルームは全面がガラス張りになっており、高層階とはいえ外から丸見えになるのではと不安になる。そんな私の表情を見て、彼はこともなげに説明してくれた。

「大丈夫。ここは最上階だから、外から見えるはずがない。洗ってあげるからそこに座って」

浴槽にお湯を張りながら、その間に私は彼に頭から全て洗われた。昨日、化粧を落とさずに寝てしまったので、顔ももうドロドロになっている。パウダールームにあるアメニティからクレンジングを拝借して、化粧を落とすとようやく肌が呼吸していると感じる。彼も自分自身でシャワーを済ませている間に浴槽にお湯が溜まったので、二人で大きなバスタブに浸かった。彼を背もたれにする形で彼の両脚に私の身体が収まる。ジャグジーバスに入るのは初めてで、泡が噴き出るところが肌に当たるとなんだかくすぐったい。

「ふみかは肌が敏感なんだな」

背後から、彼が私のうなじに唇を落とす。

「もう……外、明るいです」

私の顔が真っ赤に染まっているのは、湯温が高いせいではない。昨夜胸につけられた真っ赤な痕《あと》は、昨夜よりもさらに色づいているように見える。

「あんまりがっついてたら嫌われそうだな。それに今日帰るのに、腰が立たなくなってたら困るよな」

自制心を働かせてくれ、この場で三度目の行為とならなかったのが幸いだ。もしここで始まってしまったら、間違いなくのぼせるし、午後からの飛行機に乗るまでに歩けるようにはならないだろう。

ジャグジーに浸かって身体の緊張が解《ほぐ》れると、一緒にバスルームから出た。リラックスできたけれど、まだ自分の脚でしっかりと歩行ができそうにない。バスタオルで身体の水分を拭き取り、部屋に備え付けのガウンを手渡されると、バスタオルで髪を拭く。

そのとき初めて気がついた。彼の背中……左側の肩甲骨あたりにどこかにぶつけたかのような青い痣《あざ》があることに。

「その肩……」

私の声に、彼が振り返る。私が言いたいことが伝わったのだろう、パウダールームの鏡に背中が映るように向き直る。

「この痣《あざ》のことか？　これ、生まれつきのものなんだ。痛くも痒くもないから心配しなくていい」

小さい頃から水泳の授業などでみんなからよく指摘されていたのだろう。何てことないというものの言い方だったので、特に本人も気にしていないようだ。もし昨夜、私との行為の時に怪我をさせてしまっていたらと心配だっただけに、一安心だ。

彼もその間に服を着て、パウダールームから一足先に出ていった。その間に私もスキンケアを済ませ、ドライヤーで髪の毛を乾かす。ようやく身支度も整い、パウダールームから部屋に戻ると……

「さすがに朝食を下のカフェまで食べに行くのはしんどいだろうと思って、ルームサービス頼んでおいた。俺も髭剃りしてくるから、先に食べてて」

そう言い残して私と入れ違いでパウダールームへと姿を消した。

へっぴり腰でよたよたとした歩き方の私は、ようやく朝食が運ばれているテーブルに着いたものの、やはり食事は彼と一緒がいい。彼が出てくるまでに服を着て待とうと思い立った私は、力を振り絞って寝室まで歩き、床に脱ぎ散らかしていた衣類を一枚一枚拾い上げた。昨夜の生々しい情事のあとがそのままで、思い出すだけで恥ずかしい。

ベッドを直視できない私はガウンを脱いで下着を身に着けると、昨夜着ていた服に袖を通し、着替えが終わるとガウンを持って寝室を後にした。

リビングに戻ると、身支度を整えた彼が戻っていた。

「あれ、もう着替えたんだ？　それよりもお腹空いてるだろう？　ここの朝食、美味しいからしっかり食べて」

彼と並んで運ばれてきた朝食をいただいた。

彼も午後からホテル業協会の会合があるとのことで、午前中は彼と一緒に過ごした。

私の部屋の荷物がそのままになっていて、チェックアウトまでに一度部屋に戻って荷物をまとめたいと思っていたら、彼が荷物を取ってきてくれるというので、素直に甘えることにした。それまでに私の身体は疲弊している。できるだけホテルを出るまでは身体を休めたかったので、彼の申し出はありがたかった。

荷物はほとんどばらしていないし、クローゼットの中に掛けているワンピースと、洗面台の上に広げていたスキンケア一式、あとはベッドの横に置いていた靴と荷物を入れていた大きめのボストンバッグだけだ。彼は心得たといった表情で私から部屋のカードキーを受け取ると、部屋を後にする。私はソファーに身を預けて彼が戻るのを待った。

ボストンバッグを手に戻ってきた彼から荷物を受け取り、自分の目で中身を確認し、もし仮に忘れ物があったとしても彼が持って帰ってくれると言うので安心していた。

彼も一夜明けてようやくスマホの電源を入れ、緊急性のある連絡が入っていないか確認をしている。昨日の電話の相手については彼は何も言わない。だから私も聞かなかったけれど、液晶に女性の名前が表示されていたのだけは覚えている。

「ふみか、昨日の写真、俺のスマホに送ってくれるか？」

昨夜、バーで一緒に撮影した写真のことだ。私はスマホを取り出すと、昨夜登録した彼の無料通話アプリの画面を開き、画像を送信した。

昨日もらった名刺の裏側に、彼個人の電話番号と無料通話アプリのＩＤも記入されていて、両方とも登録した。私が渡した名刺は職場のものだから、個人の電話番号は印刷されていない。

メッセージ画面で一緒に私の電話番号を入力しようかとも思ったけれど、アプリで連絡が取れたら今の時点では問題もないだろう。だから私の電話番号は入力しなかった。ピコンと彼のスマホが鳴る。私の送った画像を受け取ったのだろう。彼がスマホの画面を見て笑顔になる。嬉しそうな彼の表情がとても愛おしい。

「この写真、これから俺の仕事がしんどい時の癒しにするよ」

彼の言葉に私も笑みを浮かべる。私と同じように考えてくれていたことが素直に嬉しかった。

「空港まで送って行きたいところなんだけど、俺も今日は午後から会合があるからごめんな」

私の身体を気遣っての発言だろう。彼は仕事で沖縄入りしているのだから、そんなこと気にして欲しくない。

「うん、大丈夫。問題ないですよ。それまでに動けるようになると思います、多分」

「今日はギリギリまで一緒にいよう。もし身体が辛かったら、空港までタクシーで行けばいいから」

彼の気持ちが嬉しかった。

結局観光らしい観光はできなかったけれど、こうして彼と一緒に過ごす時間がとても心地よくて、いつかまた彼とこうして一緒に沖縄に来ることができればと夢を見てしまう。そのときは、色々と観光に連れて行ってもらいたい。

彼は私のチェックアウトの手続きまで済ませ、時間ギリギリまで彼の部屋で一緒に過ごした。彼も会合に出かけるためホテルを出るので、その時に私も一緒にホテルを出た。

「本当にタクシー使わなくても大丈夫か？」

心配そうな彼の眼差しに私は笑顔で答える。

「はい、もう大丈夫です。お仕事頑張ってくださいね」

「うん、向こうに帰ったら連絡するよ」

私たちはホテルのロビーで別れた。


ゆいレールに乗って那覇空港に無事に到着すると、空港内で職場と自宅用のお土産を買った。

飛行機は定刻通り離陸して夕方帰宅すると、その日は昨夜の睡眠不足のせいで泥のように眠ってしまい、気がつけば日付が変わっていた。

有給を二日しか取っていなかったので今日は出勤だ。やはり身体の疲れは取れていなくて、今日も休みにしておけばよかったと思ったけれど、今日は金曜日、あと一日頑張ったら土日は休み。今日の夕方には高宮さんもこっちに帰ってくるはずだ。彼からの連絡を期待して、業務を頑張ろう。

そう思っていつもと同じ時刻に家を出た。駅に向かう途中、見知らぬ女性に声を掛けられるまで私は幸せだった。

「あのっ、すみません。今井文香さんでしょうか？」

声がする方向を振り返ると、一人の女性が立っていた。

見た感じ、私と歳は変わらないくらいのちょっとおとなしそうな女性だった。よく少女漫画で出てくるような、控えめで男性にモテそうなタイプの人だ。窓口に来るお客様で、彼女を見た記憶はない。

私はこう言っては何だけど、仕事上接客したお客様ならある程度顔を覚えている。ましてや相手が私を知っているなら尚更だ。でも、私には彼女の記憶がない。

「……失礼ですが、どちらさまでしょうか？」

怪訝な表情を浮かべた私に対し、彼女は名刺を差し出した。渡された名刺には……

『高宮ホールディングス株式会社　人事部秘書課　中野美希《なかのみき》』と書かれている。私が黙って名刺を見ていると、彼女が口を開いた。

「私、高宮雅人の秘書で中野と申します。高宮の件で、お話ししたいのですが、少しお時間よろしいでしょうか？」

私は腕時計で現在の時刻を確認した。七時二十五分。いつも少しは時間に余裕を持って行動しているから、少しの立ち話くらいなら大丈夫だけど、きっとそう簡単に話は終わらないだろう。

「……私、今日は今から仕事なんです。多分夜も残業になるから終わる時間がはっきりしなくて。後日改めてではだめでしょうか？」

初対面の女性は、何だか様子がおかしい。ここでまともに取り合っていたら遅刻してしまうのは目に見えている。話の内容についても、少し考えてからのほうがいいだろう。

後日改めてと、ワンクッション置きたい意思を伝えるが、彼女もそう簡単には引き下がらない。

「では、はっきりと申し上げます。先日、高宮と沖縄で一夜を過ごされましたよね？その件です」

ズバリと核心に触れる発言に、私は意表を突かれた。

どうしてこの人はあの夜のことを知っているのだろう。疑問が湧くけれど、うまく言葉にならなかった。

高宮さんは今日沖縄から帰ってくる。連絡先だって交換しているのだから、何かあれば直接私に連絡がくるはずだ。

「……先ほども申しましたが、今は通勤途中で時間がありません。あなたも今日これからお仕事ではないんですか？　もし仮に休みだったとしても、ご自身の都合で相手を思いやれないのは、社会人としてどうかと思いますが。初対面のあなたから突然、時間を作れと言われる筋合いはありませんよ。あなたも秘書をされているなら、それくらいおわかりではないですか？　あなたの言動は、常識外れにも程があります」

私の言葉が思いがけなかったのか、中野さんは身体をビクつかせた。

「……そうですよね、突然お声がけして、失礼ですよね。申し訳ございません」

その仕草、立ち居振る舞い、言葉の全てが儚げで、まるで私のほうが悪者のような気分になる。きっと彼のことが好きなんだと、何も語らずともわかってしまう。でもきっと本人は無意識だろう。これが計算だったとしたら、むしろそのほうが恐ろしい。ある意味女性から見ると厄介な存在だ。

「たしかに私の肩書きは秘書ですが、彼は私の婚約者です。彼に関することなので、一度きちんとお話をさせて下さい」

中野さんの発する言葉に、私の頭の中は真っ白になった。

婚約者……？　誰の……？

「……今日の業務が終わったら、こちらからご連絡します。会社の番号にお電話すればいいですか？」

「いいえ、名刺の裏に、私個人の携帯の番号を書いておりますので、よろしければそちらにご連絡をいただきたいのですが」

中野さんの言葉に、今手にした名刺の裏側に目を走らせる。

「わかりました。恐らく十九時までには終わると思いますが、職場を出るときにお電話します。それでは失礼します」

中野さんはまだその場に立ち尽くしたままだ。でもそんなの私には関係ない。私は踵を返して、その場から立ち去った。

私の心臓はバクバクしている。下手したら、このまま心臓が張り裂けてしまうのではないかと思うくらいの衝撃だった。

婚約者がいるなんて、聞いてない。大学時代に病気をしてからお付き合いをした女性はいないという高宮さんの言葉を信じたい。でも……婚約者がいるなら、他の女性とお付き合いをするなんてことはしないだろう。じゃあ、私は……？

とりあえず、彼に連絡をしてみよう。私は電車に乗ると、スマホを取り出した。本当は直接話をしたいけれど、電車内での通話は無理だ。それにこの時間、懇親会でお酒を飲み過ぎていたらまだ寝ているかもしれない。

私は無料通話アプリにメッセージを打ち込み送信する。

『おはようございます。今、そちらの秘書の中野さんとお会いしました。中野さんと婚約されているんですか？』

単刀直入な文章を入力しただけでも何だか気分が悪くなる。私はまだこの件について本人から何も聞いていない。でも……もし仮に婚約していることが本当だったとしたら……

男性経験のない私には、彼の言葉をどこまで信じていいのかよくわからない。彼からの思いがけない告白で通じ合ったと思った私の気持ちは……プロポーズまがいの甘い言葉を囁かれて頷いたけれど、あくまでこれは、『彼がフリーである』ことが前提だ。もし、さっきの中野さんの言葉が本当だとして、本当に中野さんと婚約をしているのなら、ましてや浮気癖のある人なら話は別だ。

中野さんだって、婚約中に婚約者の不貞を知ったら、まだ法律上では夫婦ではないから騒ぎにはならないにしても、高宮ホールディングス専務の一夜のネタが知れ渡ったりでもしたら……下手したら彼が慰謝料を請求されたりするのかもしれない。そんなことになれば、私だって職場での居場所がなくなってしまう。一体どうすればいいのかわからない。握りしめてグシャグシャになった名刺を改めて見つめた。

やはり、あの人にふさわしいのは私ではない。

その日の仕事は、十五時に窓口業務が終了した後の締めが合わなくて、原因を探っているとやはり私のミスだった。

心理状態が仕事に影響を及ぼしてしまっているなんて……私は情けなくて、こっそり更衣室へと向かい悔し涙を流した。

締めが合わなかったことが原因でこの日は珍しく退行時刻が二十時を回り、みんな足早に帰宅して行く中、私一人だけ足取りは重い。この後中野さんに会わなければならないのだ。

十九時には終わると言っていたのに、蓋を開けてみれば一時間もずれ込んでしまった。このますっぽかしてもいいとさえ思ったものの、また待ち伏せされたらたまったものではない。

十九時前に一度、更衣室に置いている私のスマホから中野さんに電話をした。仕事の終わる時間が分からないから日を改めたいと提案したものの、何時になってもいいから今日中に会いたいと言われてしまった。その時に一緒に高宮さんから連絡があるかと思って無料通話アプリのメッセージを確認したが、既読すらついていない。そのことに私はますます不安が募る。

銀行から近いコンビニでアイスコーヒーを買うと、店内のイートインスペースへと向かう。そこに設置されている椅子に腰を下ろすと、再びスマホを取り出した。相変わらず高宮さんからの連絡はない。

やはり私とのことは、一夜だけの火遊びだったの……？

ネガティブな考えが頭から離れない。

私は大きな溜め息を一つ吐くと、スマホの通話履歴から中野さんの番号を押した。これから特に連絡を取り合うこともないだろうから番号をアドレス帳に登録はしないし、用件が終わったら、履歴から削除するつもりだった。

三コールを待たずして中野さんが電話に出る。食事をしながら話をしようと言われたけれど、話の内容によってはきっとろくに喉を通らないだろう。食事のお誘いは断り、今朝私と中野さんが会った、私の家の最寄り駅近くにあるコーヒーショップで落ち合うこととなった。

おそらく中野さんはもう私の自宅の場所も把握しているのだろう。沖縄から帰った翌日にこうやって私に接触してきたということは、そういうことだろう。

私の個人情報を手に入れることができたとすれば、沖縄で彼に帯同していた……？

でもいくら考えたところで、向こうで中野さんに会ったという記憶はない。なら、一体どうやって……

電車を待ちながら考えたところで一向に思いつかない。全ては中野さんと話をしてからだ。

定刻通りに最寄り駅に到着すると、私は電車を降りて改札へと向かった。緊張からか、心なしか胃が痛い。でもそんなことを言っている場合ではない。少しでも弱みを見せたら負けだ。

今駅に到着したと、中野さんに連絡を取ろうとスマホを鞄から取り出した。

無料通話アプリには、まだ彼からの連絡はない。おまけに未《いま》だ既読すらついていない。

もしかしたら、これが答えなのだろうか。

涙が溢れそうになるのをグッとこらえ、中野さんに連絡を入れる。中野さんはすでに、駅前にあるコーヒーショップに到着しているとのことだったので、私は重い足取りで店に向かった。

カウンターでカフェオレを注文し、中野さんが座っている席へと向かう。中野さんも何か注文しており、待たせてしまったことを先に詫びた。

「思った以上に残業が長引いて、お待たせしてしまいすみません」

私の声に、中野さんは小さく微笑んだ。

「いえ、こちらこそお忙しいところお呼び立てしてしまってすみません」

改めて中野さんのことをじっくりと見た。

染めたことがないのか、髪色は黒々としており艶がある。サラサラの黒髪は肩につくかつかないかのボブヘアーで、前髪も眉にかかるかからないかで切り揃えられている。

和服が似合いそうなで肩で、肌色も抜けるように白いせいか儚げな印象を受ける。

一目見て男性受けしそうなタイプだと思った。言い換えれば女性には敬遠されがちなタイプとも言える。

年の頃は私と変わらないか、少し若いくらいかで、見た目での判断は難しい。

一通りの儀礼的な挨拶が終わると、中野さんは私をまっすぐに見つめ、おもむろに口を開いた。

「早速ですが、本題に入らせていただきます。……今井さんは中野興産という会社をご存知でしょうか」

中野さんの言葉に咄嗟に反応ができなかったものの、聞いたことのある会社名に眉根を寄せる。

中野興産。たしか土地開発で業界シェア上位に入る優良企業だ。中野……まさか。

私の表情で理解したのだろう、中野さんが言葉を続ける。

「私の父の会社です。父は社長を務めております。うちと高宮家は親同士が昔から仲が良くて、私たちも小さい頃から親交がありました。親同士の口約束ですからまだ正式ではありませんが、私たちは両家の親が認める婚約者なんです」

衝撃の告白に、言葉が出ない。そんな私の様子などお構いなしに、中野さんは話を続ける。

「直人さん……雅人さんのお兄さんもご結婚されて、お子さんにも恵まれて、そろそろ雅人さんにもそのようなお相手はいないのかと話になりましたが、一向にそのような話もなく……心配されたご両親とうちの両親が口約束で決めた婚約ですが、私は彼のことが幼少の頃から好きでした」

中野さんの話を聞きながら、そこに彼の意思がないことを指摘しようとするものの、中野さんは一方的に話を進めて私が口を挟む隙がない。

「うちは子どもが私一人で、いずれは私の夫になる人に父は会社を任せたいと常々言っておりまして、一方的な私の好意ではありますが、私も彼に父の跡を継いでほしいと思ってます。あのルックスなので、見た目ばかり話題になりますが、雅人さんはとても真面目で内面も素敵な方です。そんな彼にふさわしい女性になりたくて、小さい頃から色々と努力を重ねてきました」

中野さんの言葉を黙って聞いているけれど、内心は心臓が飛び出しそうなくらいにドキドキしている。表情に、態度に出さないようにするのに必死だ。

「少しでも雅人さんの側にいたくて、少しでも役に立ちたくて、秘書として側に置いてもらえたことが嬉しくて……私なりに一生懸命、サポートしました。雅人さんが沖縄に行ったのは沖縄のホテル協会の会合のためで、その際に必要な書類を届けるために私も遅れて沖縄入りしました。ホテルのバーでお二人が一緒にいて、その後バーからお二人が出られて、雅人さんの部屋に入って行くところを見て、衝撃を受けました」

彼女の言葉に、あのときの一部始終を見られていたのだと初めて気づいた。

「雅人さんと、その……セックスされたんですよね。そのときに彼の背中の痣はご覧になられましたか？」

中野さんの露骨な発言に思わず赤面してしまうが、周囲は私たちの話を聞いていないのか誰も見向きすらしない。

中野さんの言葉は過激ではあるけれど、声のボリュームはそんなに大きくないので周囲の喧騒に私たちの会話も紛れている。私の態度を見て、私たちがそのような関係になっていることを察した中野さんは寂しげな表情を浮かべたものの、その後とんでもない言葉を口にした。

「翌日、ホテルのルームサービスを利用して二人は部屋から出てこなかったから、高宮の秘書だと告げて、あなたがチェックインする際の防犯カメラをホテルスタッフに見せてもらい、あなたの個人情報を手に入れました」

その言葉に私の背筋は凍りつく。

個人情報を手に入れた……もしかしたら、中野さんは今日の話し合いで自分の意に沿わない結果になった場合、何らかの形で私に仕掛けてくるかも知れない。

それよりも、さっきは中野さんのあけすけな言葉に驚いて聞き流してしまったけれど、彼の背中の痣の話を口にした。服を着ていたら見えない場所にある痣のことを知っている。生まれつきだからと彼は言っていたけれど、中野さんもその痣を見たことがあるという事実に今さらながら、二人の関係性を疑ってしまう。

中野さんが何を考えているかわからないから、恐怖しかない。

「お二人がホテルで別れた後に雅人さんに合流しましたが、私も仕事を残していたので、すぐにこちらにとんぼ返りでした。偶然にも今井さんと同じ便に乗ることができたので、後は、今井さんの後を着けさせていただき……」

まるでストーカーのようなその行為に狂気を感じるが、きっと本人はそんな意識はないだろう。彼に対する愛情がそのような行動を取らせてしまっていることも、何となくは理解できる。

でも……

「あと……これはまだ公にはしておりませんが、父はもう先が長くありません。父は私と雅人さんの結婚を望んでます。私も小さい頃から大好きだった彼と結婚したいんです。……お願いします。どうか、雅人さんから手を引いて下さい。じゃないと私、あなたに何をするかわかりません。本気です」

深々と頭を下げている中野さんに言いたいことは色々あったけれど、報復《ほうふく》が恐ろしかった。

彼と中野さんとの婚約話は、親同士の話とはいえ、きっとそう簡単に断ることはできないだろう。

彼は断る気でいても、中野家が、いや、中野さん自身がそれを許さないに違いない。でも、彼の不妊の話をしたらどうなるだろう。

今のところ、彼の事情は中野さんも知らないみたいだし、彼自身も誰にも知られたくないと言っていた。この件も、仮に中野さんとの婚約解消をするにしてもいずれは避けて通れない。一昨日、避妊せずに彼と愛し合ったものの、私が妊娠する可能性は極めて低いと彼自身が話していただけに、もし仮に私が妊娠することができたとしたら彼は絶対私を離さないのは目に見えている。

でも、中野さんが彼の病気を知らないままで、私が妊娠したとしたら……おそらく中野さんは私のことを赦《ゆる》さないだろう。そして、先ほどの『あなたに何をするかわかりません』の発言は、本気だと思う。

家柄はもちろん、最初から何もかも私とは住む世界が違うんだ……私は、黙って席を立ち、放心状態で店を後にした。

帰宅してからも、どうやって過ごしたかなんて覚えていない。彼からの連絡はなく、メッセージは今も未読のままだ。今日帰ってくるって言ってたのに……連絡するって言ってたのに……彼は何一つ約束を守ってくれていない。

私の様子がおかしいのを心配した母が、部屋に様子を見にくるものの、疲れが溜まっていると言って誤魔化すと、私は早々に入浴を済ませてベッドにもぐりこんだ。食欲なんてない。残業で帰宅が遅くなったし、この時間で何かを口にする気にもなれなかった。

色々と情報量が多すぎて、結局この日は一睡もできなかった。

翌日の土曜日も彼からの連絡はない。メッセージは変わらず未読のままだ。沖縄から戻ってきたのか、それすらもわからない。電話をかけようかとも思ったけれど、どうしてもその勇気が出なかった。なぜならあの日、バーで一緒にいるときに中野さんと思《おぼ》しき相手からかかってきた電話を無視して、挙句の果てに電源を落としていた。もしかしたら私も同じような扱いを受けるかもしれない。そう思うと、彼に電話するという選択肢は必然的に消えていた。

土日は彼からの連絡があるかもしれないと思い、ずっとスマホが手放せなかった。けれど彼からの連絡はなく、私はあの日の出来事は沖縄という楽園が見せた一夜限りの夢だったんだと思うことにした。

月曜日から気持ちを切り替えて業務にあたった。来月は六月、銀行で取引のある企業の多くは賞与支給月だ。この季節は顧客に支給される賞与を定期預金や投資信託などの資産運用にセールスして、他行に預金を移されないようにと力が入る。

今週いっぱい彼からの連絡を待って、連絡が来なければ、もう諦めよう。

一週間、無心で仕事に打ち込んで、極力彼のことは考えないようにした。

けれど、一週間経っても結局は連絡もなく、私は彼から教えてもらった電話番号をスマホの連絡帳から削除して、無料通話アプリでも彼をブロックした。

未練を残さないように、彼からもらった名刺は、職場でシュレッダーにかけて処分した。

もう、私は仕事に生きるんだ。これから先も恋愛なんてしない。もし仮に素敵な人が現れたとしても、心の底から相手のことを信じられないだろう。

そして六月末、忙しさで気にする余裕もなかったけれど、来月のスケジュールを確認するために開いた手帳を見ていて、定期的に訪れる生理が止まっていることに気づいた。と同時に、最近疲れやすくて眠気がひどかった私は、これが妊娠初期の症状ではないかと疑問を抱いた。

……そういえば、最近匂いにも敏感になっている気がする。それに、体調が悪くて気持ち悪いと思うことも多々ある。仕事が忙しくてストレスを感じているのかと思っていたけれど、妊娠の可能性があるなら、下手に薬などは飲まない方がいい。仕事帰りにドラッグストアで妊娠検査薬を購入し、それを使って、妊娠を確認した。

妊娠を示すラインがはっきりと現れたものの、未だ私は信じられないでいる。

なぜなら、あのとき彼は自身が病気の後遺症で男性不妊だと話をしていたのだ。なのに、たった一夜の行為で妊娠するなんて……。

でも、あの話がもし本当だったとしたら、これは彼にとって奇跡なのだ。この子を堕胎するわけにはいかない。けれどあの後彼からは一度も連絡がないし、私も連絡先をブロックして削除してしまっている。名刺だって処分してしまった以上、今さら『あなたの子を妊娠していました』だなんて、彼の前に名乗り出られるわけがない。どうしようかと思った矢先、近く職場の人事面談があることを思い出した。

総合職で入行した私は、定期的に勤務先の異動がある。どこになるかはわからないけれど、妊娠を理由にすれば、身体に負担の少ない部署に異動することも可能かもしれない。とにかくここにいてはだめだと本能的に察知した。

もし妊婦のままで窓口業務にあたるとなったら、職場だけではなく顧客にまで噂はすぐに広がるだろう。未婚の母なんて今どき珍しくはないけれど、お堅いイメージの職場だけに、理解が得られない年配層の人たちに何を言われるかわからない。それだけではなく、もし中野さんに知られてしまったら……どこで誰がどのように繋がっているかと考えただけでもゾッとする。

あの日、『何をするかわからない』と彼女は口にした。もし妊娠していることがバレてしまったら、堕胎を迫られるかもしれない。そう考えると恐ろしくて冷や汗が止まらない。

とにかく、お腹の赤ちゃんを守らなければ。

この子を守れるのは私だけだ。

そう思ったら行動に移すのは早いほうがいい。

私は上司の安井《やすい》さんに異動の相談をすることにした。

十五時の窓口業務を終えて、日締めで数字が合っていることを確認した上で安井さんに時間を取ってもらい、妊娠していること、八月の定例人事異動で本部のあまり人目につかない部署に異動できないかを相談した。

安井さんも二児の母であり、お子さんはもう成人して手が離れている。私の母と年齢も近く、支店の中でもみんなのお母さん的な存在の人だ。突然の私の話に驚くのも無理はない。唐突な私の話を親身になって聞いてくれた。

安井さんは、一人で抱え込まないでまずは相手に連絡を取って、お互いが納得がいくように話し合いなさいと諭してくれるものの、もうそんなことはできやしない。お腹の子の父親のことについては深く追及はされなかったものの、不倫などの倫理上許されない相手ではないということだけはきちんと話していたおかげで、母親目線で母体が心身ともに傷つかないようにと優しく諭してくれた。

私もこの支店に配属されて三年が経つ。そろそろ異動があっても不自然ではない。もし八月の定例異動で名前が挙がったとしても、みんなに怪しまれることはないだろう。ただ、今みたいに営業店に配属になるとすると、妊婦にはなかなか辛いものがありそうだ。

妊娠初期の頃ならまだしも、段々とお腹が大きくなっていくのだ。銀行の人は私が未婚であることを知っているだけに、どんなマタハラが起こるかわからない。おまけに私が妊娠していることが中野さんの耳に入ったら……

あの日言われた『何をするかわからない』の言葉が、呪詛《じゅそ》のように私の記憶から消えない。

仕事も、妊娠、出産を機に退職することも考えていると話した。

安井さんは、仕事は絶対にやめてはだめだと、転職するにしても子どもが小さいうちは企業側も採用に二の足を踏むから、産休育休をフルに使って復帰すればいい。せっかく積み上げてきたキャリアを捨てることはないと、最後まで退職には反対して引き留めてくれた。

子どもが小さかった頃は、わが子が体調を崩しては、毎日のように保育所から電話がかかってきて大変だったと、自身の経験も話してくれた。

けれど、何かあったときに、お腹に宿ったこの命を守れるのは私だけだ。もしものことがあったら絶対に後悔する。せっかく親身になって色々と相談に乗ってもらったけれど、どうしても退職する意思だけは変えられなかった。

シングルマザーへの偏見が今もある中、こんなふうに優しく対応されて涙腺が緩んでしまう。

安井さんは、自分だけの判断ではどうにもならないから支店長にも伝えると言って、その翌日、私は支店長と面談をした。

支店長との面談でも、私は妊娠していることを打ち明けた。

安井さん同様、支店長にも産休、育休をフルに活用して職場復帰をするほうがいいと、子どもがある程度成長するまでは本部での勤務も可能だからと提案されたけど、人の噂ほど怖いものはない。

本部こそ噂話が大好きな人間が集まっているし、ここでも誰が中野さんや彼に繋がっているかわからない。妊娠していることは、職場で関わる最小限の人間以外に知られるわけにはいかない。

安井さんから事前にある程度私の話を聞いていた支店長は、出産前に退職を申し出た私の意思が固いことを確認した上で、人事に退職を視野に入れた異動願いを出してみると言ってくれた。

異動先の部署も、今みたいに営業店だと退職後の人員補充がすぐに間に合わない可能性を考えて、本部に出してみると言ってくれた。

本部の中でも、妊婦健診の日は時間を費やしてしまうことも考慮して、フレックスタイムを導入しているシステム部か、同じくフレックスタイムが導入されており、女性のパートさんが多く、他の部署とは別館にある、外部との接点が電話以外はほとんどないコールセンターに希望を出してみる。希望が通るかはわからないけれど、と極力妊婦の私が勤務しやすい部署への打診を提案してくれたのだった。支店長も、私の事情を理解した上で希望を聞いてくれたことが嬉しかった。

そして八月の人事異動で、私は希望通りコールセンターへと異動になった。支店の人たちにも妊娠を明かすことなく新しい部署へと異動することになったけれど、さすがに新しい部署で妊娠を隠し通せるわけはない。

コールセンターの上司となる平野《ひらの》代理が、私の事情は伏せて妊婦であることを事前にみんなに話をしていたおかげもあり、コールセンターに来てからも、妊婦健診のある日やつわりで体調が優れない日は快く休ませてくれた。

ここには元行員のパートさんも多く、同じく妊娠中で働くママさんもいたので、マタハラに遭うことはなかったのが幸いだった。

転勤になり、通勤がそれまで以上に大変になったので、退職まで一時的に実家から出て一人暮らしをすることとなった。銀行が借り上げしている独身者向けの社員寮に入ろうかとも思ったけれど、ここには様々な支店の人が住んでいる。噂話ほど怖いものはないので、自分自身で賃貸物件を探した。

幸いにもつわりはそんなに酷くなくて、私は不動産屋で勧められた、近くに小学校があり常に子どもの声が聞こえる場所に引っ越した。間取りは2DK、バストイレ別。かなり築年数の古い物件だったけれど、その分家賃も格安だ。事故物件なのかと疑念を持ったが、大家さんが高齢で物件の維持管理が難しく、入居者がいなかったら取り壊すとのことだった。

確かにかなりレトロな雰囲気だったが、長期間借りる訳でもないし、贅沢は言っていられないので即決した。

そんなに遠くない場所にスーパーもあり、クリニックもそれまで住んでいたところからは近くなったので買い物も安心だ。

玄関を入ってすぐのシューズボックスの上に沖縄で買ったシーサーを飾り、家の守り神として扱った。どうか私たちをお守り下さい――

可奈子は沖縄から戻って大阪での披露宴も無事に終え、しばらくしてから結婚報告の葉書を実家に送ってきた。転居後の生活が少し落ち着いてから、お互いの都合を確認して一度千葉の新居へ遊びに行った。

比較的体調もよく、まだお腹も目立たない時期だったので、黙っていれば妊婦だとはわからない。

本当はこの日、可奈子に全てを打ち明けて話を聞いてもらおうと思っていたけれど、そんなことを知らない可奈子は、私に気を利かせて結婚式の時に会った大久保さんと藤沢さんを呼んでいたためこの話をする空気にはならなかった。大久保さんたちとの久し振りの再会に話が盛り上がった。

二人も翌月に結婚式を挙げることが決まり、おめでたいこと尽くしだ。二人の幸せそうな姿を見ていると、正直とても羨ましかった。愛する人と一緒になれる、これがどれだけ幸せなことか……

お腹にいる彼の赤ちゃんに、父親がいないことを心の中で詫びながら、その分たくさんの愛情を注ごうと心に誓った。

篤史さんは仕事で不在だったけれど、沖縄の挙式の時の写真をみんなで一緒に見た。藤沢さんの撮影した写真は、一級建築士なだけあって建物がほとんどで見応《みごた》えのあるものばかりだった。結局私は篤史さんとは結婚式の時だけしか顔を合わせていない。それだけが心残りだったけれど、可奈子が幸せそうだったからそれはそれでいい。

可奈子が沖縄で挙式をしなかったら、私が沖縄に行くことはなかったし、彼の子どもを授かることもなかった。今ここにいる二人と知り合いになることもなかったはずだ。

そう思うと、このご縁は不思議なものだ。

結局私は最後まで妊娠していることを告げずに、可奈子の新居を後にした。

その後クリニックで智賀子さんと仲良くなり、職場以外にも妊娠のことを話せる友達ができた。

そして、お腹の赤ちゃんの性別が女の子だとわかったとき、私は迷わず名前を『史那』に決めた。彼が私の名前を読み間違えた『ふみか』と、彼女を授かった『那覇』の地名。

そしてもう妊娠も隠せなくなり、実家にシングルマザーになる報告をすると、両親は絶句して父はショックのあまり口を聞いてくれなくなった。母は身重の私を心配して、引っ越しをしてからも私の食事や身の回りの世話をしてくれた。母は父を取りなそうと間に入ってくれたけれど、妊娠中はへそを曲げてしまい、結局無事に出産するまでは一言も口を聞かなかった。

そして、十一月末で銀行を退職すると共に賃貸物件を引き払い、年が明けて史那を無事に出産した私は、彼への未練を断ち切るために携帯電話の番号を変更し、無料通話アプリはデータを引き継がずにアカウントを作り直した。

ただ、彼があの日一緒に撮影してくれた写真だけは、消すことができなかった。

第四章

挙式が終わり、タクシーに乗り込んだ私たちは帰宅した。今日は新居ではなく、私の実家だ。

私が結婚後も仕事を続けるに当たり、あの日弁護士の杉本先生に相談した。

私はＤＮＡ鑑定で史那が彼の娘であることが医学的に立証されたあの日、入籍と認知を急ぐ彼に何を言っても聞く耳を持たないだろうと思い、杉本先生に仲介を依頼した。

私の父が言っていたように、入籍と認知は結婚式当日まで待ってほしいこと。すぐにでも引っ越しをして、史那に父親の存在を記憶に残してやりたい気持ちはあったけれど、高宮家のご両親、親戚にもきちんと認めてもらった上で、挙式後に全ての筋を通したいこと。

智賀子さんのご主人の会社で派遣社員とはいえ働いているのだから、契約期間満了前の中途半端で仕事を辞めたくないこと。

本人に直接口にすることができなくて、杉本先生が間に入ってもらう形になってしまったけれど、最終的に彼は私の主張を全て了承してくれた。

ただ、仕事に関しては派遣契約が満了した時点で退職して、専業主婦になるか高宮グループで働かないかと提案された。

そして八月から仕事をするなら、史那は高宮グループの中にある託児所に預けるという話で落ち着いた。

金曜の夜から月曜の朝まで、高宮の用意した新居のマンションで家族三人、親子水入らずで過ごし、残りの平日四日間は実家で過ごす。

これは私の派遣契約が満了する七月末までのことで、あと二ヶ月近くは週末婚だ。

今日は日曜日だけど、挙式で史那も疲れているだろうと高宮のご両親の配慮で、実家へ帰らせてもらった。

新居のマンションは、彼の食事のことがあり、ハウスキーパーさんが出入りしているので、私たちが過ごす週末の三日だけはハウスキーパーさんにお休みしてもらうことになった。彼は仕事上、どうしても外食の機会が多いので、自宅で過ごすときぐらいは家庭料理をお願いしているのだそうだ。これからの週末は、史那の食事もあるので私の手料理を食べることになる。

七月末で智賀子さんのご主人の会社の契約が満了したら、すぐに新しく高宮グループの仕事に就けるものだと思っていたけれど、人事の調整が難しいらしく、しばらくの間は無職となる。

そのしばらくの間というのがどのくらいの期間になるのか、下手したらこのまま彼に養われる生活になるのだろうか。

仮に何かあって彼との契約結婚が解除されたときに備えて、史那を育てるためにも仕事に繋がるスキルを身につけておきたい思いが強く、どうしても専業主婦にはなりたくなかった。もし仮に専業主婦になったとしても、通信教育で何か資格を取得すべく、勉強は続けようと思っていることは、何となく彼には言いにくい。

彼は史那が自分の娘であるとわかった以上、手放す気はない。それは婚約してから今日までの期間で嫌というくらいに伝わってきた。

史那の母親である私に対してはわからないけれど、少なくとも史那のことを溺愛しているのは本人がいくら隠していても見ていればわかる。そのせいか史那も、自分に惜しみない愛情を注いでくれる彼によく懐いている。

DNA鑑定の結果が出てからは、彼は私と二人だけで会うということがなくなり、必ず史那や私の両親が一緒にいる時間帯に我が家にやって来ては団欒《だんらん》に加わっていくようになった。一緒に食卓を囲んだり、私の不在の時間帯は喜んで史那のごっこ遊びにつき合ったりと、こうやって涙ぐましい努力を重ねて我が家のテリトリーに入ってくる彼に対し、うっかり心を許しかけそうになるのを必死で抑える自分がいる。

彼はうちに来るとき、必ずと言っていいほど史那に手土産を持ってくる。出張で遠方に出かけたら、その土地のご当地キャラのぬいぐるみだったり、史那が好みそうなおもちゃだったりと、まるで本物の親子のようだ。いや、本物の親子であるのは間違いないけれど、彼が無理して史那に気に入られようとしているようには見えなかった。それまでの離れて過ごした時間を埋めるかのように、彼が史那に愛情を注いでいるのが伝わってくる。

私が高宮家にご挨拶に伺ったのは、三月に入ってからだった。

ようやく彼に言われて高宮家に伺うと、史那の存在を知ったご両親は泣いて喜び、私たちを熱烈に歓迎してくれたけれど、なぜこんなに時間がかかったのか、そこに至るまでの経緯は何一つ伝えられることはない。

後ほど彼のお母さんから、彼の兄の妻が現在第二子を妊娠中なのだけど、切迫早産で絶対安静を言い渡されて以降、ずっと入院中なのだと聞かされた。

兄夫婦には史那の一つ上に男の子がおり、体力が有り余った四歳児の遊び相手で毎日疲れ果てていたのだと、顔合わせが遅くなったことを深く詫びられた。その日は、彼のお兄さんがその子を連れて病院にお見舞いに行っているから、顔合わせはご両親だけとなった。

ここでようやく彼側の事情もわかり、私が電話で聞いたときに彼が口にした『今はまだ必要ない』の意味を理解した。

それならそうと言ってくれたらよかったのにと思うが、そこまで彼との信頼関係も築けていない。それに私は契約上の妻なのだから、思うところがあったとしても、どこまでそれを口にしていいかもわからない。

彼は私に対外的な意味合いの妻を演じろと言うけれど、もしかして身体まで求められるのだろうか……

それとも私は、彼にとってはお飾りの妻であって、今後もそういった行為は私とはせず、ただ自分の遺伝子を受け継いだ史那の母親だから結婚したのだろうか。

どちらにせよ、一度きちんと話し合いの機会を持たなければ納得いかない。高宮の籍に入ったら最後、きっとそう簡単に離婚することはできないだろうから……

挙式の翌日、私は普段通りに出勤した。

彼の仕事が忙しくて新婚旅行は先延ばしになったこともあり、派遣会社と直属の上司である経理部長に結婚報告をして、他の人たちには黙っていることにしたのだ。ただ、智賀子さんのご主人である専務が私の事情を把握していて、多分高宮からも話がいっていたのだろう。派遣の契約も七月末で円満に満了する手続きを進めており、退職することが確定してしまった。

私の都合で退職することになったと伝えているので、特に他の従業員さんに怪しまれたりすることはなさそうだ。

私が派遣された経緯は、表向きは経理の担当者が一名退職した後の人員補充だったので、もしかしたらこのまま契約更新されるかもと同僚に言われていた。本来ならばそのまま契約更新する予定だったけれど、今回の件は専務しか本当の理由を知らないから退職も自己都合ということになった。

早速私の後任に新しい派遣社員さんが八月から入ってくることが決まった。だから私は任期が終わるまでの間、いつも通りにきちんと仕事をこなして退職する日を笑顔で迎えるだけ。

契約更新をしないことは、七月に入ってから上司からみんなに伝えられるので、それまでに私は自分の仕事を完璧にこなして、業務の合間に前任者から引き継いだ引継書の内容を書き加えて後任者に渡す準備を進める。多分これを見ていたら、契約満了で退職するのはバレバレだろう。

本当なら辞めたくない、でも……

これは決定事項なのだ。私には到底覆すことはできない。

何の後ろ盾もない、普通の家庭に生まれ育った私が契約結婚とは言え彼の妻になったのは、史那の母親だから。史那の存在がなかったら、今頃は……

考えるのはやめよう。戸籍上、今井から高宮に姓が変わっても、私という人格は変わることはないのだ。ここでは、あくまで一人の社会人だ。

私は普段通り業務をこなす。

職場では変わらない『今井文香』のまま。

帰宅するのも平日は実家だし、戸籍上の名前が変わっただけで、何一つ変わらない。

自分にそう言い聞かせた。今のところは直属の上司である経理部長以外、私の結婚の事実は知られていないので、呼ばれ方も従来通り『今井さん』だ。

結婚指輪は、三月にあちらのご両親に挨拶に行ったときに、その足で婚約指輪と一緒に高宮家御用達であろう百貨店の中にあるジュエリーショップへ連れて行かれて選び、昨日初めて指に着けたけれど、今は外している。

その指輪は、私が一生かかっても身に着けることはないと思っていた海外有名ブランドの、とても高価なものだった。何の迷いもなく彼がそれを選ぶものだから、咄嗟に言葉が出なかった。あまりにも金銭感覚が違う私がいくら躊躇して違うものを提案しても、意見なんて聞いてもらえず、結局は彼に従うだけだった。

婚約指輪にしても結婚指輪にしても、終始そんな調子で選ぶので、私はそんな高価なものじゃなくてもよかったのにと言えずにいた。

でもよく考えたら、彼も対外的に結婚したことをアピールするためには、それなりのものを着けなければならないのだ。それこそ安物の指輪を着けていたら、彼が笑われてしまう。妻の恥が夫の恥とならないためにも、私は彼に合わせるしかない。

結局彼に押し切られる形で婚約指輪もいただいたけれど、それを指に着ける日なんてあるのだろうか。こんなに高価な結婚指輪をしたまま家事なんてして傷つけたりしたら……かと言って外して失くしたりでもしたら大変だ。

私がそんな心配をしているなんて、彼は思ってもいないだろう。

私は契約上の妻。

あの人の血を引く史那の母親。

妻としてふさわしい物を支給されたと割り切ればいいのだろうけど、こんな高額な品物を与えられ、割り切ることなんてできそうにない。それもあって、私は指輪を着けることができないでいた。

でも、金曜の夜から彼のマンションに行くときは……数日後のことを思うと、気が重い。彼も仕事上では結婚指輪を着けるとは思うけれど、果たして家に帰ってもそうだろうか。

モヤモヤとした気持ちを抱えながら、週末の金曜日を迎えた。

木曜日の夜、彼から連絡があった。

史那は夕方実家に迎えに行くから、会社から直接マンションへ来るように、そして夕飯の材料は冷蔵庫の中の食材を使ってと、冷蔵庫内の画像を添付されていた。

画像から推測すると、ある程度の物は揃っているみたいだ。野菜も冷蔵庫に入れていない根菜類の画像があり、外に買い出しに行く必要はなさそうだ。

なので私は二人の荷物を三日分まとめた。史那の洋服は、汚れることを見越して何枚か余分に用意する。史那を迎えに来るときに、今回のお泊まりの荷物も一緒に運んでもらうことになっていた。

本格的な荷造りも、来月七月に入ってからやらなきゃいけないな……

入籍前に、史那にこれからここに住むことになるんだよと彼が言い聞かせて、新居として連れて来られたのは、高層ビルが立ち並ぶエリアのタワーマンションだった。

高宮グループ本社の近くにあるそのマンションは、セキュリティもしっかりとしており、コンシェルジュも常駐している。

入籍前に、お泊まりの練習をしてみるかと彼に提案されたものの、史那はうんと言わなかった。

私がお泊まりをしないと言ったら、史那も嫌だと言ったのだ。彼は史那と少しでも一緒に過ごしたかったのだろうけど、まだ私が『今井文香』である以上、入籍前のお泊まりは避けるべきだと思った。

父も、結婚式の日に入籍を望んでいる。その日までは子どもがいても未婚なのだから、きちんと段取りを踏んでからじゃないと、という父の考えを尊重したかった。そして彼も、父の気持ちを汲《く》んでくれ、決して無理強《むりじ》いはしなかった。

マンションのコンシェルジュさんたちに、私たちが七月末までは週末こちらに滞在し、八月からは本格的に居住することを伝えてもらった上で、顔見せのため紹介された。

年配の男性でこちらの責任者である大川《おおかわ》さん、比較的若い男性でボディガードに最適な体格の百瀬《ももせ》さん、唯一の女性は桜田《さくらだ》さん。大体は三人がメインで勤務しており、他のコンシェルジュにもきちんと伝達するとのことだった。

ここのコンシェルジュはそれぞれ武道を心得ているとのことで、もしものときにと日々鍛錬を重ねているそうだ。それを聞くと何とも心強い。

挨拶も終わっているので、一人でマンションに行っても問題はなさそうだ。けれどやは、慣れない場所だし今までの私には分相応ではない高級マンションに気後れしてしまう。

こんな日に限って仕事は順調に進んで、珍しく定時前にはすることもなくなり、暇を持て余していた。

自席で机の中の整理をしようと引き出しを開けて、電子化されている書類の中で私が頻繁に見るものだけを抜粋して紙にファイリングしよう。

退職する時、すぐにシュレッダーにかけることができるように、使わないもの、ギリギリまで置いておくもの、引継ぎで次の人に渡すものと分類していく。

一番下の引き出しにファイリングしていた書類の整理が終わったときにちょうど定時を迎えたので、私は部署の人に退社の挨拶を済ませ、経理部を後にした。

エレベーターに向かう途中、黒川くんにばったりと出会った。早く帰りたいときに、よりによって黒川くんに捕まると思っていなかった私は内心イライラしていた。

「今井さん！　今上がりですか？　僕も今日は残業がないんです。今日こそは一緒に食事に行きましょうよ。お洒落なイタリアンレストラン見つけたんですよ。……って、髪、切ったんですね。長いのが似合ってたからもったいないけど……ボブも可愛い」

挙式が終わり、これから夏に向けて気分を一新させようと、それまで伸ばしていた髪の毛を、鎖骨が隠れるくらいの長さまで切ってみたのだ。髪を切った翌日、職場のみんながら一同に驚いていた。営業職だけに黒川くんもお世辞が上手だ。

子犬のような笑顔で、それこそ尻尾がブンブン振られて見えるくらいに嬉しそうな表情だ。

この前、史那を理由に誘いをきっぱりと断っているのにそれを忘れたのか、あえてスルーしているのか、それとも単なる社交辞令なのか、もはやわからない。私が断ることを前提に声をかけてくれているとすれば、黒川くんは鋼《はがね》のメンタルの持ち主だ。

もしかしたら、営業先でもこのように断られてもしつこく食い下がっていたりして。

でもこれは、相手によっては逆効果だと言うことを果たしてわかっているのか……

「これは夏が近いですから、気持ちを新たにしようと思って……それから黒川さん、すみません。この前もお伝えしたと思いますが、娘が待ってますので」

角が立たないように史那を理由に断っているのに、敵もなかなか引き下がらない。

「そうだ、それならせっかくだし、娘さんも一緒にどうですか？　そのお店、個室もあるし子どもさん向けの食事も用意できるってホームページにも書かれてましたし」

このタイミングでエレベーターが到着してしまい、一緒に乗り込むことになった。エレベーターの中は、運悪く誰もいない。二人きりの密室状態だ。できるだけそれを意識しないようにしなければ。そう思っていた矢先のことだった。

「みんながこれ見よがしにお膳立てしてくれるから、もう気づいてると思いますが、僕、今井さんのことが好きなんです。お子さんのこともわかってます。よかったら僕とお付き合いしてくれませんか？」

突然黒川くんに告白をされてしまった。エレベーターには途中で誰か乗り込んでくることもなく、非常に気まずい。ないとは思うけれど、ここで力でねじ伏せられたら絶対に敵わない。どうしようかと考えている間にエレベーターのドアが開き、一階に到着した。

「というわけで、今井さんとはゆっくり話もしたいので、これから一緒に食事に行きましょう」

もう食事に行くのは決定事項だと言わんばかりに私の手を取ると、通用口に向かって歩き始めた。これはもう、黒川くんにだけでも先に話をしておかなければ大変なことになる。そう思った私は思い切って口を開く。

「黒川さん、私も話があるんです。でも食事には行けないから、会社の外で話をしましょう」

会社の入口付近はオフィス街だけあって人通りも車通りも多い。職場の人間以外で私たちの立ち話を聞く人もいない。定時過ぎのこの時間、会社から出てくるのは私みたいな派遣社員ばかりだ。繋がれた手を振り払い会社の外に出ると、黒川くんもその後に着いてくる。とりあえずは職場の人が来ない場所に移動しなければ。そう思っていた矢先に、私のスマホが鳴り響いた。

「ちょっとごめんなさい」

私は黒川くんに断りを入れて、バッグの中からスマホを取り出すと、画面には『お母さん』の表示が出ている。史那は今日、彼が迎えに行っているはずだ。何かあったのだろうか。

「もしもし」

私の声に、母が返事をする。

『あ、文香？ お疲れさま。今、電話大丈夫？』

私が電話を外で取ったのを察したのだろう。私の状況を確認している。

「うん、ちょうど仕事が終わって今から帰るところ」

私の返事に母は安堵《あんど》すると、早速用件を話し始めた。無駄話はないようだ。スピーカーから聞こえているだろうから、私が屋外にいることは伝わっている。

『史那ちゃんはついさっき、雅人さんがお迎えに来たわよ。あなたが用意していた荷物も一緒に運んでくれてるから、きちんとお礼言いなさいね。それから、雅人さんが史那ちゃんとデートしたいって言ってたから、帰りは少し遅くなるんじゃないかしら？ ごはん、きちんと作って待ってなさいね』

「わかった。ありがとう」

通話を終わらせると、黒川くんが私に話しかける。私のスマホはまだ手に握ったままだ。

「今の電話の相手は……」

「母です」

有無を言わせない勢いで私も返事をすると、黒川くんは途端に安堵の表情を浮かべている。

「よかったぁ……彼氏って言われたらどうしようかと思った」

やはり早いうちに話をしたほうがいい。私は意を決して口を開く。

「あのですね……そのことできちんとお伝えしておきたいんですけど、実は私、結婚したんです」

突然の私のカミングアウトに黒川くんは目を丸くする。鳩が豆鉄砲を食ったようだと言うけれど、まさにその表現がぴったりだ。驚きのあまり、しばらくの間黒川くんは固まっていた。ようやく金縛りが解けたかのように瞬きをすると、私の左手薬指に視線を向ける。まだ結婚指輪をしていなかったから私が嘘を吐いていると思ったのだろう。

「またまたあ、今井さんも嘘が下手だなあ。指輪、着けてないじゃないですか。そんなこと言って僕は誤魔化されませんよ」

そう簡単には引き下がらなかった。私はバッグの中から指輪を取り出すと、黒川くんの目の前で指輪を着ける。指輪の入っていた箱を見て、それが海外の有名なブランドのもので、それなりの金額のものとわかったのか彼が目を見張るのがわかった。

「職場のみなさんに結婚したことを知らせるつもりはなくて、色々と詮索されるのが嫌で指輪は着けていなかったんですよ。それに、派遣の契約も来月末で満了しますので、このまま黙って退職するつもりだったんです」

私の言葉に、黒川くんはますます動揺している。本来なら私自身も契約更新するつもりだったけれど、彼との契約で結婚した以上、高宮の妻が他企業で働くなんてもっての外なのだ。黒川くんは、今まで聞いたことのないくらい不安げな声で私に質問した。その声の語尾が震えていることにも気づいたけれど、そこはあえてスルーする。

「え……お相手は、誰、ですか……？」

彼の問いに、私は勝手に彼の名前を出していいものか一瞬躊躇したものの、これはきちんと結婚相手が誰なのかを伝えるほうがいいだろうと考えを改めた。高宮の名前を出すことで、もし何かあったときに、彼も動いてくれる。そう思った私は正直に答えた。

「高宮ホールディングスの専務、高宮雅人さんです。史那の……娘の、実の父親です」

私が口にした名前に黒川くんは絶句している。まさかここでそんな大企業の役員の名前が出てくると思ってもみなかったのだろう。それに何よりも、『史那の実の父親』という言葉に衝撃を受けている。

「今まで事情があって、籍は入れてなかったんです。当時、彼とのお付き合いは極秘だったので、周囲に何か言われた時のためにもDNA鑑定をするようにと彼からも言われて……きちんと鑑定もして、生物学的にも父親だと立証されてますし、認知もしてくれてますから、法律上でも戸籍上でも、彼が父親です」

私の言葉が信じられないのか、口をパクパクとさせている。言葉にならない声が口から漏れているけれど、ここできちんと釘を刺しておかないと、後からまた何かあったりしたら大変だ。

「夫とこちらの沢井専務とは旧知の仲ですし、私も専務の奥様やご家族とは親しくお付き合いさせていただいておりますので、今後は何かあれば沢井専務にご報告させていただきますね」

職場の役員の名前が出た時点で、もう勝算はないと理解したのだろう。彼から笑顔が消えた。

「高宮グループの専務の奥様が、何でここで経理の派遣なんてやってるんですか……？」

喉を振り絞るように話す黒川くんの疑問はごもっともだろう。

普通に考えたら、大企業の役員の妻が派遣で働いているなんて思わない。でも、私への好意を伝えてくれた彼に、真摯に向き合う義務が私にはある。とはいえ、まだ口に出せないことはあるけれど。

「それはさっきも言ったように、色々と事情があったんです。でも、それを黒川さんに説明する必要はないと思います」

私の毅然とした態度に、黒川くんも圧倒されている。

「わかりました……というか、わからないといけないんですよね。今井さんは……いや、高宮さんはご結婚されたんですね。……おめでとうございます」

私の発言に、かなり動揺しているように見える。でもこればかりはどうしようもない。

「ありがとうございます。先ほどもお伝えしましたように、七月末で私も契約期間が満了するんですが、残り僅《わず》かですので、今のところ仕事上は旧姓のままで通そうと思っています。なので呼び方は今まで通り『今井』でお願いしますね」

そう言い残して私はその場を立ち去った。

サワイと高宮の本社は近く、新居となるマンションも近いため、会社からすぐに帰宅できる。

彼に気を持たせたら、きっと彼はまだこの恋に望みがあると勘違いするかも知れない。

私自身も、叶わない片思いを引きずっている立場だから、黒川くんの気持ちが痛いくらいにわかる。でもわかるからこそ、そこで隙を見せてはいけないのだ。

結ばれない恋ほど辛いものはない。

私も史那の存在があるからこそ、彼と契約結婚とはいえ結ばれることができたのだ。

彼の気持ちが私に向いていないことくらい、彼の態度を見ていたらわかるだけに、私にまっすぐな思いを寄せてくれた黒川くんの気持ちが嬉しかった。でも、そこに甘えるわけにはいかない。それは単なる逃げにしかならないことも充分に理解している。

結局は彼以上に好きになれる人なんていないのだから。

私に未練を残せないくらいの現実を突き付けなければ、黒川くんも次の恋愛には進めない。だから、これでよかったんだ。

帰路につきながら、つい今しがたの黒川くんの告白から、先ほどの母との通話のことに思考を切り替えた。……彼と史那はデートか。親子として二人の絆が深まるなら、それを邪魔することはできないな。

手に握りしめていたスマホをバッグの中にしまい、新居のマンションへと向かった。

エントランスでコンシェルジュの大川さんと挨拶を交わし、最上階にある彼の部屋へ行くためにエレベーターに乗った。

このマンションのセキュリティはしっかりしているけれど、地震や火災などの災害時はどうするのかが気になってしまう。避難経路や避難場所も、今度確認しなければ。あと、史那の通う小児科は実家の近所なので、ここからだと少し距離がある。緊急時のことを考えたら、この近くの病院も探さなければ。

本格的に家移りする前に、疑問に思うことをメモして彼に聞かなければならないな。

食材の買い物だって、今は通いのハウスキーパーさんが買い足してくれているからいいけれど、他人が家の中に出入りする環境に慣れていない私としては、気持ち的に落ち着かない。七月末で一度退職してもすぐに働けないのならば、ハウスキーパーさんの通いの頻度も減らしてもらわなければ。その辺りをきちんと対応してくれるといいけど。

エレベーターは最上階に到着し、私は渡されていたカードキーを使い、玄関の鍵を開錠した。

彼は入籍前に新居の室内を案内すると言ってくれたのに、変な意地を張って丁重にお断りしていたせいで、この家に入るのは実は今日が初めてだ。

彼が一緒にいるだけで、緊張して何を口走るかわからなかったから、一緒に暮らし始めるときのお楽しみにしたいと言ったのだ。

史那も、私が一緒でなければ知らない場所には行かないと言って、まだここには足を踏み入れていない。今日ここでのお泊まりは大丈夫だろうかと不安がよぎるけれど、そのときはそのときだ。どうにかするしかないと腹を括る。

玄関に入ると、玄関脇にある小スペースのクロークルームには大きめなスーツケースが三つあった。うち二つは、どう見ても女性用だ。……もしかして、これは私たちのかな。いや、でも彼からはまだ何も聞いてないし余計な詮索はしないほうがいいだろう。

靴を脱いで隅に揃えて置き、改めて部屋を確認がてら、散策することにした。クロークルームの裏手にキッチンがあり、ＬＤＫの広さに圧倒された。ＤＫ部分の一面の壁がガラス張りになっており、きっと窓から見える夜景は、某有名ホテルのラウンジにも勝るとも劣らないだろう。

玄関ホール正面から部屋が三つ並んでいる。どれも十畳位の広さだろうか。

部屋のドアの向かい側に水回りがある。浴槽も、ファミリー向けの間取りだけあり広々としていた。

その他にも各部屋にたくさん作られた収納もそれぞれ広く、家具を置く必要がない。置いてもベッドくらいだろう。

智賀子さんの住むマンションも高層階だけど、ここまでの広さや部屋数はない。彼は一体何を考えてここに住むことにしたのだろうか。

先ほどの三つの部屋をそれぞれ覗いてみると、手前がゲストルームのようだ。真ん中の部屋はどうやら子ども部屋だろうか、史那が喜びそうな大きなぬいぐるみがいくつか置かれている。これを見るだけでも、彼の史那に対する愛情を感じることができる。そして一番奥の部屋を覗いてみると……キングサイズかクイーンサイズか分からないけれど、とにかく大きなサイズのベッドが一つ、部屋の中央に置かれていた。ベッドだけで部屋を圧迫している。これは誰が寝るのだろう、彼と私と史那の三人で川の字で寝るのだろうか。

疑問に思いながらも、時間は刻一刻と過ぎていく。彼と史那が帰宅する前に夕食の支度をしなければ。

私は荷物を持ってキッチンへと向かった。

パントリーの中にもたくさんの食材が用意されており、それらはまるでスーパーの陳列並みに綺麗に整理整頓されている。とても理想的なキッチンに、私の心が躍《おど》る。

冷蔵庫の中も、写真の画像通りたくさんの食材が用意されていた。食器も調理器具も完備されている。史那が落として割ってしまわないよう子ども用のプラスチック製の食器も用意されており、驚きが隠せなかった。ここに史那用の食器がなかったときのことを考えて、実家で使っているプラスチック製の食器の予備を持ってきていたけれど、出番はなさそうだ。

史那も離乳食はとっくに卒業して大人と変わらない食事だ。けれど、味つけはまだまだ薄味で子どもでも食べやすい甘口だから、ひょっとしたら彼の口に合わないかも知れない。大人用に別の味つけにするつもりはないので、仮に口に合わなかったとしても、それは仕方ないと割り切ってもらわなければ。

食材を一通りチェックして、消費期限の一番近い挽肉を見つけた私は、史那の好物であるハンバーグを作ることにした。

いつもなら髪が邪魔にならないように後ろで一つに結ぶところだけど、この長さだとゴムをほどいたときに変なクセがついてしまう。ポケットの中にあるバレッタで横の後れ毛が落ちてこないように留めた。持参したエプロンを着けると、炊飯器でお米を炊き、つけ合わせのメニューを考えながら玉ねぎをみじん切りにする。

洗い物を減らすために、フライパンの上でハンバーグの生地を捏ねて形成し並べているときに、私のスマホがメッセージを受信した。

脂で汚れている手を洗剤で洗い、ハンドソープで再び洗い、彼から送られた無料通話アプリのメッセージを開くと、美味しそうなプリンの画像が送られていた。そして一言、『食後のデザートです』とあった。きっと史那におねだりされたのだろう。私も一言、返信した。

『今日の夕飯はハンバーグです』

さすがにまだ完成していないから画像は添付しなかったけれど、史那の好物だ。彼はきっと史那に伝えてくれるだろう。

私はスマホをエプロンのポケットに入れ、料理の続きに取りかかった。

今のところ、史那は食べ物に対してアレルギー反応を起こす様子もないので、少しずつ新しい食材に挑戦している。よく使う食材でアレルギー反応が出たら大変だと聞いていたので、離乳食もかなりゆっくりのペースで進めていたのがよかったらしい。万が一の事態に備えて、新しい食材を使うときは昼食にするよう母にお願いしていた。仮に史那が異変を起こしたとしても、小児科の診療時間内に連れていけるからだ。でも八月からは、私がそれをしなければならない。

今までは実家で母もいたから安心していたけれど……

今さらながら、結婚してからの子育てに対して不安がよぎる。

野菜室の中にあったほうれん草でおひたしを作り、つけ合わせはマカロニサラダにした。豆腐があったので、半分は味噌汁に、残りを白和えに使った。季節的に冷奴のほうがよかったかもしれないなと思ったけれど、すでに白和えを作った後だ。これはもう、どうしようもない。

豆腐とほうれん草の味噌汁を作り、一煮立ちさせているところで玄関のドアが開く音が聞こえ、続いてパタパタと軽やかな足音が聞こえてきた。

「ママーっ、ただいまぁ！」

史那が勢いよくリビングに駆け込み、キッチンにいる私に飛びついてきた。その姿を、リビングの入口で彼が見つめている。私が髪を切ったことに気づいたのか、目を見開いたままだ。

「お帰り、史那。パパとデートしてきたの？　まずはパパと一緒に手洗いとうがいをしてきてね」

史那をぎゅっと抱きしめてから、彼にも聞こえるように声をかけた。

「はーい。パパ、おててあらいにいこう？」

史那が元気よく返事して、彼の服を引っ張った。

「あ……うん、そうだな。おてて洗いに行こうか。こっちだよ」

史那の動作にようやく我に返ったのか、彼は先ほど画像で送られてきたプリンが入っているであろうパッケージをリビングのテーブルの上に置いて、史那と一緒にパウダールームに向かう。

私に対する態度と違って、史那に対してはすごく優しい眼差しで、言葉遣いも柔らかいことに驚きを隠せないでいた。

私はテーブルの上のパッケージを冷蔵庫の中に入れた。

彼をパパと呼ぶことにかなり抵抗があるけれど、史那にとって父親であることには違いない。それに、史那の前で他に何と呼べばいいのかもわからない。彼も否定しなかったし、史那が私をママと呼ぶのだから、パパ呼びでも大丈夫だろうと勝手に解釈したけれど……

二人が戻ってくる前に、食事の準備の続きをしよう。

私は深く考えるのを一旦保留にして、ダイニングテーブルにそれぞれの器を並べた。

今回ハンバーグは、スライスチーズや海苔をカットして全てを動物仕様にした。ぶたさん、くまさん、猫ちゃんと、見た目を楽しくすることで、史那のテンションを上げる作戦だ。

彼のハンバーグも同じようにしたのは、史那に付き合ってもらうためだ。

私は自宅でのいつもの空気を変える気はない。今まで史那には父親という存在はいなかったのに、こうして契約でも結婚して親子、夫婦として過ごすなら私たちのそれまでの日常に合わせてもらわなければと思う。少しでも史那が彼を父親と認めて本当の親子になるのなら、これまで自宅で過ごしてきたのと同じことをして慣れさせたい。そして彼も、本気で史那の父親になると言うのなら、それは受け入れてほしい。

あの日、もし私が逃げ出さなければ、こうして普通に彼と家族として過ごしていたのかもしれない。

こんなことを言ったら、今さらだと罵《ののし》られるかもしれない。だから私は、彼の前では口を、心を閉ざすしかない。彼に何かを言う資格なんてない。そして彼も同様だ。そう、今この場に私がいるのは、彼との『契約』なのだから。

史那が彼と私の実の娘である事実がなければ成立はしないけれど。

だから私たちは表面上『親子』であり『夫婦』であり『家族』を演じなければならない。そして、史那にそれを見破られないように、細心の注意を払わなければならない。

史那にとって、彼も私も、本当の親なのだから。彼女の笑顔を奪う権利など誰にもないのだ。

史那と彼がリビングに戻ってきたときに、ちょうどテーブルの上に準備が整ったので席に着いた。

私と史那が並んで座り、彼が史那の正面に座る。史那のために、ダイニングテーブルに子ども用の椅子を用意してくれていたことに驚きを感じながらも、先ほどの子ども部屋の件や史那の食器のこともあり、彼が本当に史那を迎えてくれていることを改めて実感した。

彼が私の実家から持って来てくれた荷物もリビングに運び込まれていたので、その中から史那の食事用エプロンを取り出した。そしてそれを史那に着せる。

その様子を彼はじっと見つめていたけれど、私は何も言わない。

二人が席に着いたのを確認して、一緒に「いただきます」をした。

今日のおかずは史那の好きな物ばかりなので、彼とのデートで間食をしていなければ、きちんと完食できるだろう。デザートをお土産に買って帰っているのだから、多分間食はしていないと信じたい。

二人の食事の様子を気にしながら、私も箸を進めた。

彼は大企業の役員であり御曹司。幼少期からテーブルマナーやお箸の使い方もきちんと教え込まれているだけあって、見惚れてしまいそうになるくらいとても箸の使い方が綺麗だ。史那も見様見真似でお箸を使うようになったので、子ども用の箸と、スプーン、フォークを必ず用意しているのだが、彼の箸使いに刺激を受けたのか迷わずお箸を手に持った。

「ねえママ、パパ、おはしつかうのじょうずだね」

史那が素直に感想を口にすると、彼は途端に赤面した。史那にしか引き出せない、彼のレアな表情に、私も思わず目を惹かれる。照れながらも、史那に褒められたことに、彼は見たこともないような笑顔を見せて、「ありがとう」と返事をした。私はそれが信じられなくて、史那は彼の笑顔が嬉しくて、彼から視線が離せない。私たち親子の視線を正面から受けて恥ずかしかったのか、彼はいつもの取り澄ました表情に切り替えると途端に無口になり、早く席を立ちたいのか勢い良く食べ始め、あっという間にテーブルの上の彼のお皿は片づいてしまった。

彼が照れ隠しをしていることはなんとなく理解できた。そんな彼の態度に好感が持てたけど、どうやらまだ仕事中だったようだ。マナーモードにしている彼のスマホが震えた。ポケットからスマホを取り出すと、小さく息を吐き、そして私たちに向かって声を発した。

「ごちそうさま。今から会社に戻るから、二人はゆっくり過ごしてて。風呂は使ったら栓を抜いて。寝室は一番奥の広いベッドを二人で使ってくれ。今日は何時に戻れるかわからないから、先に休んでいて。史那ちゃん、ごはん、最後まで一緒にいられなくてごめんね。史那ちゃんが言ってた通り、ママのごはんは本当に美味しかったよ。なるべく早く帰ってくるからね。今日買ったプリン、後でママと一緒に食べておいて」

それだけ言い残して、彼はソファーの上に脱ぎ捨てていたジャケットを羽織り、リビングを後にした。

少しして、玄関のドアを施錠する音が聞こえ、私たち親子二人だけになった。私は、彼の私と史那への態度の差に驚きつつ、でも料理が美味しかったと褒められたことが未だ信じられないでいる。

彼は忙しいのにわざわざ史那と過ごす時間を作ってくれたのだろうか。それとも、本当は私とは一緒に過ごしたくないけれど、史那を理由に食事だけ付き合ってくれたのだろうか。

「パパ、はやくかえってくるといいね」

史那の無邪気な声で、我に返った。

彼が出て行ったこの家で、私たちはどうすればいいのだろう。彼の前に並べていた夕食は、残さず綺麗に片づけられていた。それだけで、胸がじんわりと温かくなる。けれど……

「ママ、あのね。きょうパパね、ほんとうはおむかえにこれなかったかもっていってたんだよ」

唐突に史那が口を開いた。そして、たどたどしい口調ながらも私に必死に説明する。

「えっとね、おむかえのくるまのなかで、なかのさんってひとにでんわでいってたの。『かぞくみんながそろってごはんをたべたいからじかんつくれ』って」

史那の言葉に私は身体が強張った。

中野さん……

まだ彼の側にいたんだ。彼女の名前を聞いただけで、あのときの出来事が脳裏をよぎる。

「なかのさんね、でんわでほんとうはおむかえのじかんだけしかむりっていってたの。でもパパがね、ふみなといっしょにごはんたべたいっていってくれたの」

中野さんも、彼にそんなふうに言われるとスケジュールを調整せざるを得なかったのだろう。帰宅時間が何時になるかわからないと言って部屋を出た彼の言葉にようやく納得がいった。

彼が出て行ってからお箸を使うのに飽きたのか、それとも彼にいいところを見せたかっただけなのか集中力が切れたらしく、史那は早々にフォークに持ち替えていた。まだお箸やフォークを使うのに慣れていないから食べ方は決して綺麗とは言えないけれど、食べることが大好きな子に育ってほしいから、食べ方には口を出さずに見守っている。

食べ物で遊び出したら途中でも食事を終了するようにしているので、それがお腹いっぱいになった目安にもなる。基本的にごはんもおにぎりにしたり、おかずもキャラクター仕様にして気を引いているので、食わず嫌いはないはずだ。

珍しく今日は史那が食べさせてと甘えてこないから、テーブルの周囲は食べこぼしの残骸がすごいことになっている。けれど、史那なりに頑張って食べているので私は笑顔だ。

「ふみなのハンバーグ、ネコちゃんだった。かわいいからたべるのがかわいそうだったけど、パパもクマさんぜんぶたべてたね」

そう言いながら、口の回りをデミグラスソースでベトベトにした史那がハンバーグの残りを頬張った。史那の器も、綺麗に完食されている。私は嬉しくて笑みが止まらない。

史那の手元と口回りを濡らしたタオルで拭ってやると、ようやくスッキリしたのか私に釣られて笑顔になる。

「ごちそうさまする？」

私はそう言って史那の顔を覗き込む。お腹がいっぱいなら、デザートは明日のおやつにしてもいい。無理矢理お腹の中に入れて嘔吐したら大変だ。

「んー、プリンたべたいけど……あしたパパといっしょにたべたいからごちそうさまする」

きっと彼が聞いたら喜ぶだろう。入籍前の結婚準備以外で、彼は少しでも時間が空くと私が不在時でも実家に顔を頻繁に出してくれ、今では史那もすっかり彼に懐いてしまっている。史那との距離を縮めようと、彼なりの努力は実を結んだ。それについては特別異論もないし、二人が仲良くなれて、私は正直言ってよかったとは思うけれど複雑な心境だ。

なぜなら、産前産後と不安を彼にぶつけられなかったから。何も言わずに彼の元を離れた私にこんなことを言う資格はないけれど、細切れな睡眠で私の身体も限界で倒れそうになったことが何度もあった。それでも両親が一緒に史那のことを見てくれたからこそ、なんとかここまで史那を育て上げた。

本当にがむしゃらにひたすら突っ走って、いっぱい苦労して育ててきた。

そんな苦労を知らない彼が、すんなりと史那のテリトリーに入っていることに、私だけがモヤモヤする。最終的に彼の前から姿を消して、彼を蚊帳《かや》の外にしたのは私だ。だけど、その後は一生関わるつもりなんてなかったのだから、今の生活に戸惑うことは理解してほしい。

承認欲求の塊の癖に、彼に対して肝心なことは、何一つとして口に出せない。だから私は、仮面を被るのだ。彼の前で、高宮一族の前で、高宮の妻と言う名の仮面を被る。決して感情を出さない。彼らの言うことを黙って聞くお人形の仮面を……

「史那、これ、お片づけしたら一緒にお風呂に入ろう」

史那にそう言うと、私は食器を洗ってふきんで水分を拭き取り、使った器を食器棚に戻した。

彼に実家から持ってきてもらった荷物の中から二人分の着替えを取り出して、パウダールームに運んだ。ついでに荷物も奥の寝室へと運び、先に入浴を済ませることにした。浴槽の中にお湯を張ってのんびりと浸かりたかったけれど、給湯器の使い方の説明を受けておらず、わからないまま使うととんでもないことになりそうだったので、今日はとりあえずシャワーで済ませることにした。史那と二人で新居の中を散策するのは、シャワーの後にしよう。

私たちはパウダールームに入り、その広さに感嘆の声を上げた。

「すごいね」

「おうちのおふろばよりもひろいね」

パウダールームには、私用のスキンケア用品まで用意されていたのに驚いた。

今は家計を節約するため安い化粧品一式を使っているけれど、そこに用意されていたのは、かつて——四年前、私が愛用していたメーカーのもので全てが揃えられていた。きっとあの日、私が宿泊していた部屋に荷物を取りに行ってくれたときに、私が使っているスキンケアのボトルを見たのだろう。

不覚にも、あの時の記憶が蘇る。せっかく彼が用意してくれたスキンケア用品だけど、これらは今、私が使っているものを使い切ってから使わせてもらおう。私は用意されていたそれらを備えつけの鏡台の引き出しの中にしまい、実家から持ってきた物を並べた。先日買い足した乳液は、まだしばらくの間お世話になるので、彼が用意してくれた化粧品たちはもうしばらくの間封印だ。

史那と一緒に服を脱ぎ、それらを一箇所にまとめて置き、私たちはバスルームへ入った。先ほどはざっとしか見ていなかったけれど、浴槽は、私たち二人が入ってもかなり広さに余裕がある。

下手したら大人がもう一人入れそうだ。史那もそう思ったのだろう。

「これ、パパとさんにんでもはいれそうだね」

史那の言葉をそのときは軽く流したけれど、果たしてそんな日は来るのだろうか……。

史那の髪と身体を手早く洗い、お湯を張っていない空の浴槽の中で私が洗い終わるまで待たせることにした。これが夏場で本当によかった。湯冷めして風邪を引く心配もない。私も全身洗い終わり、最後に待たせていた史那の全身にシャワーをかけて流してやると、顔に飛沫が飛んできたのかキャーキャー騒ぎながら逃げ惑う。

史那の全身の水分を拭き取り、私もざっとタオルで身体を拭くと、バスルームの入口近くに置いていたバスタオルを一枚取り、史那の身体を改めて綺麗に拭いた。自分で着替える練習をさせているので、パジャマへの着替えは手伝わず、私は改めて自分のことをする。

髪の毛の水分を拭き取り、全身を拭き、タオルは洗濯機の中に入れた。私たちが先ほど着用していた服や下着はどうしようか迷ったものの、季節的に蒸れて臭くなるよりは洗ったほうがいいと判断し、彼の洗濯物と一緒に洗濯機を回した。一応、戸籍上は夫婦だけど、私たちは本当の意味で夫婦ではないので、勝手に色々な物を使うのに気が引ける。なので、彼に言われていないことで勝手に私がやったことについては報告することにした。

パウダールームの物を使ったこと。洗濯機を使ったこと。化粧品は自分が持ってきた物があるからそれを使い切ってから使わせてもらうこと。風呂上がりで落ち着いてから、一つずつ思い出しながら箇条書きにしよう。ざっとお互いに身支度を整えてパウダールームを後にした。

ドライヤーは暑さで熱がこもるけれど、先日中途半端な長さで髪を切ったため、きちんと乾かさないと、翌朝が大変なことになる。私はドライヤーを手に取ると、根元からしっかりと乾かした。

史那はパジャマに、私はシワにならないコットン素材の部屋着のワンピースに着替えて、リビングでお茶を飲んでいる。

今日から週末だけはこの家で過ごすことを史那は理解できているだろうか。夜中に祖父母を恋しがったりしないだろうか。そして、彼は本当に帰ってくるのだろうか……。

二十時を回った頃に、珍しく史那がリビングのソファーで寝落ちしてしまった。

私は彼から言われていた通り寝室の空調が効くまでそのまま寝かせ、完全に熟睡した頃に、抱っこしてリビングから寝室へと移動した。寝室が涼しくなるまでに、先ほどの彼への報告をパソコンのプリンターにセットされていたコピー用紙を拝借して箇条書きにして、ダイニングテーブルの上に置いておいた。

史那を寝室に連れて行き、添い寝をしているといつの間にか私自身も寝落ちしていた。

夜中、トイレに行きたくなり目覚めると、彼が帰宅しているのかパウダールームに明かりが灯っている。

シャワーを浴びているらしき水音が聞こえた。

私はトイレで用を足し、寝室へと戻り、様子を窺っていたけれど……

その日彼は、寝室に入ってくることはなかった。

結局なかなか眠ることができなくて、ほぼ徹夜状態だ。

午前五時、外は明るくなっていた。遮光カーテンの隙間から、柔らかな光が漏れている。

私は史那を起こさないようにそっとベッドから出ると、起きて史那が寂しがらないように猫の抱き枕を史那の隣に置いた。トイレに立ってからパウダールームに向かい、洗顔、歯磨きを済ませると、スキンケアをして昨日洗濯した洋服を取り込んだ。パウダールームの隣にランドリールームがあり、乾燥機を使わずに洗濯物を干すスペースがある。

マンションの最上階で外干しができないので、ランドリールームがあるのは非常にありがたい。部屋の空気が乾燥しているせいか、洗濯物はほぼほぼ乾いている。私は自分の下着を取り込むと、寝室に置いているバッグの中にしまい込んだ。

部屋着のままリビングでご対面するのもどうかと思い、用意していたカットソーとパンツに着替えると、先ほどまで着用していた部屋着のワンピースも洗濯済みの下着と一緒にバッグの中にしまい込んだ。

素顔を彼に見せる勇気はなくて、手早く化粧をして寝室をそっと出ると、意を決してリビングへと向かった。

リビングの扉を開けると、昨日彼が帰ってきた形跡があった。

ノートパソコンがスリープ状態でローテーブルの上に置いたままになっており、入口からは見えなかったけれど、彼はソファーに身を投げ出して眠っていた。昨夜シャワーを浴びていたから、ポロシャツとハーフパンツといったラフな格好に着替えている。

布団をかけるにも、寝室の布団は史那が使っているからゲストルームのものを使うしかない。予備の布団がどこにしまってあるかなんてわからないし、せっかく眠っているところをガタガタと物音を立てて起こしたくない。

私はそっとリビングを出ると、ゲストルームのベッドの上にあった薄手の夏布団を持ってきた。布団をかけると、その温もりに包まれて身体が安心したのだろう。表情が少し穏やかになった。

眠っている顔もイケメンだなんて、ズルいな……

無意識のうちに私は、ポケットの中に入れていたスマホを取り出すと、シャッター音が聞こえないカメラアプリを起動させて寝顔を撮影し、その後しばらく彼の寝顔を見つめていた。

そう言えば、四年前もこうして彼の寝顔を見つめていたな……ふとあの頃の記憶が脳裏をよぎる。思わず彼の額《ひたい》にかかる前髪に触れようとして手を伸ばした途端、彼が寝言を発した。

「……や、か……ごめ……」

彼の声で我に返った私は、急いでスマホの電源を落とす。彼は眠っているから私が目の前にいることに気づいていないはずだ。突然の寝言に私は、今、心臓が飛び出しそうなくらい動揺していて思わず口から声が漏れそうになるのを堪えるのに必死だった。

待って、今、彼が発した言葉が『文香、ごめん』と聞こえたんだけど。この謝罪は何に対するもの？　昨日、食後にすぐ会社に戻ったから？　それとも四年前、私に連絡をしなかったから？

考えても何一つわからない。私は足音を潜めて彼の側から離れると、ダイニングへと向かった。

ダイニングテーブルの上を見ると、昨日のメモが置かれていた。私の書いた箇条書きの横に、わざわざ返事が書かれている。

彼らしい、力強い筆跡だ。ボールペンでしっかりとした文字が綴られている。私が疑問に思って書き記したこと全てに、返事が書かれていた。

直接話せば済む話だけど、多忙な彼にはそんな時間はなさそうだ。

現にこうして仕事を持ち帰って、ここで寝落ちしてしまっている。私たちのことを構う暇なんてないくらいに忙しいのだから、彼の手を煩わせるような真似はできない。

でも……

昨日の夕食のひと時で感じたのは、私たち、特に史那を家族として迎え入れた以上、父親としての役割を担ってくれるということだ。夫という役割についてはどうなのかはわからない。その証拠に、彼の今日のスケジュールだって私は何一つ知らされていない。今日が仕事なのか、それとも休みなのか。いつ彼を起こせばいいかもわからないのだ。

私は複雑な思いを抱えたまま、返事を書かれたメモに、一言だけ書き加えた。

『ありがとうございます』と。

ダイニングテーブルにそのメモを残して私はキッチンへと向かった。

まだ五時半にもなっていないから、ここで音を立てているときっと彼の睡眠の邪魔をしてしまうだろう。でも、朝食の準備はしなければと思う。

昨日炊いたごはんが残っているので、おにぎりでも作ろうと、味のりや中に入れる具材を探すために物音に注意しながらパントリーを開けた。

ふりかけや味のり、ツナ缶を見つけたので、それらを使っておにぎりを握った。昨日たくさん作りすぎたおかずをリメイクして、味噌汁も温める。四人家族の分量で慣れているため、どうしても余分に作る癖が出てしまう。ここではそんなに作らなくてもいいのに。

ダイニングテーブルに彼の分の朝食を用意すると、私はそっとリビングの様子を窺ってみた。

彼は先ほどからソファーに横たわったままだ。起きているか眠っているかはこちらからはわからない。もしかしたら匂いに釣られて目覚めているかも知れないけれど、起き上がってくる気配は感じられない。

私はそっとリビングから出ると史那のいる寝室へと向かい、添い寝をしていたら知らない間に眠ってしまっていた。

二度寝から目覚めると、時計の針は七時半を回っていた。

この寝室の壁に掛けられている時計は、史那が大好きなキャラクターがデザインされたアナログ時計だった。

史那に時計の針の見方を教えるときに使えそうだ。私はベッドから起き上がり、部屋のカーテンを全開にした。朝陽が部屋全体に降り注ぎ、その柔らかくて温かい光は史那の顔を優しく照らしている。

子どものどんな表情も可愛く思うけれど、寝顔はまた格別だと思うのは私だけだろうか。

安心して眠る史那の顔に、私はいつだって癒される。

そして、先ほど無意識に撮影した彼の寝顔を思い浮かべて史那の寝顔と比較してみる。無防備な状態だからこそ、二人の寝顔がそっくりなことを認めざるを得ない。やはり血は争えないものだ。

そっと寝室を出て、リビングへと戻ると……

ローテーブルの上にあったパソコンも、彼にかけた布団もなくなっていた。

ダイニングテーブルの上に用意していた朝食も、彼とやり取りをしたメモも、まるで数時間前のことが夢であったかのように跡形もなく綺麗になくなっていた。

ゲストルームを覗いてみると、ベッドの上に布団が戻されていたものの、肝心な彼の姿が見当たらない。玄関に向かうと、彼の靴はなくなっている。私が二度寝している間に、どうやら出かけたようだ。

私は大きな溜息を吐く。

この家に来てから、彼とまだまともに会話らしい会話を交わしていないのに……

なんだか一気に疲れが出る。それまで張りつめていた緊張の糸が一気に緩んだ気がした。昨夜ろくに眠れなかったし、中途半端に二度寝をしたことによって、身体は鉛をつけられたかのように重く感じる。

再び寝室に戻り、熟睡している史那の寝顔を見つめた。よだれを垂らしながら幸せそうに眠る、彼にそっくりな寝顔を見つめていたけれど、そろそろ起こさなければ。

「おはよう史那、朝だよ。そろそろ起きようか?」

私の母に似たのか、寝起きはすこぶるいいのがありがたい。

子どもが毎朝なかなか起きないからいつも苦労していると、育児相談で他のママさんの愚痴を色々と聞いていただけに、史那の寝起きの良さに私は救われている。

少し顔をしかめたけれど、目覚めた史那は私の顔を見て、笑みを浮かべる。

「おはよう、ママ」

「おはよう」

私に抱っこをせがむように両手を伸ばしてくる。

私は、そんな史那の期待に応えて身体を屈めると、史那は両手を私の首に巻きつける。

私は史那の身体をぎゅっと抱きしめてから、お尻を支えて抱っこして、パウダールームへと連れて行く。

まだ洗顔を上手にできない上に、洗面台に届かない史那のために、タオルを濡らして固く絞り、顔を拭いた。何でも真似をしたがるようになるので、踏み台も用意して洗顔も練習させたほうがいいだろうか。口元のよだれ、目元の目やにを拭き取ってやると、スッキリしたのか自分でもやりたいと言って私からタオルを受け取り、一生懸命に顔を拭いている。

一度歯磨き前に口をゆすいでから寝室に戻り、パジャマから洋服に着替えさせてリビングへと向かった。

「ねえ、パパは？」

無邪気な史那の問いに、私は返事に詰まる。

「……パパね、もうお出かけしちゃったみたい」

私の返事に、史那の表情が曇る。

「もう？　おはよういってないのに……」

「……だよね。ママが起きた時、パパ、リビングのソファーで寝てたから、ママもパパに挨拶してないんだ」

史那は私の言葉に驚いている。

「パパ、きのうおへやでいっしょにねてないの？」

「うん、そうみたいだよ。帰ってからもここで、パソコン使ってお仕事していたみたい。ここでそのまま寝ちゃったのかな」

わかりやすいように説明するにも史那は納得していない。

「だって、いっしょにねるやくそくしてたのに……」

そのような約束をしていたことすら、私は知らなかった。

「そっかぁ……今日はパパ、早く帰ってくるといいね」

「うん。ねえ、ママ、おなかすいた」

「朝ごはん、おにぎりでいい？」

「うん！」

史那とのやり取りを終えると、私は史那に食事用のエプロンを着せた。

ダイニングテーブルに用意された昨日も使った子ども用の椅子に座らせ、今朝握ったおにぎりを食卓に並べると史那はそれを手掴みで食べた。シンクには、今朝おにぎりとおかずを載せていたお皿が置かれており、彼がきちんと食べてくれたことが確認できた。

……なぜ黙って家を出たんだろう。一言、声かけや、メモくらい残してくれてもいいのに。

そう思ったとき、ふとスマホの電源を落としていたことを思い出した。

もしかしたら……

一縷《いちる》の望みをかけて、スマホの電源を入れてみる。

起動されたスマホには、新着メッセージの表示はなく、私は内心でガックリと肩を落とした。

朝も時間が早かったから、私が着信音を切っていない可能性を考慮して、スマホへの連絡を遠慮していたのかも知れない。それとも、ちょっとだけのつもりで外出しただけなのか……

週末をこちらで過ごすのは、彼が望んだことだ。史那との時間を大切にしているだろう彼が、彼女を蔑《ないがし》ろにするはずがない。そう信じたい。

私は無表情でスマホの画面をオフにすると、シンクの中に置かれている皿を洗った。土曜日のこの時間なら、子ども向けのテレビ番組も何かしら放送している。史那の朝食が終わったら、テレビをつけて一緒に観よう。それが終わる頃までに連絡がなかったら……

何か急ぎの案件でもあるのかもしれない。

明け方ローテーブルの上に置かれていたノートパソコンも、開いた状態でスリープ画面になっていたし、きっと今日は仕事があって出勤しているのだろう。無理矢理そう思うことにして、私は冷蔵庫の中からお茶を取り出した。

史那用に用意されているプラスチック製のマグカップに、こぼさないように半分の量を注ぎ入れ、史那のプレートから少し遠い場所にそれを置いた。自宅で使っていたストローと一体型になったボトルを持ってきているものの、彼が用意してくれたマグカップを史那はかなり気に入ったのか、これでお茶やジュースを飲みたがったので、コップ飲みの練習になると前向きに考えた。

プレートに載せているのは小さく握っているおにぎりだから、史那でも一口で食べきれる。母からこうして食べるのを史那が喜ぶと聞いて、私がごはんを作るときはいつもこのサイズのおにぎりを作ることにしていた。大人サイズに握って出すと、まだ口も小さな史那の顔や手は大変なことになる。

一時期はキャラクターを象《かたど》るおにぎり用の型抜きを使って食事は色々と工夫していたけれど、そろそろイヤイヤ期に入る頃だ。環境の変化もあり、ここで暮らし始めて史那がイヤイヤ期に突入した時に、果たして私一人で対応できるのか、不安しかない。

八月になれば、私は退職する。そうすると両親の手助けなしで、この家で……

何気ない感情が、私の心の中に渦巻いている負のエネルギーを増幅させる。彼と再会して、彼からの愛情を感じることなくこうして結婚して家庭を持ったものの、きっとこんなすれ違いが、今後もずっと続いて行くのだろうか。

誰かにこの胸の内を明かして相談しようにも、智賀子さんには余計な心配をかけたくないし、ましてや両親にもこの結婚が契約結婚だと知らせていない以上、夫婦二人で話し合いなさいと言われて取り合ってもらえないのがオチだろう。

久しぶりに可奈子に連絡を取ろうかとも思ったけれど、私が彼と結婚したことを話していない以上、最初から説明するとしても途中で話が脱線して、肝心の相談までたどりつかない気がする。可奈子みたいに相思相愛で結婚したわけではないだけに、この契約結婚を理解してもらえるかどうかもわからない。そう思うと誰にも相談できない。

ネガティブな考えに行きついてしまうのは、やはり中野さんの存在があるからだろう。

未だ彼の側に中野さんがいると思うと、モヤモヤする。

四年前の婚約者発言を聞き、身を引いた私は一体何だったんだろう。現在の中野さんとの関係性は、表向きは専務と秘書でも、過去には『婚約者』だったのだから、それなりの情も湧いていたに違いない。

私が彼に隠れて史那を出産したことを知って、彼は私と結婚したけれど、中野さんとは今後どうなるのだろう。もし仮に中野さんが彼の子どもを身ごもっていたら、彼は私とは結婚しなかっただろうし、もしかしたら私は愛人として彼に囲われていたかもしれない。

下手すれば、私から史那を取り上げて中野さんと新しい家庭を築き上げることだって考えられる。

もしそうなれば……

きっと離婚はしてもらえないから、本当に私はただのお飾りの妻になってしまう。自我が潰されないように、私は自分の気持ちを全て無にしなければ。知りたがらない、口を挟まない、欲さない、私の感情を押しつけない。全ての欲を捨てて無の境地に達したら、こんなことで悩まなくてもいいのなら、いっそのことそうなりたい。果たして私にそれができるだろうか……

「ママー、ごちそうさまでしたっ」

ダイニングから史那の元気な声が聞こえ、我に返った。私は気持ちを切り替えて、ダイニングに向かう。

「美味しかった？　わぁ、上手に全部食べたんだね。えらかったね」

私が空のお皿を見て褒めると、途端に嬉しそうな表情を浮かべた。

私は史那の頭を撫でて口の回りと両手を濡らしたタオルで拭いてやると、史那も私にされるがままおとなしくしている。史那を椅子から下ろすと、私はお皿を下げるためにキッチンへと向かった。

当然のことながら、史那も私の後ろについてくる。

「おてつだいするー」

そう言うので、史那のお皿を洗って、それとふきんを一緒に手渡した。

「じゃあ、お皿についてるお水をこれで綺麗に拭き取ってね」

私は別のお皿で拭き取るところを見せて、史那に自分のお皿を拭かせる。

史那用のお皿はプラスチック製だから、落としてもそう簡単に割れず安心だ。慣れないながらも水滴を綺麗に拭き取って、できたと満足気な彼女の表情を見つめていると、スマホがメッセージの受信音を発した。史那から拭き終えた食器を受け取り、食器棚の中にそれぞれ戻した。

史那とリビングのソファーに座ってテレビを点けると、いつも史那が喜んで観ている子ども番組が放送されている。史那はテレビに出ているお兄さんやお姉さんの真似をして身体を動かしている。私はスマホを取り出して、先ほど受信したメッセージの内容を確認した。

発信者は、彼ではなく母だった。

『おはよう。史那ちゃん、環境が変わって大丈夫ですか？　パパと一緒でご機嫌だといいのですが……』

史那を気遣う母のメッセージに、思わず涙が溢れてくる。史那に気づかれないように、そっと目頭をポケットの中に入れていたハンカチで拭うと返信画面を開いた。

『おはよう。史那は大丈夫です。グズリもなく、今もご機嫌でテレビを観ています』

本当は、夫の不在も書こうかと思ったけれど、母に余計な心配をかけたくないので、これだけ打ち込むと、送信ボタンを押した。そして、彼宛てにメッセージを送ろうかとも思ったけれど、返信がなかった時にダメージが大きいので、そのままスマホをポケットの中にしまい込んだ。

「ママ、なにしてたの？」

史那が無邪気に聞いてくる。

「んー？　ばあばがね、史那が寂しくて泣いてないか心配してメッセージ送ってきたから、大丈夫だよって返事したの」

これは紛れもない事実だから嘘を吐く必要はない。

史那はばあばと聞いてどう反応するかは少し心配だったけど、杞憂に過ぎない。

「ばあばから？　ふみなたち、げつようびのあさに、ばあばのおうちにかえるんだっけ？」

ダンスが終わったらしく、私の膝の上によじ登ってきた。私はそんな史那を支えてバランスを取る。

「うん。その予定なんだけど、もしかしたら昨日みたいに今日もパパが夜いないんじゃ、ママも史那と二人だけで寂しいし、日曜日の夜にばあばのお家に帰る？」

初日から連絡すらなくてすれ違いなんて、仮にも新婚なのに、虚しいだけだ。もし史那が頷いてくれるなら、史那を理由に実家に帰ろう。

史那はしばらく考えていたけれど……

「うん。でも、ふみなたちがおうちにかえっちゃうと、パパがひとりぼっちになっちゃうよ。パパ、かわいそう……」

まさか彼がここまで史那を懐柔《かいじゅう》していたとは思わなかった。史那の言葉を聞いて、私は愕然とした。

「そっかぁ……じゃあ、月曜日の朝、早起きしなきゃいけないけど大丈夫？　パパもママもお仕事だから、六時には起きなきゃいけないよ？　寝坊したら、史那は一人で夕方までお留守番になっちゃうよ？」

少し意地悪かも知れないけれど、早起きしなければならないことを伝えた。ここから実家までは、車でも結構な時間がかかるし、朝の通勤ラッシュの時間帯になる。それを考えると、史那の六時起床もギリギリの時間だ。史那は寝起きこそいいけれど、なぜか早起きは苦手なのだ。

「んー……もしふみながばあばのおうちにかえるなら、ママもいっしょにかえる？」

「うん、もちろんママも一緒に帰るよ。だって史那と離れるの寂しいもん」

「ばあばのおうちにかえっても、またこのおうちにこれる？」

「うん、八月からは、このお家にパパと三人で住むんだよ」

史那は少し考え込んだが、きちんと納得してくれたようで、結局日曜日の夕方に私たちは実家へ帰ることにした。

焦ることはない。八月にはここが私たちの生活の拠点になるのだ。今から史那もこの環境に少しずつ慣れていけば、彼が何を言おうが私はそれでいい。

「ほんとに……？」

「ママ、史那に嘘ついたことある？　ママが七月いっぱいまでお仕事だから、八月からはここで住むんだよ」

私はスマホのカレンダーアプリを見せた。

今日が六月の第二土曜日。画面をスクロールして、ここに七回通ったら八月からはここに住むことを教えた。

ようやく納得できたのか、史那も頷いた。

二人でテレビを観終わったので、子ども部屋として用意されていた部屋へと行ってみることにした。昨日はざっとしか見ていなかったけれど、彼が史那に用意していたものは、基本的にぬいぐるみが多かった。部屋も、史那の成長を見越して壁紙とカーテンは白とピンクで統一されている。

クローゼットを開けてみると、史那の洋服を入れる棚まできちんと用意されていた。自分で出し入れできるように、背の低い子ども用のものだけど、それでも彼が史那に対してきちんと愛情を持っているのが伝わってくる。

この部屋には、まだ学習机やベッドといった家具は入っていないからか、かなり広く感じる。でも、仮に史那に弟や妹ができたらどうするつもりなんだろう。彼が病気で男性不妊になったと言っても私との行為で史那を授かったのだから、可能性はゼロではない。隣のゲストルームを子ども部屋に充てるのだろうか。

それとも、史那以外には子どもを持つ気はないのだろうか。

彼も専務として忙しい立ち場にいるので、彼と二人だけで会ったのは、ホテルで食事をしたあの日だけだ。以降は、必ず史那や私の両親、彼のご両親がいたので具体的な契約内容をお互いに擦り合わせしないまま今日まできた。一度、きちんと話し合いをしたほうがいいのはわかっているけれど、彼が私のために時間を割いてくれるだろうか。それに……私は左手の薬指に視線を落とす。

昨日、仕事が終わってから結婚指輪だけは指に着けたけれど、彼の左手には指輪がなかったのだ。私は契約期間が残りわずかで、指輪を着けることで変に目立ちたくなかったから仕事中は指輪をしていないけれど、彼はどうなんだろう。彼も結婚したことをまだ公にはしていないなら、理解はできる。でも、一緒に過ごす時間でも彼の指には指輪がなかったということは、お揃いの指輪を着けたくないという無言の主張なのだろう。

……何だか私、バカみたい。

史那に気づかれないように、そっと溜息を吐いた。

明日の日曜日で、結婚一週間だ。

私たちの婚姻届と史那の認知届、史那の戸籍の移動は、挙式の日に弁護士の杉本先生が代理で全て手続きを行ってくれた。

新しい戸籍ができるのに数日要するとのことだったので、今週中にどこかで一日だけ休みを取って、銀行口座や保険、カードなどの名義変更手続きを行う予定にしている。

昨日の帰りに黒川くんに告白されたこと、念のため彼に話をしておいたほうがいいと思うけれど、果たして彼と話をする時間はあるだろうか。黒川くんの話をして、逆に彼から不貞を疑われる可能性もあるけれど、私は潔白だし、それにもし何かあったとしても、職場の同僚も証言してくれるだろう。

私たちの結婚を職場の人たちが知ったら、黒川くんと同じような反応をするだろうか。ただでさえ私はシングルマザーであることを知られているだけに、変に目立つことだけは避けたい。円満に退職するまでは結婚している事実は知られたとしても騒がれたくない。


いつの間にか子ども向けのテレビ番組が終わっていた。することもないので、史那が退屈しないために散歩に出てもいいのかわからない。私たちの下手な行動で彼に迷惑をかけるわけにはいかないから、さて、どうしよう。

昼食前のおやつタイムには少し早いし、かと言って、外出するのも躊躇する。

家の中に引きこもりだと、体力が有り余っている史那はストレスが溜まってしまうだろうし、かと言って部屋の中で走り回ると、階下の人から騒音苦情が出るかも知れない。

引っ越し早々ご近所トラブルなんて嫌だ。

こちらから彼に連絡を入れるのはなんとなく躊躇われるけれど、やはり確認を取ってからの方がいいだろう。私はスマホを取り出して、メッセージを作成した。

『おはようございます。今日は仕事でしょうか。帰宅は何時頃の予定ですか。昼食、夕食はどうすればいいですか。あと、部屋に篭っていると、史那の体力があり余り、夜眠れなくなるので外に出したいのですが、外に出ても大丈夫でしょうか』

とりあえず、今聞きたいことだけを打ち込んで送信ボタンを押した。

絵文字や顔文字なんて一切使わない、ましてやスタンプなんて押さない。

彼がもし現在仕事中で、商談中だとしたら、そんな内容のメッセージを他の人に見られて馬鹿にされるようなことをしたくない。

メッセージを送信すると、すぐに既読がついた。

でも、きっと忙しいのだろう。一向に返信がない。

私はスマホをポケットに戻しながらふと一つの考えが頭をよぎり、動きを止めた。

もしかして、中野さんと一緒にいる……？

彼女は彼の秘書だから、側にいてもおかしくない。でも……彼女に遠慮して私に連絡をしないのなら、やっぱり私は名ばかりの妻で、本命は中野さんなの？　やっぱり中野さんが大切なの？　それなら、なぜあのときに二人は結婚しなかったの？　頭の中は彼と中野さんのことでいっぱいになる。私はポケットの中のスマホを握りしめていた。

「ママ、テレビおわったからつまんない」

史那の声に私は我に返った。

最近、自分の思考に集中してばかりで、史那を放ったらかしてしまう自分が情けなくなる。

「そうだね。じゃあ、お掃除のお手伝いしてもらおうかな？　このコロコロで、カーペットの上を綺麗にしてくれる？」

私はそう言って、テレビ横に置かれていた箱の中から粘着テープのついたそれを出して、史那に手渡した。史那は喜んでそれを受け取ると、張り切ってラグの上にそれを転がし始めた。

私はそれを見て、キッチンから台拭きを持ってくると、リビングのローテーブル、ダイニングテーブルなどを拭《ふ》いた。

二人で掃除をするのだから、一人でやるよりも早く終わる。史那もお手伝いが大好きだし、二度手間になるようなことを任せたわけでもないので、ラグの手入れもすぐに終わった。

部屋の隅を見ると、自動で床を掃除してくれるアレもある。

実家にない家電だけに、使い方もよくわからない。下手に触って壊してしまったら大変だ。使い方はまた後日、出入りしているハウスキーパーさんにでも教わろう。

昨日みたいにハウスキーパーさんに聞きたいことをメモ書きしておいたら、週末までに回答してもらえるだろう。

史那がお絵描きをしたいと言うので、リビングのローテーブルに二人並び、荷物の中からお絵描き帳とクレヨンを取り出した。

見る限り全てが新品の家具を、クレヨンで汚すわけにはいかない。ローテーブルの下にあった古新聞を念のためにテーブルの上に広げ、その上でお絵描きをするように促した。

史那は喜んで早速色々な物を描き始める。それを隣で見ながら私もハウスキーパーさんへの質問を列挙する。

そうこうしていると、階下のコンシェルジュに繋がる回線が部屋に鳴り響いた。

「ママ、なんのおと？　でんわ？」

史那も聞き慣れない音に戸惑っている。

「コンシェルジュさんからみたい。ちょっとだけ待ってね」

私も戸惑いながら受話器を取った。

『高宮様、恐れ入ります。コンシェルジュの桜田です。今、こちらに高宮様の秘書の中野様がお見えになっております』

女性コンシェルジュの桜田さんからだ。その内容に、驚きが隠せない。なぜ、中野さんがここに……？

『ご主人様より、ご家族以外は上にあげないようにと伺っておりまして、その旨を中野様にお伝えの上でのご連絡です。こちらのフロアにも応接セットがございますので、もしよろしければお越し願えますでしょうか？』

桜田さんの言葉に、返事ができなくて黙ったままでいると、さすがに不審に思ったのか、二度、名前を呼ばれた。

「あっ……ごめんなさい。そちらに行くのは構わないのですが娘もおりますので、中野さんのご用件とか、桜田さんは何か聞かれてはないですか？」

『それが、奥様に直接お話をなさりたいとのことでして……お嬢様もお連れいただければ、その間は私共でお嬢様のお世話を致しますが』

いくらコンシェルジュでも、桜田さんに子守りをさせるわけにはいかないけれど、史那が一緒だと、中野さんも気を遣うはずだ。

そして、史那がいてロビーで会話をするなら他人の目もあるからそんなに話は長くならないと思うし、変なことにはならないだろう。

第一に、中野さんは何のためにここにやってきたのか、目的がわからない。

「中野さんとの話が長引くようでしたら、そのときはよろしくお願いします。今から娘と一緒にそちらへ下りますので、少しお待ち下さいとお伝え下さい」

私はそう言って通話を終了させると、史那に向かって声をかけた。

「下にね、昨日パパがお電話していた中野さんが来てるんだって。ママにご用があるみたいなんだけど、どのくらいの時間がかかるかわからないから、史那も一緒に来てくれる?」

史那はきょとんとしている。

きっと意味がわからないのだろう。

私もそうだ。

なぜ中野さんがこのマンションに来ているのか……

「なかのさん? パパのかいしゃの?」

「じゃないかな? ママは他に中野さんって知らないから。パパの用事で来たのかな? 史那一人でここでお留守番は心配だから、一緒に来てくれる?」

私がそう言うと、史那は素直に頷いた。

玄関で、昨日通勤時に履いていた靴を履こうかと思ったけれど、今日の格好とはそぐわない。

私は荷物の中からミュールを取り出した。史那は子ども用サンダルのマジックテープで、サンダルが脱げないように足の甲を固定した。

階下に下りるだけだから、鍵とスマホだけで特に何もいらないだろう。

でも……念のため、あれもバッグの中に入れておこう。

小さなバッグインバッグをトートバッグの代わりにしてそれを右手に、左手に史那の右手をしっかりと握りしめた。

このマンションは分譲なのだろうか。賃貸だったら一ヶ月の家賃はとんでもない金額になるだろう。それこそ、私の給料で支払いなんて到底無理な高額な物件であるのは一目瞭然。セキュリティがしっかりとしているマンションにコンシェルジュがいるなんて、今までと生活レベルが違う。史那にとってこれが当たり前なんだと擦り込まれたらと思うとなんだか恐ろしく感じた。

たしかに高宮家の生活水準で考えたら、これくらいしっかりした環境じゃないとマスコミの餌食になるのは目に見えている。でも……史那を一般家庭の生活水準で育てていきたいと思うのは、私の身勝手な考えなのだろうか。せっかく家族用に用意されたマンションだけど、気後れしてしまっている今、私がここで心の底から寛げることはないだろうな……

史那の手を引いてエレベーターの前まで歩き、ボタンを押す。

下にエレベーターのゴンドラがあるので、すぐには上がって来ないだろうと思っていたら、思いの外早くそれはやってきた。私たちはエレベーターに乗り、ロビー階のボタンを押した。

エレベーターが静かに動き始めた。

史那はあまりエレベーターに乗ったことがなかったので、彼女が閉所恐怖症じゃなくてよかったと安堵している自分が何だかおかしく思える。この子が一人でエレベーターに乗るようになるのは、まだ何年も先になるけれど……

こんなことは考えたくないけれど、停電でエレベーターの中に閉じ込められたりしないかと考えたら、やはりこのマンションに住むのはまだ早いのではないかという思いが湧いてくる。地震や火災があった時の避難経路もまだ確認していないし、そのことも含め一度彼にきちんと時間を作ってもらおう。

ロビーに到着し、エレベーターから降り立った私たちの視界に映ったのは、椅子から立ち上がってこちらを見つめている中野さんの姿だった。

中野美希さん。

少なくとも四年以上前から彼の側にいる秘書で、彼女曰く彼の婚約者だった人だ。それを彼女に宣言され、あの日私は彼から離れたのに、なぜ二人は結婚しなかったのだろう。

あのとき、中野さんは幼少期から彼のことがずっと好きだったと、親同士の口約束とはいえ婚約者になれて嬉しかったと言っていたのに。

中野さんはバリキャリタイプの女性ではない。

きっと一般的な男性なら庇護《ひご》欲を掻き立てられるような女性だと思う。彼はどうだったかわからないけれど、結婚しなかったのだから違ったのだろうか。

もしかして、彼の婚約者だったと言うのは、彼女の吐いた嘘だった……？

少なくとも、あの時、彼の口から婚約者がいるとは聞かされてはいない。でも彼と再会したときに、婚約者がいた時期があったと本人も口にした以上、中野さんと婚約していたことは間違いないだろう。

あのとき、私は彼に連絡をしたのに、彼からは連絡がない上に私が送信したメッセージすら読んでもらえなかったから、中野さんの言葉を鵜呑みにしてしまった。その言葉を信じてしまうまでの心理状況に追い込まれていたからだ。

はっきり言って、彼女とは二度と会いたくない。彼女と話すべきことは何もない。

でも、彼女の来訪目的が何なのかはきちんと把握しなければ。

彼の意思でここに用事を言いつけられたのか、それとも、彼女の意思でここにきたのか。もし後者ならば、今後私は彼女に会うつもりは一切ない。会うのは今回だけだ。

私は史那の手をぎゅっと握りしめたので、史那が不安な声を上げる。

「……ママ？」

と同時に、コンシェルジュの桜田さんが私のほうへやってきた。

「高宮様、ご足労をお掛けして申し訳ございません。中野様もあちらの応接にお通ししますので、よろしければどうぞ。……史那ちゃん、お母さんがお話ししている間、お姉ちゃんと折り紙やらない？」

どうやら中野さんは、時間がかかると桜田さんに言っているようだ。私には話なんて何もないのに、どういうつもりだろう。

桜田さんが史那の目線にまで膝を折り、史那に意思確認をする。史那も退屈だったしコンシェルジュのお姉さんなら大丈夫だと思ったのだろう。私の顔を不安げに見上げてきたけれど、私が頷いたら、ニコニコで桜田さんに着いて行った。

コンシェルジュのカウンター裏で百瀬さんも待機しているのが見えたので、桜田さんには申し訳ないけれど、少しの間史那をお任せすることにした。

「すみません、よろしくお願いします。もしグズって手に負えないようでしたら、声をかけて下さいね」

私は申し訳ない気持ちで桜田さんに頭を下げた。

本来の業務以外の仕事をさせてしまうなんて……

「いえ、とんでもないです。なかなかこのくらいの月齢のお子さんと遊ぶ機会がないので、私、かなり役得です。ごゆっくりどうぞ」

そう言う桜田さんの笑顔に嘘はなさそうだ。

私は改めて桜田さんとカウンターにいる百瀬さんに頭を下げた。

桜田さんに促されて、史那がコンシェルジュカウンターの裏手に向かって行くのを見送ると、改めて中野さんを見据えた。

あの頃は、婚約者だと聞かされて後ろめたい思いからじっと見つめることすらできなかったけれど、今の私はあの頃の私ではない。

もう『今井文香』ではなく『高宮文香』なのだから。

きっと彼女は、彼にそっくりな娘を連れて、彼の妻の座についた私に嫉妬しているだろう。

でも、その嫉妬の矛先を向けられた私はたまったものじゃない。

ひっそりと史那と二人で生きていく覚悟で、中野さんという婚約者がいる彼の目の前から消えたのだ。今さらそれを蒸し返されたら、むしろ私は被害者である。

彼との契約内容は明かせないにしろ、彼は私たち親子を守ると約束している以上、何かされたら彼に全て報告する義務がある。私は、バッグインバッグの中に入れていたボイスレコーダーが、きちんと機能していることを祈らずにはいられない。エレベーターの中で、史那に気づかれないようにこっそりと録音ボタンを押していた。

私は深呼吸を一つして、中野さんの元へと歩みを進める。

「お待たせしてすみません。ご無沙汰しております、高宮です」

あえて高宮と名乗った私の挨拶に中野さんは目を見開いて私の顔を見つめていたけれ

ど、しばらくして、震える声で、返事をした。

「……ご無沙汰しております。今井……いえ、奥様」

中野さんの動揺が私にも伝わる。

「……娘の世話をコンシェルジュさんにお願いするのも筋違いなことです。ご用件は何でしょう」

彼女の動揺に釣られないように、できるだけ冷静に言葉を発した。

先ほど桜田さんに言われた応接スペースに移動して、私はソファーに座った。多分中野さんは、私が先に座らないと自分から座らないだろうと思ったらやはりその通りだった。

バッグの中にボイスレコーダーを入れているから、声がくぐもってしまうのは覚悟していたけれど、肝心な話の内容が録音できなければ意味はない。なので私は、あえてバッグを彼女の目の前に置いた。これならばお互いの声を拾うことができるだろう。

「で、ご用件は何でしょうか?」

単刀直入に切り出した。彼が仕事で忙しいなら、秘書である中野さんの補佐も必要だろう。こんなところで油を売っている暇はないはずだ。

さすがは秘書、私の問い掛けで、途端に彼女は仕事モードに切り替わる。

「はい、本日は専務より仰せつかって参りました。専務は本日も出社されているのはご存知でしょうか。奥様にお声がけする時間がなかったと仰ってましたが……」

早速嫌味の応酬か、私は内心で毒づいた。決してそれを表情には出さないように気をつけながら、嫌味には嫌味で返すのみ。

「ええ。夫は新婚早々仕事漬けで、家族と一緒に過ごす時間さえないようですね。私も今朝は五時には起きて、高宮の朝食の準備をしましたが、娘の様子を見に寝室に行っている間に、高宮はすでに出かけてましたから」

私の言葉に中野さんは顔色を変えた。

何なんだろう、わざとだろうか？

私たち夫婦がうまくいってないのが嬉しいくせに、そうやってわざとらしく芝居を打って、どうせ陰で嗤ってるんでしょう。

「専務のスケジュールを詰め込み過ぎて調整ができておらず、ご家族で過ごす時間を奪ってしまい、本当に申し訳ございませんでした。今日、専務にも『家族で過ごす時間を最優先にしたいから、奥様が退職される七月末までにきちんと調整するように』と叱られました。……それから、お嬢様との約束を守ることができなかったそうで、本当に申し訳ございません」

そう言って、中野さんは私に深く頭を下げて謝罪した。

彼がまさか中野さんに、こんなことを言っているなんて思ってもみなかった。一族経営の会社だし、会長や社長も専務である彼にそれなりの重要な仕事を任せている。専務業務以外にも、広報部長として広告塔の役割を果たしている彼の業務を、きちんと他の人に振り分けてくれるのだろうか。

広報担当者も、何だかんだ言って最終的には専務がいるからと丸投げしている節があるように思うのは、私だけだろうか。

先週のウエディングの写真は、私たちだとわからないように画像を加工して、早速ホテルのホームページに掲載されている。関係者以外はモデルが私たちだとは知らないけれど、ホテルの案内画面の評判は概ねよさそうだ。

中野さんが、あの画像が私たち夫婦だと知ったらどう思うだろう。

「仕事の件については私はノータッチですし、妻だからと言って口を出せる立場にはありません。第一に、夫のスケジュールさえ知りませんし、私は四六時中あなたのように一緒にいるわけでもない。四年前、あなたは私に仰いましたよね。『高宮から手を引いてくれ』と。私はあなたが高宮の婚約者だというその言葉を信じて彼から離れました。がしかし、四年経った今、この状況はどう説明するんですか？」

私は胸の内を中野さんにぶちまけた。今までずっと心の中に秘めていた、誰にも話せずずっと自分の中でくすぶっていた思いが爆発した。

「あなたは彼の婚約者だったんですよね？　なのに彼が私と結婚しているこの状況は何

なんですか？　私は一切何も知らされず蚊帳《かや》の外です。彼と話し合いをしようにも、あなた方がスケジュールをきちんと調整してくれないことには話し合いすらできない。納得がいくように説明してもらえますか？」

一度口にすると、もう止まらない。ずっと言いたくて言えなかった言葉だ。彼に対しても言いたいことはたくさんある。ここで中野さんに不満をぶつけたところで所詮は八つ当たりでしかない。けれど、言わずにいられなかった。

思わぬ私からの反撃に、中野さんは驚愕の表情から一転して今にも泣きそうだ。でも泣きたいのはこっちだ。彼から離れて四年間、誰にも本当のことを明かせないでいた。これまで色々なことがあっただけに、感情が爆発すると収拾がつかない。できるだけ冷静に話をしたいと努力はするものの、冷静になり切れない。

中野さんも口では謝罪を述べているものの、きっとこれは本心からではないというのは私でもわかる。彼に叱られたから仕方なく、でも悟られないようにそれらしく振る舞っているだけだ。

「できるだけ、週末には専務がご自宅で寛げるようにスケジュールを調整しております。八月からは、平日も早く専務が帰宅できるように多方面にもかけ合っておりまして、今日もセレモニーの前にご家族でお夕食がとれるように調整しましたので……」

中野さんは私に必死に弁解している。今さらながらなぜそこまで必死になっているのだろう。なぜそこまで彼に執着するのだろう。そして、私が納得する説明は何一つされないままだ。

「……夫の仕事の件につきましては、私は口を出せる立場にはありませんので、その件で中野さんに謝罪をされても、私には何も言えません。私が納得する説明もしていただけない以上、これ以上無駄話にお付き合いする暇はありません。で、本題の用件は何でしょうか？　まさかこの謝罪のためだけにこちらに足を運ばれたわけではないですよね？」

私の言葉に、中野さんはハッとした表情を見せた。

彼女は私から視線を逸らす。先ほどと変わらず今にも泣きそうな表情だけど、社会人としてそれはどうなんだろうと思う。仮にも夫の秘書として、業務時間に夫からの指示でここにきているのだ。私の前でも秘書に徹してほしい。

「まずは専務からの伝言です。急で申し訳ございませんが、本日十九時より先週挙式を挙げられたホテルで、オープニングセレモニーが行われます。お嬢様もいらっしゃるので奥様は欠席で話を進めておりましたが、マスコミにも専務の結婚話を嗅ぎ付けられまして、急遽、奥様にもセレモニーへの出席をお願いに上がりました」

こんな話、私は何も知らない。そんな大事なことを中野さんから聞かされたくなかった。ホテル開業のセレモニーの話なんて、全く聞いてない。私はできるだけ感情を顔に出さないように気をつけて、中野さんの話の続きを聞く。

「専務もセレモニーの準備で忙しく、私が代理でこちらに伺った次第です。それと……先ほども申し上げました通り、今回の件で奥様への謝罪も兼ねて専務にこちらに来るお時間をいただきました。四年前のことも、今さらですが……本当に申し訳ございませんでした」

改めて深々と頭を下げる中野さんに、私はなんと声をかければいいのだろう。

四年前のことについては、本人に確認せず何も言わずに彼の元から消えた私にも非があるだけに、強く言い返すことに躊躇してしまう。

中野さんはしばらく私が何か言葉を発するかと様子を見ていたけれど、私が何も言えず黙っているので言葉を続けた。

「セレモニー自体は三十分程度で終わる予定ですが、恐らく奥様のお披露目もあるかと思われます。お召し物はこちらで手配しておりますので、準備もございますし十七時少し前にお迎えに上がりますがよろしいでしょうか……？」

よろしいでしょうかと口調は丁寧でも、それはもう決定事項なのでは？　と突っ込みたかったけれど今さらだろう。無駄口を叩く気はない。それよりも、気になったことを中野さんに問いかけてみる。

「娘もそのセレモニーには参加しなければならないでしょうか？　三歳児にそんな正式

な場でおとなしくさせるなんて無理です。それに生活サイクルが乱れると、戻すのに大変なんです。その辺りは何か対策は考えていらっしゃいますか？」

できることならば史那を公の場に出したくない。好奇の目に晒したくない。

私の気持ちが伝わっただろうか。中野さんは私の意見を聞いて、こう言った。

「いえ、お嬢様につきましては、社長の奥様が本日は控え室に待機されております。ご承知の通り、遥佳様は産後体調を崩されて公の場へは出られませんが、常に社長のお側にいらっしゃいます。遥佳様も、先週の挙式で史那ちゃんのお世話なら大丈夫だろうと仰っていますので、奥様がセレモニーに出席されている間は、遥佳様が理玖《りく》くんと史那ちゃんのお世話をされる予定です」

先週の挙式、その言葉を中野さんが発したことで、ホテルのチャペルのホームページに掲載されている写真が、私たち夫婦であると知っているのだと察した。彼も中野さんに私たちのことを隠し立てたりしていないとわかり安堵した。

史那のお世話を買って出てくれたという、先週の挙式に参列してもらった兄嫁の遥佳さんの顔を思い出す。

祖父が元国政に携わっていた大物で、その孫娘というだけあり良家のご令嬢だ。おっとりとした雰囲気の兄嫁は、顔立ちも可愛らしい。社長であり義兄に当たる直人さんも、彼女にベタ惚れなのは、見ていて微笑ましい。でも……

「たしか先週、体調が悪いと仰ってましたけど……」

先週の私たちの挙式が終わってすぐ、体調が悪いという遥佳さんを気遣って、記念撮影にも彼ら家族は残らずに帰ってしまったのだ。

「はい、そのことを遥佳様が大変気にされていらっしゃいました。今日のセレモニーは元々遥佳様はご欠席の予定で、服もかなり楽なものをお召しになるので、身体に負担はないと仰っていました」

私が思案を巡らせていると、中野さんが言葉を続けた。

「お二人の挙式のときは、どうしても参列したいとご希望されたのですが、体調が優れないのに無理をしたせいで余計に体調を崩して申し訳ないと仰っていました」

あの時義姉は、顔色が悪いのを隠すためか、明るいラベンダー色のワンピースに袖を通していた。線の細い彼女にとても似合う装いに、思わず目を奪われたくらいだ。三月の顔合わせのときも、切迫早産でずっと入院していたため、挙式の日が初体面だった。

入院中は絶対安静でベッドの上から動けなかったはずだから、産後も体力、筋力が落ちて、きっと大変だっただろう。そんな状態で史那の世話をお任せしても大丈夫なのだろうか。

「あのとき、奥様にご心配をおかけしたことをかなり後悔されて……なので今日は、是非ともシッターをさせてほしいと専務に懇願なさっていました」

どこまでも、私抜きで話が進んでいるようだ。

とりあえず今日は、黙って高宮一族のお人形に徹さなければならないのだろう。

「……わかりました。今後はこのような伝達事項も、高宮本人から聞けるようにスケジュールの調整をお願いします。それから……四年前のことですが」

私が四年前の話に言及したことにより、中野さんの表情が変わった。きっと彼からも何か言われているのだろう。彼が中野さんに何を話したかはわからない。けれど、これだけはきちんと彼女に伝えたい。

深呼吸を一つすると、言葉を選びながら私の思いを告げた。

「もう過ぎた話ですので、謝っていただかなくても結構です。あなたが高宮のことを好きだと言う気持ちは否定しませんし、人の気持ちを私がとやかく言うつもりはありません。ただ……今後、心身共に史那を傷つけるようなことがあれば、私はあなたを許しません。他に何かお話がなければ……あ、お迎えの時間まで自由にしていていいなら、後ほど少し外出しますので、高宮に伝えて下さい。娘も引きこもってばかりで退屈だろうと思いますので」

私は中野さんの返事を聞かずに席を立つと、コンシェルジュカウンターへと向かった。

中野さんは呆気に取られただろうか。私も、今の自分で言いたいこと全てをぶちまけることができればいいけれど、それは彼女に対してではない。先ほどの嫌味にしても所詮は八つ当たりだ、ぶつける相手が違う。

私は桜田さんにお礼を言うと、史那の折りかけのお花が仕上がるまで、その場にいさせてもらうことにした。中野さんは会社に戻ったのか、いつの間にかいなくなっていた。

部屋に戻る前に、百瀬さんからこちらでの生活に不便はないかと聞かれたので、さっき部屋でメモ書きしたことを思い出しながら疑問を口にした。

すると百瀬さんは、私の疑問をすんなりと解消してくれた。とてもわかりやすい説明に、私は安堵した。

マンションのセキュリティに関しても、不安が解消できた。他にも色々聞いておきたいけれど、話し込むと長くなりそうだ。ちょうど史那も折り紙が終わったところだったので、また色々教えて下さいと言って、私たちは部屋に戻った。

結局ボイスレコーダーは不要だったけれど、もしものときのためにも音声は削除せず残すことにした。

史那は折り紙が気に入ったようで、部屋でも遊びたいと言う。

あいにく折り紙を実家から持ってきておらず、折り方の本もあると一緒に遊べるので、買い物に行こうと提案すると史那も大喜びだった。お昼前の腹ごなしの散歩も兼ねて、折り紙を買いに行こうと史那に声をかけて、私も外出の準備を進める。

何だかんだで時刻は十時を回りおやつの時間になっているけれど、ここで間食させていたらいつまで経っても出かけられないので、ここは黙ってスルーしよう。お腹が空いたと訴えたら、すぐに子ども用のおせんべいを渡せるように、少しだけバッグの中に忍ばせる。もしこれを食べずに折り紙に気を取られていたら、お昼ごはんをたくさん食べてくれるし万々歳だ。

このマンションが職場に近いので、私自身に土地勘があるのが幸いだった。マンションを出て、大通りに向かって私たちは歩き出した。

史那の手をしっかりと握って、暑いので日陰を選びながら目的地へと向かった。駅前の複合施設の中にあるお店で目的の折り紙と本を買い、すぐさまマンションに引き返す。

帰宅すると史那に早速折り紙を渡し、先ほど桜田さんから教わったあじさいの花を折ってもらっている間に私は簡単な昼食を作る。あじさいは折った後、画用紙の上にたくさん貼りつけるとそれらしく見えるので、お花を貼りつける用に色画用紙と両面テープを購入した。

今まで食事は両親も一緒だっただけに、二人だけの昼食はなんだか寂しい。どうやら史那も私と同じことを考えていたみたいだ。

「ごはん、おいしいけど……なんだかつまんない」

お腹は空いているみたいだけど、箸が進まないのは私も同じだ。

「そうだね。やっぱりごはんはみんな一緒に食べるのがいいね」

私の言葉に史那も素直に頷く。

先ほど中野さんから言われたセレモニーの件、史那にも伝えなければならないので、この場で切り出すことにした。

「さっき中野さんに言われたんだけど……今日の夜ね、パパのお仕事で、先週行ったホテルにママも行かなきゃいけないんだって。夕方からお出かけになるから、今日はきちんとお昼寝しとこう？」

食べかけの食事を中断し、史那は私に問いかける。

「おでかけ？　パパもいる？」

すっかりパパっ子になってしまったようだ。きっと彼が知ったら喜ぶに違いない。

「うん。今日はね、先週行ったホテルのオープニングセレモニーがあるの。だからパパも高宮のおじいちゃんも高宮のおじちゃんもいるよ。セレモニーは退屈だから、史那は控え室で理玖くんと一緒に遊んで待っててくれる？」

先週、ちょっとだけしか顔を合わせていない従兄《いとこ》の理玖くんのことを覚えているだろうか。

史那は一瞬眉をしかめた。理玖くんのことを一生懸命思い出そうとしているのだろう。

そしてようやく思い出せたのか、笑顔を見せる。

「うん、わかった。じゃあ、おりがみのおはなをりくくんにプレゼントする」

なんとか史那も外出に納得したようだ。

私は笑顔で頷くと、史那に食事の続きを促して折り紙の続きを一緒に手伝い、ようやく昼寝をさせた。そうこうしていると、時間はあっという間に経過して、約束の十七時少し前に中野さんが改めて迎えに来た。

予定通りにやってきた迎えの車に乗り込もうと後部座席のドアを開けると、奥の座席には彼が座っていた。

驚いて固まっている私をよそに、史那が声を弾《はず》ませて車の中に駆け込んで行く。

「あ、パパだー‼」

そんな史那に優しく微笑んでいる彼を不思議な気持ちで見つめていると、中野さんに乗車を促されて、史那を真ん中に挟む形で座った。

史那がジュニアシートに座ってシートベルトを着用したのを確認すると、車はすぐに動き始めた。

史那の無邪気なお喋りや笑顔で、車内の空気を和ませているのを実感する。多分私だけだったら、ずっと無言のままだっただろう。

彼も終始和やかな雰囲気だ。

何気なく彼の左手を見ると、今日はきちんと結婚指輪を着けている。

やはりあれは、対外的なイベント用のものなんだ。結婚したからと言って、ずっと指輪《あれ》を指に着けてくれるわけではないのだろう。中野さんの前で新婚アピールをしたところで、昨日、史那と一緒に帰宅してきた時に指輪をしていなかったのがその証拠だ。

彼の側にいるだけで、なんだか私の心が、少しずつ壊れていくようだ。

いつか心が悲鳴を上げるようになっても、きっとあの人には届かない。彼は私には無関心。彼は、史那にしか関心がないように思える。

何だか全てが虚しく、そして今さらながらこの茶番劇が急に馬鹿馬鹿しく感じた。

でもこの感情を表に出してはいけない。表面上は新婚ホヤホヤなのだ。

仮面夫婦だということを他の人に悟られないように、私は自分の感情に蓋をして目を逸らす。

無になるんだ。

そうすれば、私の心は傷つかない。

私はそっと目を閉じて、ホテルに到着するまで全てをシャットアウトした。

私が眠ったと思ったのだろう、史那が彼に小声で囁いている。

「パパ、ママねちゃったからしずかにしようね」

いや、あなたが一番言葉を発してるから。と、史那の言葉に車内の大人一同が内心でツッコミを入れているだろう。でも、そんな史那の思いやりのある言葉に、目を閉じてタヌキ寝入りしている私は、心がじんわりと温かくなる。

そのまま寝たふりをしていると、私の膝の上に、暖かいものがかけられた。薄目を開いて確認すると、それは彼が先ほどまで着用していたジャケットだった。

一体これは何が起こったの？

今さら目を開けて起きてましたなんて言えない。

赤信号で車が停まったタイミングで、彼がシートベルトを外し、上着を脱いで私の膝の上に掛けてくれたようだ。

史那が間に座っていてくれたおかげで、私の近くに寄れないのが幸いだ。顔を近づけられていたら、寝ていないのがバレていただろう。

史那も私にかけられたジャケットの袖口を手に、パパのおようふく、おおきいねと言っている。

私はドア側に頭を凭《もた》れさせるように身体を少し動かして、引き続きタヌキ寝入りを決め込んだ。

助手席に座る中野さんが、運転手さんに声をかけている。

「奥様が眠られたようですので、いつも以上に安全運転をお願いします」

中野さんの気遣いが、上辺だけのものか、本心からかはわからない。上司であると同時に自分の好きな人である彼に対して、気遣いができるアピールをしているのか、それとも、四年の月日が経つ間に何かしら関係性が変わって、ただの上司と部下になっているのか――

中野さんの言葉に、運転手さんもルームミラーで後部座席の私たちを見ているのだろうか。

即答はせずに、返事に少しの間があった。

「奥様、かなりお疲れのようですね。少しでもお休みになられたらいいのですが……運転はお任せ下さい」

なぜか運転手さんの言葉が、ストンと心に沁《し》み渡る。

この人の言葉は上辺だけの心配ではない、本心からの言葉だと直感した。

私は、運転手さんの気遣いに感謝しながら、束の間の休息を取った。

休息の終わりは、史那の抱っこ攻撃だった。

どうやらホテルに到着したのだろう。ジュニアシートから下りて、私の膝の上のジャケットを取り除くと、代わりに私の膝の上にまたがって、私の頬を挟むように両手をくっつけてきた。

びっくりして目覚めると、満面の笑みで史那が私に抱きついてくる。

「わーい、ママ、おきたぁ！」

一瞬、ここがどこで、自分がどういった状況下にいるのかがわからなくて混乱しそうになるのを、史那の隣に座っていた人が冷静に発言するのを聞いて思い出す。

「ホテルに到着した。支度をしている間に、史那ちゃんと食事をしているから史那ちゃんのことは気にせず仕上げてもらってくれ」

彼は自身が座っていた方のドアを開けて車から降りると、史那が車内から出てくるのを待っている。私はシートベルトを外して史那と一緒に車から降りると、彼は史那を抱っこして、ホテルの中へ入って行った。呆気に取られている私に、中野さんが支度を促すように私を誘導するので、慌てて運転手さんに黙礼し、私も彼女に付いて行った。

セレモニーの行われる会場は、本館の三階、鳳凰の間。主に披露宴会場として使われる場所だ。収容人数も、ざっと見積もって二百名は余裕だろうか。

取引先の社長を筆頭に、各界の著名人等の招待人数も多いため、立食パーティーの形式でセレモニーは行われる。

私は同じ階にある控え室で、用意された服に着替え、先週の結婚式のときのようにヘアメイクを施されている。

髪は前回同様結い上げられて、うなじが全開だ。先週のウエディングドレス姿は一生に一度の晴れの日にと、めいっぱい華やかな化粧で別人のような仕上がりだったけれど、今回もそれに劣らない。鏡に映る私は、本当にこれが自分なのかと思うくらい、印象がガラリと変わっている。

多分、パッと見の印象だけでは、いつもの私と結びつかないだろう。

ヘアメイクは、先週の挙式の時もお世話になった長田《ながた》さんという女性だったので、少しだけ肩の力が抜けた。

見ず知らずの人だとやはり緊張してしまうけれど、前回お世話になったこともあり、私の肌のコンディションを一目で見抜き、いいところを活かしてくれる。

睡眠不足で疲れた表情も、コンシーラーやハイライトを入れて影を消し、照明の効果も計算された化粧の仕上がりに、プロならではのこだわりを感じた。ヘアメイクも仕上がり一息吐いていたときに、控え室のドアをノックする音が聞こえ、長田さんがドアを開けると、そこには今日、史那がお世話になる義姉とその息子である理玖くん、彼と史那が揃っていた。

「わぁ、ママ、きれい!!」

史那が目をキラキラと輝かせて駆け寄ってきた。

理玖くんも、史那と手を繋いで一緒に駆け寄ってくるので、二人を一緒に抱き留めた。

理玖くんは、たしか史那より一つ年上でもうすぐ五歳だ。史那は早生まれのため、年齢差は一時的に二歳差となる。

「ありがとう。理玖くん、今日は史那と仲良くしてね」

私が子どもたちの目線まで座り込むと、理玖くんも嬉しそうに微笑んでくれた。

「文香さん、先週はごめんなさい。今日は史那ちゃんをお世話させてね。早速理玖に手作りのお土産をいただいて、ありがとう」

お昼に作ったあじさいのお花をすぐに渡したのだろう。

思っていた以上に完成度が高くて私も驚いたけれど、それ以上に理玖くんや義姉が喜んでくれて何よりだ。

「いえ、今日は史那がお世話になります。ご迷惑をおかけするかもしれませんが、よろしくお願いします。お身体、くれぐれもご無理はなさらないで下さいね」

お互いが挨拶をしているのを、彼は黙って見守っていた。

挨拶もひとしきり終わったところで、ようやく彼が動いた。そこで初めて彼が着用していたスーツが変わっていることに気づいたけれど、あえてそこには触れなかった。

「じゃあ、すみませんがお義姉《ねえ》さん、史那のことをよろしくお願いします。文香、打ち合わせがあるからこっちへ」

彼が義姉と子どもたちを控え室に残して私を別室へと誘導するので、私も改めてお願いしますと声をかけて、彼の後に続いた。

控え室を出て、会場となる鳳凰の間のスタッフルームに連れて行かれると、まだ誰もいなくて二人きりになった。

彼はスタッフルームの扉を閉めると、鍵をかけた。

私は驚いて目を見開いたけれど、彼はそんな私にお構いなしで部屋の隅に立てかけてあったパイプ椅子を出すと、一つ私に渡して自分もそれを開き、座った。

これは私にも同じように椅子を開いて座れということだろう。私もパイプ椅子を開いて彼の隣に座った。正面に座るには、彼の顔を見て話をしなければならないから何となく気まずい。

隣に座れば顔を見ることはない。それに、今の私はいつもの私ではない。綺麗に着飾ったお人形さんになっている姿をマジマジと見られたくない。

隣に座って俯いている私に、彼が口を開く。

「……昨日は史那との約束を守れなくてすまなかった。さっき、食事を一緒にとりながら史那にもきちんと謝った。今朝も文香、君に声をかけずに出かけて、連絡もせずに心配をかけて申し訳ない。中野には週末……」

「史那本人に謝罪して下さったならもう結構です。中野さんの話は今必要ですか？　今日のセレモニーの打ち合わせをお願いします。高宮の妻として、今日のセレモニーであなたに恥をかかせるわけには行きませんので、今日の私は何をどうすればいいですか。そのための打ち合わせではないのですか」

彼の謝罪、弁解を遮って、私は口を開いた。

彼に中野さんの影が常に付きまとっている中で、私には素直に彼の謝罪を受け入れられる余裕なんてない。

今の私には、自分の誇り《プライド》を、自分の心を守ることが精一杯だ。

今、中野さんの話なんて、聞きたくない。嫉妬していると悟られたくなかった。まるで私だけが、彼を好きみたいで辛すぎるから……

私の言葉に瞠目している彼をよそに、彼自身が私に告げた契約結婚を履行していることをアピールすると、少しの間が空いて、彼が溜息を吐いた。

「……そうだな。今日はこのホテルのオープニングセレモニーと、俺たちの結婚報告を兼ねているからな。セレモニーの時に君を紹介するが、史那もいるから後のパーティーには君は出なくていい。セレモニーのときも、挨拶だけ頼む。余計なことは一切口にするな。俺が話すことを否定せずに隣で笑顔でいればそれでいいから」

彼の言葉を俯いたままで聞いていたから、どんな表情だったのかはわからない。彼の話すことを否定せずに……と言うけれど、一体何を言うつもりだろう。私は彼の顔を見ずに頷いた。

「……今日、指輪は」

「公式の場と聞きましたので、いただいた婚約指輪も重ねて着けてます」

「ああ、それでいい」

日頃なかなか使うことのない婚約指輪を持ってきて正解だった。

最終的に指輪の確認をされてから、彼との会話は途切れて沈黙が続く中、彼のスマホが鳴り響き、ようやく息苦しさから逃れることができた。電話の相手はどうやら義兄らしく、話をしながら席を立つ彼を制すると私は部屋からそっと外に出た。

トイレに行って少し落ち着こうかと思ったけれど、すでに来客の入場が始まっているらしく、何かしら彼の噂話を聞いたらきっと私は立ち直れそうにない。かと言ってスタッフ用のトイレに行ってもこの格好だと目立つだけ。

さてどうしたものかと思案しているところに、背後から突然声をかけられた。

「あれ、文香さん……？」

声に釣られて振り返ると、そこにいたのは四年前、可奈子の結婚式のときに知り合った藤沢さんだ。

「藤沢さん……？　え、どうして……？」

私の問いに、藤沢さんが笑顔で答える。

「このたびはご結婚と、ホテル開業おめでとうございます。実は僕が、このホテルのチャペルの設計を請け負ったんですよ。先週の挙式も、ご招待いただいていたのにドタキャンで参列できなくてすみませんでした。もしかして文香さんは建築士が僕だってこと、ご存知なかったですか？」

初めて耳にする事実に驚いて、私は一瞬言葉を失った。

先週の結婚式に参列してくれる予定だった建築士さんが、まさか藤沢さんだとは思わなかった。そういえば沖縄で会ったときに、当時彼女だった大久保さんが、藤沢さんが一級建築士だという話をしていたし、後日可奈子の新居に遊びに行って顔を合わせたときにも、建築物の写真をたくさん見せてくれたのを思い出す。

「ありがとうございます。藤沢さんがここのチャペルの建築に携わっていらっしゃったんですね。私、何一つ知らなくて……それはそうと、大久保さん……いえ、奥様のご出産おめでとうございます。緊急帝王切開と窺ってましたが、大丈夫だったんですか？」

建築士さんの奥様が急な出産で参列できなかった話は聞いていたので、その後が気になっていた。まさか藤沢さんとこのようなご縁で繋がっていたなんて知らなかっただけに、直接お話ができて話に花が咲く。これから行われるセレモニー前に、こうして知り合いと話をしているだけで緊張が少しだけほぐれた。

「ああ、ありがとうございます。もともとお腹にいた頃から逆子が直らなくて、帝王切開は決まってたんですけど、出産予定前に陣痛が始まっちゃって、挙式前日の夜中に緊急帝王切開になったんです。おかげさまで母子ともに健康で、術後動けない彼女の身の回りの世話をしていました。赤ちゃんって本当に可愛いですね」

藤沢さんはすっかり父親の顔をしており、そんな様子を微笑ましく思う。もしあのとき、彼の元から離れなかったら、彼もこんな感じだったのだろうか……

「赤ちゃんって、日々お顔が変わりますからね。成長も早いし、これから毎日目が離せませんね」

藤沢さんと話をしながら、自分が史那を出産したときのことを思い出す。史那の育児も本当に今日まであっという間だった。

「ですね。今日もここに来る前に病院で写真いっぱい撮影しましたよ。妻も術後の経過は良好で、明日退院するんです」

帝王切開の入院期間は一週間だと聞く。そんなに早く動いて、傷口が開かないか心配になるものの、病院側も大丈夫だからそうしているのだろうと思うと、何とも言えない。

「これからがきっと大変ですよ。頑張ってくださいね」

「ええ、ありがとうございます。それよりも、挙式の日のカメラマンとか、他にも色々と気づきませんでしたか？」

藤沢さんの質問の意味がわからない。挙式のときの色々って何？　それにカメラマンって……きょとんとした表情の私に、藤沢さんはしばらく考え込んでいたけれど、ぼそぼそと私に聞こえないように独り言《ご》ちたあと、私にこう告げた。

「いえ、じゃあこれは高宮専務のサプライズだったんですね。それなら僕も余計なことは喋らないほうがいいかな。詳しいことは高宮専務から直接お話を聞いてください。ではそろそろ僕も、会場入りしますので、また後ほど」

藤沢さんはそう言い残してこの場を去っていく。私はそんな藤沢さんの後姿を見送ると、少しして通話を終わらせた彼が私の元にやってきた。彼に誘導されて義父と義兄の元へ一緒に向かう。義父と義兄に、先週お世話になった挨拶をした後談笑しながら、今日のセレモニーの最終的な打ち合わせをした。

そして、セレモニーが始まった。

第五章

司会進行を務めるのは、テレビでも時々見かけるフリーアナウンサーの男性で、言葉に淀みがない弁舌《べんぜつ》の巧みな人だ。

まずは会長である義父、社長の義兄が挨拶をし、ホテル建設関係者からのお祝いの言葉の最後に一級建築士の藤沢さんの挨拶が始まった。そこではまずホテル開業の祝辞から始まり、このホテルのチャペル設計に携わるきっかけが、なんと彼から直々のご指名であったことを明かした。

「本来、このような大手企業さんの物件は、建設を請け負うゼネコンさんの取引先の建築士さんが請け負うものなのですが、私どもの設計した物件を気に入ってくださった高宮専務から直接お話をいただきまして、今回、私の夢であるチャペルの設計が実現いたしました」

藤沢さんの口から初めて聞く事実に、私は言葉を失った。

そして藤沢さんは、四年前、幼馴染が沖縄で挙式をしたチャペルに負けないくらい素敵なチャペルを設計することが目標になり、いつか自分が設計したチャペルで奥様と改めて挙式をしたいと夢を語り、このホテルのチャペルで挙式をすると宣言して会場を湧かせていた。

藤沢さんの挨拶も終わり、来賓からの祝電披露が始まった。

取引先である大手銀行頭取を筆頭に、同業他社、建設、内装、設備などに携わる会社や政界からもたくさんのお祝いの声が届いている。社名を読み上げるだけで、かなりの時間を要しそうなので、以下略で、祝電を会場後部壁面に掲示していると伝えた。さり気なくそちらへ視線を向けると、なるほどたくさんの祝電が届いている。これなら角も立たないだろう。

会場に入ってから彼の隣にいるだけで、ずっとみんなの視線を感じている。彼もわざとらしく手を前で組んでいる。しかも左手の指輪が見えるようにだ。私が左手に右手を重ねて指輪を隠していると、そっと私の手の上に重ねてくる。振り払いたいけれど、人目もあるからそうもいかない。

私は彼の真意が知りたくて、彼に視線を向けると、熱を帯びた視線で私を見つめていた。私に愛情なんてない癖に、なぜそんな目で見つめるの。

彼の気持ちがわからない。私は彼から視線を逸らし、またいつものように俯いた。彼は私の手を握ったままだ。

そして祝電披露が終わり、私たちの結婚報告が始まるのか、司会者が彼にマイクをバトンタッチして、彼が会場の主導権を握った。

彼は私を促して会場の中央部分にある壇上へ誘導するので私は黙ってそれに従う。エスコートで私に回される手が、なんだか照れ臭い。足元に気をつけて彼の左側に立つと、正面を向いた。会場内の視線を一斉に浴びている。こんな経験、初めてのことで足がすくんでしまいそうだ。彼はそんな私の右手をそっと握った。

会場からは女性の悲鳴のような声が聞こえる。

思わず手を振り払ってしまいそうになるのを彼の手が許さず、私の右手はギュッと繋がれたままだ。彼は右手に握ったマイクを使い、挨拶を始めた。

「皆様、本日は我が高宮ホールディングスのホテル開業パーティーにお越しいただき誠にありがとうございます。この場を借りて、私たち夫婦の結婚報告もさせていただきたく、お時間を頂戴致しますことをお許し下さい」

彼が話し始めたことで、会場は一瞬静まったかと思ったが、結婚報告の言葉にざわっき始めた。

そりゃそうだろう。モテ男として世間から騒がれている人が急に結婚だなんて、しかも相手が今は綺麗に化けているけど私程度のルックスだ、世間は納得しないだろう。ますます私への視線が集まってくるのがわかる。

ホテル開業の取材に来ている報道関係者のカメラも一斉に私たち夫婦を捕らえようとフラッシュの嵐だ。私は俯きそうになるのを彼が横から制した。

「文香、前を向いて。緊張で笑えないならそれでもいい。でも決して下を向くな」

マイクを通さない私にだけ聞こえる小さな声だ。でもその言葉には優しさが含まれていた。

私は驚いて隣に立つ彼を仰ぎ見ると、彼の目はこの上なく優しく私を見つめている。

一体これは……

私が思わず見惚れてしまうと、会場から冷やかしの声が聞こえてきたので我に返り、正面に視線を戻した。

「紹介します、妻の文香です」

ますます私に多くの視線が、カメラのフラッシュが集中して、目が眩《くら》んでしまう。

私は彼に紹介されて、てっきり挨拶で何か一言言わなきゃいけないのかと思っていたが、どうやら私はコメントしなくてよさそうだ。

私は深々と会場の来客に向かって一礼をした。顔を上げ、正面を向く。目線をどこに向ければいいのかわからなくて、会場後方の出入口を見ていることにした。

彼は私の様子を見て、改めてマイクを通し、言葉を発した。

「本来ならば、我々は一般の社会人ですのでこのようなことをする必要はないのですが、私は過去にモデル事務所に所属していたこともありまして、顔と名前が世間に知られております。おかげさまで会社のことをメディアでも取り上げていただき、今もファンの方がいるようです。ただ、繰り返しこれだけは申し上げておきますが、私は現在、一企業の一役員であり、芸能人ではありません。加熱する報道に、困惑することもございます」

彼の言葉に、騒めいていた会場は、急に水を打ったように静まり返った。

「私は立場上、専務取締役であり広報部長であり、広告塔の役割も担っております。だからと言って、プライベートまで公表するのはおかしな話だと思いますが、このまま家族のことを伏せていると、彼女や私たちの娘にまで被害が及びかねません。ですので、ギリギリまで悩みましたが、今回この場に彼女を……最愛の妻を連れて参りました」

相変わらず続くカメラのフラッシュに、私は目が眩みそうになるのを必死に堪えている。

「マスコミの方々は色々と私たちに聞きたいことがおありでしょうね。しかし、今日はホテル開業セレモニーがメインであり我々はおまけですので、これにて結婚報告を終了させていただきます」

彼はそう言って私の手を取ると、そのまま会場を後にした。

私は彼に手を引かれ、付いて行かないと転んでしまうので彼に従うと、そのままエレベーターに連れ込まれる。彼は最上階のボタンを押した。

それは先週挙式を行ったチャペルのあるフロアだ。彼は黙ったままなので、私も口を開かず黙ったままで、エレベーターの扉が開くのを待っていた。程なく最上階に到着し、彼はチャペルの中に入って行くので、私も後に続く。

照明の落とされたチャペルの中は、先ほどまで明るい場所にいた私の目が慣れなくてほとんど何も見えない状態だったけど、彼に手を取られて参列者の席に並んで座った。

しばらくすると、幾分目が暗闇に慣れてきた。ステンドグラスが外の光を拾ってぼんやりと明かり取りの役目を果たしている。聖書台を置いてある位置も、うっすらとわかるくらいの仄暗《ほのぐら》さだ。

隣に座る彼の顔も、はっきりとは見えないけれど、今の私にはそのくらいのほうがちょうどいい。

彼は今、何を考えているのだろう。

世間に堂々と『最愛の妻』と嘘を吐いたことを後悔しているのだろうか……彼の手は、

相変わらず私の右手を掴んで離さない。彼が力を込めてギュッと握ると、おもむろに口を開いた。

「今日まで時間が取れなくて、ゆっくり話もできなかったけど、俺の話を聞いてくれるか？」

彼は、何か重大な決意を固めたのだろう。その声に、反論できる空気はなかった。

「四年前……連絡せずに音信不通にしてしまって、本当にすまなかった。文香を不安にさせてしまって、今さらと思われても仕方ないと思っている。でも、これだけは言わせてくれ。俺はあのときと変わらず、文香のことを愛してる」

彼の言葉に、私は言葉を失った。

愛してる……誰が、誰を……？　聞き間違いではなくて、本当に……？

「……あの後、一体何があったんですか？　聞かせて下さい」

私も、ずっと知りたかった。

なぜあの後、彼は連絡をくれなかったのか。なぜ、ずっと音信不通のままだったのか……

彼は頷いて、ポツリポツリと話し始めた。

「あの日、文香と別れた後、沖縄県のホテル業協会の会合があったことは前も話したと思うが……現地入りした中野にスマホを隠されて、見つけたときには液晶画面は割られた上に、水を張った容器の中に入れられた状態だったんだ」

彼の言葉に驚きを隠せない。まさかそんなことになっていただなんて……連絡ができなかった理由はわかったけれど、それだけではまだ納得できない。

「沖縄のショップに、すぐに修理ができないか持ち込みしたけど、部品の取り寄せに日数がかかると言われて。翌日には沖縄を離れることも決まってたから、できるだけ早くこっちに戻って、こっちできちんと修理をして、文香に連絡を取りたかったんだ」

故意に水没させられ、さらに液晶画面まで割られてしまっていては、お手上げ状態だ。彼も沖縄に長期滞在するわけではないのだから、こちらに戻ってから修理に出すという考えは筋が通っている。

「どんな事情があろうと、連絡をしなかったのは事実だ。本当にすまなかった」

彼の言葉を黙って聞いていた。

「こっちに帰ってからすぐショップにスマホを持ち込んだら、本体のほうは電源が入らない、部品の取り寄せやデータの修復に時間がかかるから、お店の人にも一層のこと機種変更をするのが早いとまで言われた。ただ、その際データは飛ぶとも言われた」

その言葉に、どれだけスマホの損傷が激しかったかが窺える。

「だから俺は、どれだけ時間がかかっても構わないからと、スマホは修理に出したんだ。ようやく手元に戻ってきて、でもいざ画面を開いてみたら、無料通話アプリや他のデータも全て飛んでしまっていて……途方に暮れていたときに、藤岡がこういったスマホのアプリに詳しい人を紹介してくれて、なんとかデータが復旧したけど、時すでに遅し、だった」

彼の話を聞いて、私はひどく後悔した。なぜあのとき、彼に遠慮して電話をしなかったのかを。

名刺を処分してしまったのかを。

彼はあの日、プライベートの電話番号も名刺裏に書いてくれていたのに……

それを私は彼の目の前で登録したにもかかわらず、彼からの連絡がないのを裏切られたと早合点して、連絡先を削除してしまったのだ。

無料通話アプリも、彼をブロックして彼のアカウントも削除してしまったのだ。

「データが復旧した後、文香からのメッセージを見て、俺はすぐに中野を呼び出した。そしてこっちに帰ってきた文香とのやり取りを聞いたんだ」

私は何も言えなくて、黙ったまま彼の言葉を待つしかできなかった。

ようやく暗闇にも目が慣れてきて、彼の表情もはっきりとわかるようになった。彼はまるで教会の懺悔室で一人、自らの行いを告白して懺悔をしているようにも見える。

「中野が勝手に俺の婚約者だと嘘を吐いて、俺の前から文香を排除したことを知って、憤りを感じたよ。それと同時に、もう俺の病気のことを内緒にする必要はないと思って、両親と中野の両親も交えて話をしようと行動を起こしたんだ」

　この発言で、彼はみんなにカミングアウトしたんだと察した。

　不妊などといったデリケートな問題は、世間ではまだまだ女性にだけ責任を押し付ける風潮があり、検査もしていないのに一方的に女性側に原因があるのではないかと疑われることが多い。彼の場合、大学時代に患った病気が原因で、自分自身で検査もしている。自分に不妊の原因があるとわかっている以上、もし仮に結婚しても、子どもを授からない可能性は高いのだ。

　両家のご両親が勝手に持ちかけた縁談でも、最初から彼にはその気はなかったであろうし、中野さんは一人娘で家の後継者問題がある。きっと話が具体化する前に、早々に断りたかったに違いない。

「でもあの当時、中野のお父さんの体調が思わしくなくて、なかなかみんなが一同に会するタイミングも合わず、そうこうしているうちに、中野のお父さんの病状が悪化して……」

　中野興産の社長の訃報は、コールセンターに異動してしばらくした頃、経済誌の片隅に取り上げられていたのを目にした。

　当時勤務していた銀行も、メインではないけれど中野興産と取引があったことは端末で検索をかけて知った。その時に改めて、私は中野さんから逃れられないのではという不安に苛《さいな》まれ、出産前に銀行を退職しようと改めて心に誓ったのだ。

「四十九日の法要が終わった後、落ち着いた頃を狙って一同を集めて一席設けたんだ。中野興産の社長は、中野の叔父さん――先代の社長の弟さんが社長に就任したから、もう後継者問題もそっちの一族で話し合ってもらうように話をしても、中野がそれを受け入れなくて、最後の切り札である俺の病気の後遺症の話をしたんだ。口先だけの話では信用されないから、事前に藤岡に診断書を書いてもらって、それでようやく婚約話はなかったことにしてもらえたんだ」

婚約者の話は、このような事情だったのだと初めて知ったけれど、もう今さらだ。彼の元から姿を消して、再会するまでに三年半以上も月日が流れている。

「中野に対する文香の不安を解消してから連絡を取ろうと思っていた。あのとき俺が知っていたのは、文香からもらった職場の名刺だけ。でもあの日中野を問い詰めたら、宿泊者名簿を見て文香の連絡先を知ったと聞いて、経営者権限《オーナー》で文香の宿泊者名簿を取り寄せようとしたんだ」

そこで彼は言葉を切る。

「でも、それはできなかった」

彼の落胆が、声からも伝わる。

宿泊者名簿は、たしかにチェックインの際に記入した。

銀行員という職業柄、書類に不備があると事務手続きの際面倒なことになるので、書類に印刷されている記入枠はすべて埋める癖がある。そのため、住所、氏名から始まって、電話番号や生年月日まですべての欄を書き記した記憶がある。

「ホテル側の決まりで、個人情報は、宿泊者のチェックアウト後一週間で破棄することになっていたんだ。だから中野から話を聞いたときには、すでに名簿の保管期限が切れていて、文香の記録は破棄された後だった。中野も、文香を排除した後に名簿のコピーを破棄したと言っていたから、俺の手元には何も残らなかった」

滅多にホテルに宿泊をしないから、そのような個人情報の取り扱いはどのようになっているのか気になっていた。経営者権限でホテルの宿泊者名簿を見ると彼が話していたから、きっと中野さんも私の個人情報を手に入れる際に、彼の秘書である立場を利用して、もっともらしい理由をつけたのだろう。

「文香のアカウント宛にメッセージを送っても既読すらつかない状態で、ブロックされてるんだと気づいたときは、目の前が真っ暗になったよ……でも、文香も中野が突然目の前に現れたとき、同じ気持ちを味わったんだと思ったら、責める気にはなれなかった」

彼の後悔が、その声ににじみ出ている。

「連絡を待っても来ないならこっちから職場に行ってみようと、もらった名刺の支店に行ったけど、文香はいなくて……転勤になったとだけ窓口で告げられて、転勤先までは教えてくれなかったから、ここからは興信所を使って文香のことを調べてもらったんだ」

まるでストーカーみたいだろと、彼は独り言ちる。その表情は、自虐的で歪んでいた。

「興信所からの調査報告で、文香が妊娠していることを知って、夢かと思った。――あの日、妊娠していたら結婚しようって話していたのに、連絡がなかったことに、もしかしたらお腹の子の父親は俺ではない他の誰かなのかとも一瞬疑ったけど、史那の誕生日から逆算したら、それはあり得ないと思った」

ここで一呼吸おいて、彼は私に向き合うと、再び口を開いた。

「妊娠に気づいたとき、文香を一人で不安な思いにさせてごめん。そばにいてやれなくてごめん。シングルで寂しい思いをさせてごめん。文句なら、いくらでも聞く。不満もいっぱいぶつけてくれていい。でも、それ以上に――史那を産む決意をしてくれて、ありがとう。妊娠中、お腹の中で史那を守ってくれて、ありがとう。そして……史那を産んでくれて、俺を父親にしてくれて、本当にありがとう」

彼の言葉に、私の涙腺が緩んだ。

ダメだ、泣いちゃダメだ。彼の話を聞くばかりで、私はまだ何一つとして言いたいことを言っていない。

「私……わた……し、あのとき……あなたを信じられずに、離れてしまってごめんなさい……」

やっとの思いでその言葉を発すると、それまで堪えていた涙が堰《せき》を切ったように溢れ出した。そんな私を、彼は責めるどころか、腕を伸ばして優しく抱きしめる。彼の胸の中で、涙が止まらない。

私の嗚咽がチャペルの中に響き渡った。

先週ここで挙式をしたとき、彼があの頃と変わらずずっと私を思ってくれていたなんて、想像もしていなかった。あのときは彼の思いに気づかなかったから、これから仮面夫婦を演じなければならないと思っていたのに……

「……半年前、智賀子さんの家で会った時に契約結婚の話を持ち出したのは、きっと文香はああやって接点を持たなければ俺とは一生関わりを持たないと思ったから。四年前、俺が文香に連絡を取らなかったから、中野の嘘の話を信じて俺が文香を弄《もてあそ》んだと思ってるだろう、きっと許してくれないと思った。もし仮に素直に話をしたとしても、聞く耳を持ってくれなかっただろうし、ああでもしないと、史那には一生会えないんじゃないかと思ったんだ」

私の涙が落ち着いた頃を見計らい、彼が再び言葉を発した。私はポケットからハンカチを取り出すと、涙を拭う。化粧が取れて、ひどい顔になっているだろう。

マスカラはウォータープルーフのものを使っていると長田さんが話していたので、パンダ状態にはなってないはずだけど、沖縄の一夜のように、化粧崩れした私の顔を見られたくない。ハンカチで拭った涙も、用心して軽くポンポンと瞼に当てたから、きっと大丈夫だろう。

「これだけは確認させてほしいんだけど……文香もあの頃と気持ちは変わってない？ 俺のことを好きで間違いないか？」

彼の問いに、大きく頷いた。

「雅人さんが、好きです」

泣いた後の鼻声は、全然可愛くない。そんな私を彼はギュッと抱き締める。

お互いの気持ちを確かめ合った瞬間、スマホのバイブレーションの振動音が聞こえた。

「ありがとう……本当にありがとう」

どうやら私のバッグの中から聞こえる。断続的に響く音は、それが電話の着信であることを知らせた。

「電話、出たほうがいい」

彼の抱擁が解け、私は隣の席に置いていた自分のバッグの中からスマホを取り出した。

今日のセレモニー前に電源は落とさずに音だけ切っていたので、バイブレーション機能が働いたのだ。液晶画面には、見知らぬ番号が表示されている。心当たりのない番号だけに、通話ボタンを押す指は躊躇うけれど、いざとなれば彼に代わってもらえばいいか。

私の気持ちが通じたのか、彼も頷いているので、私は通話ボタンを押した。

「もしもし……」

『もしもし、文香さん？　遥佳です』

突然の義姉からの電話に驚きを隠せない。それになぜ、私の番号を知ってるのだろう。

「あ、はい。文香です」

『びっくりさせてごめんなさい。前もって雅人さんから番号を聞いていたの。よかったら後でこの番号登録しておいてね。今、そこに雅人さんと一緒にいるの？』

義姉の声に我に返った。私たちはセレモニー途中で抜け出したんだった。

あれからどれくらい時間が経った……？

『セレモニーは大丈夫よ。無事に終わったし、マスコミには社長と会長から、新婚ホヤホヤなのに仕事に忙殺されてなかなか一緒にいる時間がないからそっとしてやってくれって言ってあるし。今後はあなたたち一家がマスコミの目に晒されることがないように、お祖父《じい》さまにも根回しもしてるからね』

義姉の新婚ホヤホヤと言う言葉に、思わず顔から火が噴き出すように顔が熱くなった。

『それはさておき、理玖と史那ちゃん寝ちゃったんだけど、連れて帰るにも移動が大変でしょう？　どうやら雅人さんが前もってここのお部屋を取ってるみたいだから、そっちのお部屋に連れて行ってくれるかしら？』

スピーカーから漏れた義姉の声は彼にも聞こえている。

彼が私のスマホを取ると、義姉に話をした。

「お義姉《ねえ》さん、今日は史那がお世話になりました。お祖父《じい》様……木村元大臣への根回しもありがとうございます。今からそちらへ迎えに行きます」

通話を終了させると、スマホを私に返して、再び口を開いた。

「続きは場所を変えよう。部屋を用意してある」

私が頷くと、彼は私の手を取り立ち上がった。

チャペルを後にして再びエレベーターに乗り込み、明るい場所で彼を見ると、彼の表情は四年前のあの日のように熱を帯びていた。


三階に戻ると、まだパーティーは続いているようだ。

私たちは足早に控室へ向かい、義姉から眠っている史那を引き取った。

「理玖と意気投合したみたいで、二人仲良く遊んでいたのよ。二人とも年が近いし一緒に遊ぶのが楽しかったみたい。よかったらまた一緒に遊んでね。理玖もいつも以上にはしゃいじゃって、遊び疲れて一緒に寝ちゃったの」

義姉の視線の先を追ってみると、二人仲良く手を繋いで並んで眠っている。

義姉にお礼を言って史那を抱っこしようとすると、彼がそれを制して自分が史那を抱っこした。

私は自分の着てきた服や荷物をまとめると、彼の後に続く。そしてまたエレベーターに乗ると、最上階の二階下にあるフロアのボタンを押した。

チャペルの下のフロアには、ラウンジがあるのだそうだ。

エレベーターが目的の階に到着すると、恐らくスイートルームのあるフロアなのだろう、通常の客室フロアに比べて廊下にはドアがほとんどない。やはり彼はセレブな世界の住人であり、私と感覚が違うんだろうなと、漠然と思った。

彼がその数少ない部屋のドアを開けて中に入ると、私も後に続いた。

彼は一番奥にあるベッドルームに史那を連れて行き、その広いベッドの上にそっと寝かせると、寝顔を見て優しく微笑んでいる。

やっぱり親子だな、表情がよく似ている。今朝も思ったけれど、今こうして改めて見ると、今まで一緒に過ごしていなかったのが不思議に思えてしまう。

私も荷物を部屋の隅に置き、そっと寝室を出ると、リビングスペースに設置してあるソファーに座って彼が出てくるのを待った。

彼も少しして寝室から出てきた。そのままこちらにやって来て、なぜか私の隣に座った。ソファーはL字に設置されており、私が座っている方が短いのだ。なぜ広い方に座らないのだろう。彼は並んで座ると、ふと思い出したかのように私に質問した。

「文香、夕飯食べてないんじゃないか？　そう言えば支度のときに用意していたものを摘んでなかったぞ」

私の支度に思いの外時間がかかり、ヘアメイクが仕上がったら軽く摘むつもりだったところ、義姉や彼が来たのだ。小腹を満たす時間があの時どこにあったのか、私が聞きたい。

私の視線で察したのだろう。

「……って、控室にみんなで押し寄せたら食べる暇なんてないよな、あの後すぐに部屋も移動したし。ごめん。控室に用意していた軽食はこの部屋に運んであるから、一緒に食べよう」

そう言って私を隣の部屋に誘導した。いつもより遅い時間だけど、彼の心配りを無碍にしたくないので、私はそれらを一緒に食べることにした。いつの間にか二十一時を回っている。用意されていたのはサンドウィッチにサラダ、一口サイズにカットされていた果物たちだ。

軽く摘む程度なら大丈夫だろうか。

彼は私の支度中に史那と一緒に夕飯を食べているはずだ。

「ようやく一緒になれて、これから家族一緒に過ごすってときに、中野が最後の最後に嫌がらせをしてすまなかった。とりあえず先に腹を満たしてから話をしよう」

彼はそう言って、紅茶を淹れてくれた。

彼が再び私の隣に座ると、ポツリポツリと重い口を開いた。

「聞いてるとは思うけど、中野は親同士が昔からの知り合いで、いわゆる幼馴染なんだ。中野のことは小さい頃から知ってるけど、妹みたいな存在で恋愛対象にもならないから、何とも思ってなくて。中野の実家は中野興産といって、あいつ、ああ見えて土地開発会社の社長令嬢なんだ」

たしかにあのとき、彼女が私に会いにきたときも同じようなことを言っていた。

私は頷いて、彼の話の続きを促した。

「何度も言うけど、本当に俺は中野のことは何とも思ってないし、ああやって自己中心的な振る舞いをしていて、むしろ迷惑な存在だった」

彼の中野さんに対する態度を見ていると、これは本音だろう。普通、秘書ならもう少し機転の利く立ち回りをするはずだ。中野さんとは今日を含めて二回しか会って話をしたことがないけれど、すんなりと頷けるあたり、ある意味すごい人だ。

「中野が文香に会いに行ったとき、俺と別れなかったら何をするかわからないって脅しをかけていたそうだな」

あの日のことを思い出すと、今でも胸が張り裂けそうになる。私の表情が曇っているのを察した彼は、私の肩をそっと抱き寄せた。肩越しに彼のぬくもりが伝わり、それだけでホッとする。

「中野は本当に思い詰めたら何をしていたかわからないから、あのときの文香の判断は正しかったんだ。もしあのとき、文香が彼女の前から姿を消さなかったら、中野は文香に執着していたと思うし、その後に文香が妊娠していたことに気づかれていたら……」

彼の言葉から、何を言おうとしたかは理解した。口に出すのも恐ろしいから私も黙っていたけれど、中野さんの彼に対する感情は、もはや愛情というよりも執着と言っていいだろう。

「だから俺は、あのとき中野に悟られることなく、史那を守り通してくれた文香には、この先も頭が上がらない」

彼はそう言うと、目の前のサンドウィッチを勧めてくる。時間が経ってパンの水分が抜けてぱさぱさしているけれど、食べずに廃棄するのはもったいない。今日だけは時間を気にすることをやめて食事をとることにした。

彼が取り皿に、食べやすい量を取り分けてくれたので、それに手を伸ばす。空きっ腹にたまごサンドの味が沁み渡った。

安心したせいか、一口食べたらまた次が欲しくなる。彼は遠慮せずにたくさん食べるといいと言って勧めてくるので、遠慮なく次に手を伸ばした。そんな私をニコニコしながら見つめる彼も、一緒にサンドウィッチを摘み、そして合間にまた話をする。

「だから俺も、表立って文香を探すことはせず、興信所を使って足取りを辿ることにしたんだ。興信所からの報告も、全て俺個人のメールアドレスに届くようにした。他のメールに紛れてしまわないように、興信所からの報告を受けるためだけのアドレスを作ったんだ」

そう言うとジャケットからスマホを取り出すと、メールフォルダを開きそれを私に見せる。そこには『定例報告』というタイトルの、四年分のメールが蓄積されていた。

「文香がコールセンターに転勤になってから、月に一度ある興信所からの報告を見て、文香とお腹の赤ちゃんの成長を知るのが楽しみだった。出産してからは、実家に戻ってしまってしばらく外に出ることもなかっただろう？　だから報告も一時的に滞っていたけど、文香が史那を連れて散歩に出ている写真を見たときには、不覚にも涙が止まらなかったよ」

そのメールを開きながら、添付されている写真を私に見せてくれた。そこには、大きなお腹でクリニックから出てきた私の姿が写された写真がある。他にも、産後のお宮参りの写真など、視線がカメラに向いていない、隠し撮りだと一目でわかる写真だらけだった。

興信所を使っていたなんて、こんなにもたくさん隠し撮りをされていたなんて全然気がつかなかった。もう少し危機管理能力を働かせなければと改めて思い知らされるが、離れてからもこうして彼が見守っていてくれていたことに言葉が見つからない。

「文香たちのことは、これからもずっと陰から見守っていくつもりだった。決して文香の前に姿を現さず、ずっと俺も独身を貫くつもりだった。でも……」

そこまで話すと、彼は紅茶の入ったティーカップに手を伸ばし、紅茶を一気に飲み干した。そしてソーサーの上にカップを戻すと、私のほうに身体を向ける。畏《かしこ》まった態度に私も居住まいを正し、彼のほうに身体を向けた。

「沢井の会社で派遣で働き始めたと知って、気が気じゃなかった。シングルマザーとはいえ、文香は独身だ。しかも史那を出産してからますます綺麗になって、絶対世の中の男たちは文香のことを放っておかない。もしかしたら誰かに文香を取られてしまうと思ったら……いても立ってもいられなかった」

意外な言葉に私は目を丸くする。……コノヒトナニイッテルノ？　私の表情が物語っているのにそれに触れることなく彼の言葉は続く。

「俺とサワイの専務は、同じく親の会社の役員って立場で境遇が似てることもあって、以前から交流があったんだ。興信所からの定例報告よりも前に、沢井から君が智賀子さんと交流があることを聞いていて、派遣で働くことになったと報告を受けてから、ずっと気が気じゃなかった」

なんだか、彼は私のことを買いかぶりすぎているような気がする。私は彼が思うような素敵な女性なんかではないのに。

口を挟むことが難しい空気なので、その後に続く彼の言葉を待つ。

「沢井も愛妻家で有名なんだけど、取引先との会合の後で一緒に酒を飲む機会があったとき、智賀子さんから送られてきた画像に偶然文香が一緒に写っていて、二人がママ友だと知って、そこからも話を聞かせてもらったよ。俺とのことは誰にも話してなかったんだってことも、本当に一人で史那を育てていく覚悟をしていたことも」

彼の言葉に私は頷いた。史那のことは、彼に知らせずに一人で、いや、私の両親と三人で立派に育て上げるつもりだった。父親がいないことについてはどうにもならないけれど、彼以上に愛せる人なんて現れないと思っていたから、私が彼の分も愛情を注いで史那に寂しい思いをさせないように頑張ろうと決意していた。

そんな私の覚悟を察しながらも、彼が姿を現わそうと決めたのは、やはり黒川くんの存在を知ってしまったからだった。

「興信所からの報告に、営業の黒川という男が文香にちょっかいを出していると記載されているのを見て、頭に血が上《のぼ》ったよ。ついに恐れていたことが現実化するのかと思ったら……でも、俺が突然文香の前に姿を現したとしても、また四年前のように文香は姿を消してしまうかもしれない。だから、俺も慎重に行動に移さなければと思った」

たしかに彼が言うように、何の前触れもなく突然彼が私の目の前に現れていたら、私は史那を連れて消息を絶つくらいの行動を起こすだろう。

「あの……そのことで……ちょっと言いにくいんですけど……黒川くんに、私がシングルマザーだと知った上で告白されました」

この場でこの話題を切り出すには勇気がいるけれど、多分この機会を逃したら、なかなか言うタイミングがなさそうだと思った私は、思い切って話を切り出した。案の定、嫉妬から彼の目つきが鋭く変わる。

「もちろんきちんとお断りしました。雅人さんの名前も出しているし、何よりも沢井専務とも懇意な間柄であることも話しているから、これ以上のことは何もないと思いますが、一応ご報告だけしておきますね」

私の言葉を最後まで聞いて、彼は安堵の溜息を吐く。私に対して独占欲丸出しになる彼の表情を垣間見ることができただけでも嬉しく思う。でも彼は、この後もっと独占欲丸出しな発言をして、私と史那への愛情をこれでもかといわんばかりに披露してくれる。

「だから文香を誰にも取られないようにするには、文香が俺から逃げられないようにするにはどうすればいいか、色々と考えた。文香だけでなく、史那にも、父親として認められるにはどうすればいいか……文香が俺のことを史那にも話していないだろうと思ったら、とても切なかった。だからあの日、自分のことを父親だと名乗れなかったのは、本当に辛かった」

智賀子さんの家で再会した日、彼は初対面の史那に自分が父親だと名乗れなかったことを悔やんでいる。だからこそ、『おじちゃんが史那ちゃんの父親になってもいいだろうか』と、史那に判断を委ねたのだ。父親のいない史那の前で、さもいい人を装って史那に取り入るのは、やり方が卑怯だったと彼にも自覚があるだろう。

「史那が俺に向かって満面の笑みを見せてくれたとき、この笑顔をずっと守りたいと思った。そして、文香にも四年前に見たあの笑顔を取り戻したいと思った。昨日、一緒に生活を始めるまでに仕事も片づけて、家族水入らずでゆっくりと過ごすつもりだったのに……本当にすまなかった」

昨日のことを気にしてくれている。彼のスケジュールを管理しているのは中野さんだけなのだろうか。そもそも、彼女を彼専属の秘書から外さないのはなぜだろう。

「中野さんは……雅人さん専属の秘書、なんですか……？」

口に出して聞くつもりはなかったけれど、つい言葉が口からこぼれ落ちる。これじゃまるで嫉妬の塊だ。何だか自分の彼に対する独占欲丸出しの発言に恥ずかしさを感じながらも、そんな私の手を彼は優しく握りしめると言葉を続ける。

「違う！　もともと秘書課には人間はたくさんいるんだけど、中野は単なるその中の一人で、あいつが高宮の会社に就職して秘書課に配属された当初から、俺専属の秘書をやらせたことなんてない。すべてあいつの虚言だ。それに俺の専属秘書は、松永《まつなが》って男性だから」

中野さんは専属秘書じゃない。そして専属秘書は男性だとの言葉を聞いて、心の底から安心する私に、彼は握りしめた手をほどくと、私の指に自分の指を絡ませる。俗に言う『恋人繋ぎ』というやつだ。初めてのことに戸惑いながら、私も彼の指が絡んだ手を握り返す。

「四年前、沖縄に中野が来たのは、会合で必要な書類を中野が故意に俺の鞄から抜き取っていて、それを届けるという口実だった。通常の仕事ではほとんど関わりがないから、ああやって業務外で接点を持とうとして、わざときっかけを作ろうとするんだ」

中野さんの必死さが伝わるものの、そのやり方には決して共感はできない。社会人としての資質を疑う行動だ。

「あの書類がないと、大変なことになるのをわかってやっている確信犯だ。これまでにも何度かそのようなことがあって、警戒はしていたんだ。あのときも厳重に注意したけれど本人はしらばっくれるし、背後に中野興産というものがあるから、みんな強く言えなかったみたいだ」

中野さんの意外な一面に、私は驚きを隠せない。見た目の儚げな雰囲気とは一転して、なかなか強《したた》かな性格も持ち合わせている。人は見かけによらないとは言うけれど、中野さんも例外ではなさそうだ。

「過去にもああやって出張先に押しかけて来ることがあって、俺も用心していたんだ。

文香とあの日バーにいたときにかかってきた電話、覚えてるか？　今だから話すけど、あれも実は中野だったんだ」

あのとき彼は、あからさまに嫌そうだったし、今の話を聞くと、あのような態度を取ったことにも納得がいく。私が頷いたことを確認すると、その後も話が続いた。

「俺があんなふうに中野からの電話を無視したから、文香も中野が接触して来たときに電話しづらかったんだと後になって思い当たったけど、それも今さらだよな……俺は文香に何度謝っても謝り切れないことをしていたんだよな」

改めて自分の行動を振り返り、自分を責める彼に、私はそうじゃないと首を横に振る。

「私こそ……あのとき雅人さんは仕事で忙しいからって変に遠慮なんてせずに、中野さんがされたみたいに冷たくあしらわれるんじゃないかって恐れずに、勇気を出して電話すればよかった。私とのことは一夜限りの関係なんだって勝手に勘違いして、もらっていた名刺も処分して、連絡先も全て消去したから……妊娠してるって気づいたときにはもう、連絡しようにもできなくって……」

会社に連絡しようと思っても、専属秘書かも知れない中野さんに知られたらと思うと、電話をすることも躊躇われた。

「中野がそう思わせるように仕向けたからだろう？　文香に非はないよ」

彼はどこまでも優しく私を気遣ってくれる。この件に関しては、全て自分が悪いと言わんばかりに私を責めない。むしろ逆に、私の言動はそうせざるを得なかったことだと肯定する。

四年前のすれ違いが、こんな結末を迎えるなんて思ってもみなかった。これから先、彼と離れ離れになるなんて考えられない。

「中野は今まで色々とやらかしてきても、親同士が知り合いってことで厳しい処分ができなかった。だけど今回は、これまでの積もりに積もった問題行動も含めて厳重な処分を本人にも通告したよ」

彼の話を聞いていて、それまで全く処分されなかったことが不思議でならない。そんな甘い対応をしているから、中野さん自身も何をやっても許されると勘違いして付け上がっていたのだろう。

「今日付で、中野は秘書課を更迭した。その上で本人が依願退職を申し出て、今月末で退職する。月曜日からは有給休暇を消化するから実質的に、今日が最後の出勤だったんだ」

その言葉に私の身体は無意識に反応する。それまでよりも強く彼の手をギュッと握りしめる。そんな私を安心させようと、彼は反対の手で私の手を包み込むように重ねる。

そしてとんでもないことを口にする。

「だからどうしても今日、中野の口から直接文香に謝らせたかったんだ。昼間の一件、実は中野にICレコーダーを持たせて、きちんと文香に謝罪したかを確認したんだ。文香もなかなか言うじゃないか」

まさかあのやり取りを彼が録音させているなんて思ってもみなかっただけに、私は顔から火が出そうなくらい恥ずかしい。しかも彼も私と同じことをしていたなんて信じられなかった。

「あの……実は私も、同じことっていうか、理不尽なことを言われたら、雅人さんに相談しようと思ってて……中野さんとのやり取りを録音してました」

恥ずかしながらも彼にそのことを報告すると、彼は一瞬目を丸くした後、お腹を抱えて笑い出す。

「ははは っ、やっぱり文香は最高だ」

「そっ……そこまで笑うことないじゃないですかっ」

ひとしきり笑ってようやく落ち着くと、目尻にうっすらと涙が浮かんでいたのをそっと拭い、そして深呼吸をすると、改めて私に向き合って口を開く。

「あの日、文香が妊娠することができたら結婚してほしいと言った言葉、少しだけ訂正させて。俺の人生に文香と史那がいないということはもう考えられないんだ。だから、もしこの先二人目を望む周囲の声が聞こえたとしても、そんなものは気にしなくていい。また黒川みたいな輩が現れるかも知れないけれど、よそ見なんてせずに俺だけを見ていてほしい」

彼の言葉に、私に頷く以外の選択肢はない。私たちには史那がいる。それだけで充分だ。それ以上を望むなんて考えもつかない。

「そんな……よそ見なんてする暇ないですよ。私はずっと……それこそ大学時代から雅人さんのことが好きだったんですから。雅人さんの側にいられるだけで……これから先、史那と三人で過ごせるなら、それだけで充分です」

本当に、彼の側にいられるだけで、それだけでいい。

私が思いを吐露すると、彼は一瞬目を見開き、次の瞬間には彼の腕の中に閉じ込められていた。彼の胸の鼓動が服越しに伝わる。彼もまた、私と同様に心臓が壊れてしまうのではないかと思うくらいに心拍数がすごいことになっている。

私は、彼の胸にそっと頭を凭れさせた。

一瞬彼は身体を強張らせたけれど、抱き締めていた腕に力を込める。私も、そんな彼の背中にそっと両手を回した。

「ありがとう……本当にありがとう。君のご両親に挨拶に行ったとき、全てを話したんだ。俺が不甲斐ないせいで、文香一人に辛い思いをさせてしまったことを、こうして一緒になるまでにこんなにも遠回りをさせてしまったことを」

あの日、途中で史那がグズって席を外したときのことだ。両親はそのときのことを、高宮さんの口から聞きなさいと言って教えてくれなかった。

「ご両親……特にお義父《とう》さんには、殴られる覚悟も、どんな罵声を受ける覚悟もしていた。ご両親にも俺のことを話せずに文香一人が全てを抱え込んで、ご両親も父親が誰かもわからないのに史那のことを大切に守り育ててくれたのだから」

彼の声が震えている。身体も震えていた。きっと一生懸命涙を堪えているのだろう。

「でもご両親はそんな俺の話を黙って聞いてくれた。その上で、言われたよ。文香のことを愛しているのなら、これからは寂しい思いをさせるなと。史那と三人で幸せになるのが文香の幸せなら、背中を押す、と……」

そのときの両親の気持ちを思うと、私は胸が詰まる。不器用な父は、私が妊娠したことを告げてシングルマザーの道を選んだとき、史那が生まれるまで私とは口をきいてくれなかった。史那が生まれてからはこれでもかというくらいに史那を溺愛して、手放すことなんてしないだろうとさえ思っていた。

「ただ、出産だけは順番が違ってしまったけど、ご両親は君を『今井文香』としてお嫁に出したいから、入籍は結婚式の日まで待ってくれと言っていたよ。俺としてはご挨拶の後、すぐにでも入籍したかったけど、それを聞いてご両親の希望に沿うことにした。俺の身勝手な行動を許してもらうんだから、そこで俺のわがままを押し通すわけにはいかないだろう」

あのとき、父はどんな思いで私に『高宮さんのことは好きか？』と聞いたのか……

　自分が史那を出産して、親になって、初めてわかる気持ちだった。だからこそ、彼も私の両親の気持ちを最優先にしてくれたのだと今ならわかる。

「今までの俺の言葉足らずな言動で、文香をどれだけ不安にさせていたかも反省した。これからは、しつこいくらいに自分の気持ちを口に、態度に出して、文香に伝えるから。史那のことも、離れていたことなんて忘れさせるくらいに愛情を注いで、これまでみたいな寂しい思いはさせない。だからこれから先の人生を、俺と一緒に歩んでほしい」

　今日何度目の甘い言葉だろう。これこそICレコーダーで録音したいと思ったけれど、彼は有言実行の人だ、きっと自分の気持ちをこれからはきちんと口に出してくれるだろう。

「さあ、お喋りはこのくらいにしよう。もう、ずっと文香に触れたくて堪らない」

　彼はそう言いながら私の抱擁を解《ほど》く。釣られて私も彼の背中に回していた手を解《ほど》くと、お互いに見つめ合う。その瞳には、お互いの姿しか映っていない。

「俺は、病気の後遺症で今後も史那に弟や妹を……家族を増やすことはできないかもしれない。けど、史那が俺たちのところにやって来てくれたんだから可能性はゼロではない。これからも避妊するつもりはないけどいい？」

　私の顔を覗き込みながら、彼が私に問いかける。そんなの、どうでもいい。薄い膜越しではなく、彼を直に感じることができるのだ。子どもを授かるのだって、これは本当に奇跡としか言いようがないし、そんなことは気にする必要すらない。だって、こうして私たちは晴れて夫婦になったのだから。契約結婚でも、仮面夫婦でもない。

私は笑顔で頷いた。その直後、私は彼に押し倒されていた。

「え……こ、ここでするの……？」

まさかこの場でするとは思わなかった私は、驚きのあまり声が裏返ってしまい、身体も強張ってしまった。隣の部屋では史那が眠っている。理玖くんと遊んでいて寝落ちしたとのことだったので、着替えさせてもいないし、ましてやお風呂にも入れていない。遊んでいたときにどのくらい水分を摂取していたかを義姉に確認をしていなかったために、夜中にトイレに起きないかも気になるところだ。史那に気を取られていることに気づいた彼は、私の上から身を起こすと私の腕を取り、身体を起こすのを手伝った。

「ごめん、がっつきすぎた。今日は理玖と控室ではしゃいでいたし、多分朝まで熟睡するんじゃないかな。……それよりも文香は化粧落としたいんじゃないか？　四年前のあの日、化粧を落とさずにいたから、朝大変だっただろう？」

彼はあの夜のことをしっかりと覚えていたようだ。あの頃から年齢も重ねている分、化粧を落とさずにいると肌に負担がかかるのは必然だ。化粧を落としたいけれど、今日はプロのメイクさんに完璧なメイクを施してもらっているだけに、今の顔は素顔とのギャップが半端じゃない。

「そうだ、一緒にお風呂に入ろう。夫婦なんだから、文香のことは、身体の隅々まで全部知っておきたい」

返事ができずに黙っていた私に、彼は突拍子もない提案をする。

「え、ええっ……？　い、一緒に、ですか？」

私の反応に、さも当たり前だとドヤ顔で彼が反応する。

「だって俺たちは夫婦なんだ、妻の身体の全てを把握しておかないと。それに、昨日家の風呂場を見てくれたと思うけど、浴槽も大きかっただろう？　あの広さのを探すの大変だったんだからな。これからは時間が許す限り、一緒にお風呂に入るぞ」

彼の言葉で、私は全てを察してしまった。彼は、バスルームを見てあのマンションを新居に決めたのだと。職場が近いとか、最上階で景観がいい、なんてことは最初から考えていないのだと。

「もし、私が嫌だって言ったらどうするんですか……？」

「んー、その時は、史那を使って泣き落とし、かな」

彼は冗談めかして話すものの、目が真剣だ。きっとこれは冗談ではなく、本当に私が拒否したら、史那を使って意地でも一緒にお風呂に入ろうとするに違いない。そう思うと、なんだかおかしくて笑いが込み上げてくる。

「私の裸を見て、幻滅しないでくださいね」

あれから四年の月日が流れている。私も史那を出産して、あの頃より身体のラインも崩れていることを自覚しているだけに、裸を見られることに抵抗があった。

「幻滅なんてとんでもない。文香は文香なんだから」

彼はそう言って私の唇に触れるくらいの軽いキスをすると、私の手を取ってバスルームへと向かった。

浴槽には、驚くことに色とりどりの薔薇の花びらがたくさん浮かんでいる。これがいわゆる薔薇風呂というものなのだと気づくのに、少しだけ時間を要した。これは一体、いつの間に……

驚く私の顔を見て、彼は嬉しそうに微笑んだ。

「まだ新婚旅行も行けてないし、新婚らしいことは何一つできていないから、せめてこれくらいはしてもいいだろう。部屋を予約したときに、スタッフに頼んでおいたんだ」

そういえば室内の花瓶にも、たくさんの薔薇の花が活けられている。まさかこのために薔薇の花を大量に用意したのだろうか。

スイートルームに薔薇風呂だなんて、何とも贅沢だ。初めてのことに動揺して私はすでに挙動不審になっているのに、彼は平然としている。

「ホテルの視察でいろんなところに宿泊して、いいものは取り入れることにしてるんだ。これからは文香も出張に同行してもらって、文香の意見も聞きたいな」

呆気に取られている間に、彼は私の背後に回ると着用していたドレスのファスナーに手をかけて、そっとそれを下ろした。途端にデコルテラインが露わになり、ドレスは床に落とされる。ドレスにブラのカップもついたタイプのものだったから、上半身にブラジャーは着用しておらず、私の胸が露わになった。正面の鏡にその姿が映り、私は思わず両手で胸を覆い隠そうとしたが、それは彼の手によって阻まれる。

「綺麗な姿を隠さないで」

パウダールームは明るい照明で照らされている。そんな中で彼に裸を見られるなんて恥ずかしすぎる。

「だって……出産してから身体のラインが崩れてるし……」

「それは史那を命懸けで産んでくれたからだろう？　そもそも文香は太ってないし、肉付きがいいほうが抱き心地もいい。四年間、ずっと文香に触れられなくて気が変になりそうだ。今ももう、ここで抱きたくて堪らなくて、でも我慢してるんだから」

そう言うと、彼は私の手を取って自身の昂《たかぶ》りをわからせるためにそこへ手を添えさせた。驚くくらいにそこは膨張して硬くなっている。

「文香に触れてるだけでこんなになってるんだから、問題ない。ほら、下も脱いで。自分で脱がないなら、俺が手伝おうか？」

咄嗟に羞恥心が働いて、私は自らストッキングを脱いだ。その姿を見て、彼もジャケットを脱ぐとネクタイを外し、ワイシャツのボタンに手をかけ、あっという間に上半身を露わにした。その早業に思わず見とれて自分の手が止まる。

「ほら、早く脱がないと、俺が手伝うことになるぞ?」

彼の言葉に、私は視線を手元に戻すと、脱ぎ散らかした衣類をかき集めるためその場にしゃがみ込んだ。

お互いの衣類を備え付けの籠の中に入れ、一緒にバスルームへと移動する。バスルームの照明も、当たり前のことながら煌々と室内を照らしている。一人ならまだしも、さすがにこれは恥ずかしい。

「照明って、これ以上は落とせません……よ、ね……」

最後の悪あがきで、ダメもとで聞いてみると、彼はしょうがないなと溜息を吐きながら照明を落とした。途端にキャンドルライトのような仄暗《ほのぐら》い、本当に炎が揺らめいているような光に変わった。

「わあ……すごい、本当のキャンドルみたい……」

薄暗いバスルームに目がまだ慣れなくて、パウダールームの照明で彼のシルエットが逆光になる。

「これならいい?」

彼の問いに頷くと、彼も満更でもない様子だ。

「これはこれで……ありかもな」

彼が独り言《ご》ちる。そして、暗がりの中でも彼の視線だけはしっかりと感じ、私は顔が赤らんでいる。

「明るいところだと文香の身体がはっきりと見えるけど、こうやって薄暗い中で見ると、陰影がはっきりと出るから、なんかこう、余計にそそられる……」

そう言われてみれば、薄暗いせいか、彼の場合はパウダールームの照明の逆光もあって、彼の身体の陰影がはっきりとわかる。筋肉の盛り上がりと、それの影が、彼の身体をはっきりと浮き上がらせて見せる。

「もうっ、恥ずかしいから見ないでくださいっ」

私はシャワーの栓をひねり、お湯を出す。最初は水温が低いので、適温になるまで反対側の手にお湯をかけ、お湯が出始めると身体を洗い流した。彼にシャワーヘッドを渡すと、彼も私に続いて全身にシャワーを浴びる。そしてボディソープとタオルを手にすると、私をバスチェアに座らせた。

「俺は先に身体を洗うから、その間に文香は化粧を落とすといい」

私は彼に言われるがまま、先にタオルで手の水分を拭き取ると、化粧を落とすためにクレンジングオイルを手に取った。マスカラも丁寧に塗られてアイメイクまでしっかりと施されており、一度で綺麗に落としきれなくて、再度クレンジングオイルで時間をかけて化粧を落としている間に、どうやら彼は全身を綺麗に洗い終えたようだ。

「文香の身体を洗おうか」

彼はそう言うと、先ほど使ったボディソープとタオルを使って私の背中を洗い始める。きめ細かな泡で、優しく背中を洗ってくれる彼の手が、気がつけば背後から私の双方の胸に伸びている。そして、膝立ちで私の背後にいた彼の身体が密着して、彼の熱が背中越しに伝わる。

「あ、あのっ、これってどう考えても、身体を洗ってるって言わないですよっ」

泡まみれになった彼の手は、私の胸を背後から揉み始めた。彼の指が私の乳首に触れるだけで、私の身体が敏感に反応する。バスルームで喋ると、思いの外声が響くのは、たった今、彼に注意をしたことで確認済みだ。こんなところであられもない声をあげると恥ずかしい。

「いや、洗ってるよ。それに、文香の身体のことは、きちんと把握しておきたいんだ」

そう言いながらも彼の手つきは段々といやらしくなっていく。指先で、私の胸を弄《いじく》りながら、唐突に彼が私に質問した。

「史那は母乳がメインだったのか？」

いつの間にか彼の両手が私の乳房を包んでいる。質問の意図がわからないけれど、聞かれたことには答えなければ。

「生まれたての頃は、思うように母乳が出なくて……ミルクと混合だったんですけど、離乳食を始める頃には母乳で間に合うようになりました」

私の返事に、彼は私の身体を這うように手を沿わせていく。

「母親……って体型してないよな。あの頃と全然変わらない。本当に史那がこのお腹の中にいたのか？　興信所の写真を見てなければ、妊婦姿が全然想像つかないんだけど」

私の背後にいる彼の表情は見えないけれど、お世辞を言っているようには思えなかった。彼の手は、私の下腹部、ちょうど子宮がある位置に触れている。

「はい、このお腹の中に、史那はいましたよ。それに……やっぱり出産して体型も変わりました。胸も垂れてきたし、腕だって逞しくなったし、お腹は妊娠線が出ちゃったし……」

史那を妊娠中、気をつけてボディクリームを塗って予防はしていたものの、私の目から見えない下腹部から脚のつけ根にかけて、気がつけば肉割れしていたのだ。当時はショックだったけれど、史那を無事に出産した証拠だと開き直った。

彼は、私の言葉を聞きながら、私のお腹をそっと撫でた。ここに史那がいたのだと確認するかのように、その手つきはとても優しい。

「妊婦時代や産後の文香が全然想像つかないな……そろそろ俺の我慢も限界なんだけど。ここも、綺麗に洗わなきゃな」

彼の手が更に下に伸びていくと、私の大切な場所へと触れる。いつの間にか私の秘めたる場所は濡れそぼっていて、それを悟られるのが恥ずかしい私は、身体を捻《ひね》って彼のほうに振り向いた。そこに仄暗《ほのぐら》い照明の中でも熱を帯びた表情の彼がいる。

目を閉じると、彼は私の唇にキスをした。柔らかい唇の感触に、息をするのを忘れてしまいそうになる。ようやく口を開くと、そこから彼の舌が挿し入れられた。あまりの気持ちよさに、私はバランスを崩して後ろに倒れ込みそうになると、彼は片手で私の蜜口付近に触れたまま、反対側の胸を触っていた手に力を込める。

「文香、もう、ここがトロトロになってる」

あそこがどうしようもなく濡れていることを、ついに彼に気づかれてしまった。あの日以来、誰にもこのように肌を触れさせたことがないのに、こんなに淫らな身体になってしまっているなんて……自分の身体の反応が信じられなかった。

「いっ……言わない、で……」

恥ずかしさのあまり、泣きそうになる。私の声が、涙声になっていることにいち早く気づいた彼は、背後から前に回り込み、私の正面に膝立ちのまま私の顔を覗き込んだ。

「どうして？　俺を受け入れやすくなってるんだぞ？　濡れないと文香が痛い思いをするんだから、いいことなんだよ」

私の身体の変化を否定しない彼の優しさに、余計に泣けてくる。

「だって、私、四年前のあの日から、こういうことしてなくて……今日で二回目なのに……こんなにぐずぐずになってて恥ずかしい……」

私の言葉に、彼は一瞬目を丸くしたが、嬉しそうに微笑んだ。

「俺も一緒だよ。あの日文香を抱いてから、誰とも付き合ってないし、ずっと文香のことを考えていたんだ。こうして文香を抱ける日が来るのをずっと夢見ていた。だから文香の身体が俺を受け入れてくれるように濡れてててすごく嬉しい」

そう言うと、正面からキスをする。

「涙を拭いたいけど、今、俺の手は泡だらけだから、先に全部洗っちゃおうか」

キスのあと彼はそう言って、手早く私の身体を洗い、その流れで私の髪の毛も一緒に洗ってくれた。ぎこちない手つきに、こういったことに慣れていないと感じ少し安心する。彼の過去に嫉妬するわけではないけれど、少なくとも、このようなことをさせた女性はいないに違いない。

髪も洗い終えて身体を流すと、薔薇の花びらがたくさん浮かんでいる浴槽へと一緒に浸かる。花びらのおかげで肌の露出が抑えられるのがありがたい反面、肌に花びらが貼りつくありさまだ。薔薇の花の匂いが浴槽から漂っている。もしかしたら、オイルも少々垂らしているのかも知れない。

彼に自分の背を預ける形で浴槽に浸かると、背後から抱き締められて、現在私の背中は、彼の胸に密着している。緊張のあまり身体に力が入るものの、彼は私の前で手を交差させるとギュッと抱き締めた。

「四年前と、変わらないな」

私の耳元で囁く声に、ますます緊張が高まる。

「やっぱりこの薔薇風呂って、花びらが邪魔だな。文香の肌が全然見えない」

「いえ、私はとても気に入ってます」

花びらが肌の露出を隠してくれるから私としては大助かりだけど、彼は不本意のようだ。

「だってこれ、肌に貼りつくぞ。後で綺麗に洗い流さないと」

「ですね。でもこんな非日常な体験ってなかなかできませんから……」

私の言葉に、一応は納得してくれたようだ。さっきから私のお尻に彼のものが当たっている。彼は全く恥じらいもなく私に密着して、それを主張している。

「まあ、たしかにそうだな。早く仕事を片づけて、新婚旅行にも行かなきゃな。文香はどこに行きたい？」

薔薇の花びらの水面下で、彼は相変わらず私の胸を触っている。乳首を摘み、指先でそれを弾《はじ》く。そんなことをされたら、話に集中できなくなる。

「史那が喜んでくれる場所なら、どこでもいい……で、す……んんっ……、あん……」

「そうだな、史那も一緒に旅行に行かなきゃな。新婚旅行と家族旅行が同時に楽しめるなんて最高だな、文香、ありがとう」

彼は耳元で囁くと、耳を甘噛みしながら唇を首筋に這わせていく。もちろん胸を触る手と同時進行だからたまったものじゃない。

「まさ……と、さん……、はあ……あ、ああ……んんっ」

もっと触れてほしくて、私は彼の手を握ると下半身へと導く。自分からこんな大胆な行動に出るとは思わなかった。本能に従って、彼にもっと触れてもらおうと夢中だった。さっきまでの羞恥心はどこに行ったと言われても反論できない。

「文香……続きは出てからしよう。このままだと文香がのぼせてしまう」

彼に誘導されて私たちはバスルームから出た。シャワーで花びらを綺麗に落とすと、パウダールームに用意されているバスタオルで手早く身体の水分を拭き取ると、バスローブを羽織り、髪の毛を拭く。

「このままベッドに行くぞ」

彼はそう言うと、史那が眠る部屋の反対側にあるもう一つのベッドルームへと向かった。史那が眠る部屋は、ダブルベッドが置かれている。彼が私を連れて行った部屋は、ツインベッドが置かれており、そのうちの一つのベッドに私たちは並んで腰を下ろした。

先ほどバスルームで私が明かりを落としてほしいとお願いしたこともあり、彼は足元の間接照明だけを灯すと、私に覆い被さった。バスローブの紐をほどき、私は再び生ままだ生まれたままの姿となる。彼も同じくバスローブの紐をほどくと、私の分と一緒に使っていないもう一つのベッドの上に放り投げる。その時、彼の背中の痣が目についた。四年前にも見た、あの痣。私は身体を起こすと、彼の背中のそれに触れた。

「本当に、これは夢じゃないんですね……」

「ああ、夢じゃない」

彼は力強く返事をすると、私の顔を覗き込み、唇にキスを落とした。そのキスを合図に、私は彼に身を任せた。セカンドバージンの私は、何をどうすればいいのかなんてわからない。彼は私の額《ひたい》にキスをする。わざわざチュッと音を立てながら、額《ひたい》に、瞼に、鼻筋に、頬に、そして再び唇にキスをする。深いキスはせず、次に顎にキスをする。そうして首筋へと段々と下りていく。彼が触れるところに、熱が伝わる。もっと触れてほしいと、身体が訴えている。

「もっと……キスして……」

無意識に口走った私の言葉を拾った彼は、身体中至るところにキスの雨を降らせていく。そして着衣時には見えない胸元に、思いっきり吸い付いた。いつかのようにキスマークをつけているのだとわかり、私の切ない場所がキュンと疼く。

「うん、綺麗についたな。本当は見えるところにもたくさんつけて男除けしたいところだけど、さすがに独占欲丸出しみたいだから、今日はここだけな」

きっと黒川くんのことを言っているのだろう。きちんと断ったからそんな心配は必要ないのに。

「そんなに、心配ですか……？　こんなこと、雅人さんにしかさせないのに」

「ああ。派遣の契約満了までって約束だけど、本当ならもう行かせたくない。でも文香は責任感が強いし、派遣会社との信用問題とか、職場で最後まで仕事を全うしたいとか考えているんだろう？」

彼はたった今私につけた真っ赤な印を指でなぞりながら上目遣いで私を見ている。その色気マシマシの視線に、ついほだされそうになるのをグッと堪える。

「じゃあ、この指輪を外さずにずっと着けていたら問題ないですよ。雅人さんも、外さずにいてくれますか……？」

昨日、どんな理由で指輪をしてなかったのかは知らないけれど、お互いがこうして気持ちを確かめ合ったのだから、私が指輪を外す理由はもうなくなった。職場で何か言われたら、結婚しましたでサラッと流せば、退職する本当の理由も察してもらえるし、これで黒川くんとの噂も綺麗になくなるだろう。

「うん。もう外さない。文香も特に仕事のときは、婚約指輪と重ね着けしてくれるか？」

「婚約指輪はさすがに無理ですよ。あんなに高価なものを普段使いにはできません」

結婚指輪ならまだしも、婚約指輪を普段使いにはさすがにできない。私には高価過ぎで、傷でもつけてしまった日にはきっと落ち込んでしまうからだ。

「文香の指に似合うデザインを選んだんだ。できるだけ普段から身に着けてほしいんだけど……」

一緒に指輪を選んだとき、彼が一方的にこれだと言って譲らなかったのは、下手に安いブランドのものを身に着けて、高宮の名前を汚さないためだと思っていたけれど……。まさか、私のため……？

「文香の華奢な指に似合って、尚且つ存在感をしっかりと残すものを選んだつもりだ。結婚指輪は婚約指輪と重ね着けしても違和感のないデザインを選んだつもりだけど、俺のは文香とお揃いのものなら何でもいいんだ」

そう言うと私の左手を取り、薬指にキスをした。私もそれを真似して、彼の左手を取ると、お揃いの指輪にキスをする。お互い視線が合うと、彼の顔が近づいてきた。私は瞼を閉じると、彼の唇が私の唇に触れる。先ほどの軽いキスではなく、途端に唇をこじ開ける激しいキスだった。唇を開くと、途端に彼の舌が侵入して、私の中を蹂躙《じゅうりん》していく。先ほどまでの穏やかなキスとの差に驚いて身体に力が入るものの、彼の手が私の頬を優しく撫で上げて、そのぬくもりに安心すると自然に力が抜けていく。私の口は、呑み込むことも忘れて垂れ落ちていく唾液でベトベトになっている。彼と私の唾液が混ざり合い、ドロドロだ。彼の手にそれが垂れたのだろう。彼はキスを中断させると、自身の手を舐め、そして私の頬と顎を舐め上げていく。

「文香……」

私の名前を呼びながら、再び私の身体にキスをする。先程のように首筋から段々と胸へと向かって下りていく。彼の手は私の胸を揉みながら先端部分を指で弾《はじ》き、その途端に私の身体は弓のようにしなる。そう、まるで自分から胸を突き出すような体勢になる。その先端を彼がパクっと咥えると、そこに温かい感触が伝わる。と同時に彼が舌先で飴玉を舐めるように転がしていく。ますます私の身体は敏感に反応する。

「ああんっ……、あっ……ああっ!!」

「ここ、気持ちいい? もっと気持ちよくなって」

私の胸に口をつけたまま喋るものだからくすぐったいけれど、舌先が再び私の乳首を刺激する。その刺激が気持ちいいと感じ始めるのにそう時間はかからない。彼の口が私の胸に悪戯をしている間、手がお留守になるなんてことはなく、反対側の胸を揉みながら、空いた手が私の身体を弄《いじ》っている。脇腹から太腿にかけて辿っていくかと思えば、私のお腹……下腹部を愛おしそうに撫でている。子宮のある、かつてそこに史那を宿していた場所——彼は胸元の愛撫を止めると顔を起こして視線をお腹に向ける。

「ここに……史那がいたんだな……」

労いの言葉とともに、下腹部を両手で優しく包んでくれ、その温かさに私のそこがキュンとなる。それだけで蜜口からは大量の蜜が溢れ始めている。こんなにも愛されているとわかるのに、なぜ彼は私に愛情がないだなんて思ったんだろう。再会したときの冷徹な表情と、今の蕩けそうな表情が同一人物だなんて思えないくらいギャップがすごい。

「私だけでは、到底無理でした。……両親がいてくれたから、周りの人に支えてもらったから……」

「これからは、俺もその中の一人に加えてほしい」

彼の言葉に重みを感じるのは、私と結婚するまで彼一人、蚊帳《かや》の外だったからだ。史那の父親として、しっかりこれから彼女の人生に関わろうとする姿勢を、私は嬉しく思う。

「もちろんです。これからよろしくお願いしますね、パパ」

私が発した『パパ』の言葉の破壊力はとてつもない。彼は瞳を潤ませて、今にも泣きそうだ。

「ああ、任せてくれ、ママ」

そう言うと、再び私の身体に快感を走らせる。蜜でドロドロになった私の下半身に顔を近づけると、私の花びらを掻き分けて奥にある芯を一舐めする。その瞬間、それまでの気持ちよさとは比較にならない電流が全身に走る。

「ああんっ!!」

それまで以上に身体がしなる。私の反応を見ながら、彼は敏感な部分に刺激を与えてくる。舌で舐めながら、右手の中指を私の中に挿し入れた。異物感という感覚ではないものの、でもまだ何だか変な感じだ。蜜でとろとろになっているおかげで、指はすんなりと入ったようだ。

「相変わらず狭いな……出産してるから大丈夫かと思ったけど」

彼の独り言が聞こえる。でも敏感になっている場所で呟くものだから、彼の吐息にさえも敏感に反応してしまう。

「んんっ……」

私の声に、彼が再び私の身体に刺激を与える。意識していないのに、彼の指の動きに釣られて私の腰が動いてしまう。その動きを見ながら、彼が次に私の身体のどこに触れようか思案している。

「文香はここが好き?」

そう言いながら彼は私に挿し入れている指で身体の中、ちょうど芯の裏側を触れながら、反対側の手で、先ほどまで舐めていた芯に触れると、クニクニと指で押しつぶすように触れる。表面と裏側から同時に攻められて、私の身体はおかしくなってしまいそうだ。

「ああんっ!!……ああ……あっ、あ……」

言葉にならない声が口から漏れる。私の下半身は快楽を求めて動いている。その動きに合わせて彼も緩急をつけて私の身体への刺激を続けている。このままでは指と舌の動きだけで目の前が真っ白になってしまう。でもそうなる直前に、彼は見計らったように動きを止めては私を焦らす。私の身体はもう彼が欲しくて堪らない。

「ま……雅人、さん……、……き、……きて……‼」

私の言葉を待っていたかのように、彼は指を私の中から抜くと、自らの屹立を蜜口に擦りつける。彼の指も私の蜜でベトベトになっているから、彼のものもすぐに濡れていく。そして蜜口に圧迫感を感じた瞬間、彼が私の中に押し入ってきた。四年ぶりとはいえ、やはり痛みは感じるものの初めてのときのような激痛ではない。出産を経験しているだけに、あのときの痛みに比べたら全然我慢できるし、苦ではない。

「文香、痛くないか？　大丈夫か？」

私を気遣う声に、私は顔をしかめながらも頷く。

「しばらくこのまま動かずにいたほうがいい？」

「ううん、大丈夫です。初めてのときや、出産の痛みに比べたら、全然……」

私の顔を覗き込みながら問いかける彼に、正直な気持ちを吐露すると、彼は私をギュッと抱き締めた。

「何で女性ばかり、そんな痛い思いをするんだろうな……代わってやれたらいいのに……」

「きっと……大好きな人と、結ばれたことを忘れないため……じゃない、かな」

私の言葉に、彼は一瞬固まった。けれどすぐに私を抱き締める腕に力がこもる。

「これからは、痛みじゃなく気持ちよさを思い出せるようになるよ」

その言葉を合図に、彼はゆっくりと腰を動かし始めた。

ゆるゆると動きながら、彼の両手が私の胸を弄《いじ》っている。乳首を摘んだり、指先で弾《はじ》いたり、乳房を掴んで揉みしだく。上半身と下半身、両方からの刺激は彼の言葉通り、気持ちよすぎてずっとこうしていたくなる。

「あ、ん、んんっ……っふあ……ああんっ……も、もっと……」

腕を伸ばして彼の腕を掴むと、彼はその瞬間、激しく腰を打ちつける。突然最奥に彼のものが突きつけられて、その質量で私の中は彼でいっぱいになる。隙間なんてない。ぴったりと、まるで彼の形を覚えているのか私の中は彼のもので満たされる。

「ああんっ!!」

「手加減しようと思ってたのに……あんまり煽るなよ」

彼の手が私の胸から私の両脚へと移動すると、それまで以上にぐいっと膝を割られ、腰の動きが激しくなる。彼の楔を身体の奥深くに突かれるたびに、身体中……頭のてっぺんからつま先まで電流が走るような感覚に囚われる。あまりの激しさに意識が飛んでしまいそうになるので、シーツをギュッと掴んだ。何かに掴まっていないと、どうにかなってしまいそうだった。掴んだシーツが視界に映ったかと思ったら、いつの間にかそこには彼の大きな手が重なっている。彼の手のぬくもりを感じると、シーツから手を離し、彼の手を掴むと彼も私の手を掴み、指を絡ませてほどけないようにがっちりと握りしめた。

「ヤバい……文香の中が気持ちよすぎる」

彼は眉根を寄せた。その表情に見覚えがある。四年前のあのときと同じで、今の彼は本当に余裕がなさそうだ。彼の言葉に返事をしたくても、私自身、すでに余裕なんて全くない。彼から与えられる快楽の海に溺れているのだ。今、彼を掴んでいるこの手を離したら、意識を失くしてしまいそうなくらいだ。

すでに頭が朦朧《もうろう》としている状態で、彼が私にどんなふうに愛を伝えてくれているかなんてわからない。

「文香、気持ちいい？」

彼の問いに答える余裕すらない。

「んんっ……、はあ……あっ……あ、ああんっ……」

もはや返事にすらなっていない。それでも彼は、私の中を容赦なく突いてくる。

「どこが気持ちいい？」

私の肌と彼の肌を打ちつけ合う音と、彼の抽挿で私の中から溢れる蜜の音と、言葉にならない私の嬌声が響き渡る中で、私が答えられないのをわかって質問する彼は意地悪だ。でもそんな私と同様に、彼自身ももう限界に近いのだろう。腰の動きがそれまで以上に速くなり、彼の汗が私の身体の上に滴り落ちる。

私も気持ちよすぎて目の前が真っ白になったそのときだった。

「ごめん、もう無理っ……」

彼はそう言うと、ガツンと私の最奥を突き、中で爆《は》ぜた。私の中で、それまで以上に大きくなった彼の昂《たかぶ》りが、ビクンと数回震えると同時に私の中で熱を放つ。その感覚を心地よく感じながらも私自身も大きく身体を痙攣させて、しばらくの間意識を失っていた。

気がつくと、目の前に彼の顔があった。状況が理解できなくてぼんやりとしている私に、彼がペットボトルのミネラルウォーターを差し出した。

「文香、大丈夫か？」

ペットボトルを受け取ろうと上半身を起こそうとして、先ほどまでのことを思い出した。彼は隣のベッドに放り投げたバスローブを羽織っている。かたや私はまだ裸のままだ。咄嗟に胸を手で隠そうとすると、彼がバスローブを取って私の肩にかけてくれた。

「もう全身見てるのに、今さらだろう？」

「そういう問題じゃないんです」

そう、そういう問題ではない。自分はバスローブを羽織っているくせに私だけ裸なのだ、恥ずかしいものは恥ずかしいに決まってる。手早くバスローブの前を合わせると、彼からペットボトルを受け取りその封を切る。先ほど散々啼《な》かされて、喉がカラカラだ。風呂上がりにすぐこの部屋に連れて来られて水分補給をしていなかったので、一気に半分以上飲み干すと、彼が私のペットボトルを取り、残りを飲み干した。私が手に持っているペットボトルの蓋を受け取ると、捨ててくると言って部屋から出ていった。

下半身が私の蜜と彼の放出した精でベタベタになっており、もう一度シャワーで洗い流したい。起き上がれるかと下半身に力を入れると、なんとか立ち上がれたので、彼に断りを入れて、再度バスルームへと向かった。シャワーで特に下半身を綺麗に洗い流し、備え付けてある鏡に映る自分の姿に目をやると……一体いつの間にこんなことになったのか。服で隠れる場所の至るところに、彼の独占欲の証である真っ赤な痕がつけられていた。行為の最中に全然気づかなかっただけに、今鏡を見てびっくりだ。これは史那と一緒にお風呂に入る時に、どう説明すればいいのやら……その前に、ここまですることないと注意せねば。

シャワーを終えて、さっき着用していたバスローブを羽織り、先ほどできなかったスキンケアを手早く済ませ、中途半端に生乾きの髪の毛をドライヤーで乾かしリビングルームへと戻ると、彼がアルコールを用意してくれていた。ルームサービスで、ホテルのバーから運ばせたものだろう。テーブルの上に、コースターに乗せられた、オレンジ色のカクテルが置かれていた。

「それ……」

彼と初めて会ったときに飲んだ、あのカクテルに似ている。でもまさか……

私の反応に、彼からは想像通りの言葉が返ってくる。

「四年前のカクテル、上の階のバーにお願いして再現してもらったんだ。久しぶりに飲んでみるか？　今日は興奮して眠れそうにないし、一杯だけ付き合って」

そう言ってソファーに座るように促され、私は彼の隣に腰を下ろした。彼もあの日のようにウイスキーのロックを飲んでいる。並んで座ると、彼の左手の薬指が目に留まる。私とお揃いの指輪がそこにある、それだけで何とも言えない幸福感を味わえる。こうして思いが通じ合う奇跡に、こうして彼が行動を起こしてくれたことに、全てのことに感謝の気持ちでいっぱいだ。

「そういえば、チャペルの設計の件、藤沢さんとお知り合いだったんですね」

私は疑問に思っていたことを聞いた。藤沢さんの説明だと、彼が藤沢さんが手掛けた物件を見て今回の設計を依頼したというけれど、設計者の名前がわかるものがあったのだろうか。すると、彼は絶句してしばらく無言になった。……私、何か変なことでも聞いただろうか？

目の前のウイスキーを一口含み、それを飲む彼の喉の動きを見つめていると、彼は降参と一言呟いて、意外な事実を語った。

「ドン引きせずに聞いてくれるか？　……四年前のあの日、大野可奈子さんの話が出ただろう？　文香と連絡が取れなくなってから、大学の時の伝手を頼って、大野さんに連絡を取ったんだ。その時に、ご主人の大村さんのことも知った。有名な水中カメラマンなんだな」

四年前にもたしか、可奈子と篤史さんの話はしていたから、それを覚えていたのだろう。でもどうして彼は、可奈子に連絡を取ったりしたのか。

「どうにかして文香と連絡を取りたかったんだ。文香と親しかったと聞いて、何か文香について情報が入ればと思って連絡を取ったんだけど、彼女にも妊娠のことは話してなかったんだな、俺の話を聞いて驚いていたよ」

沖縄から帰ってから、本当に色々なことがありすぎた。

可奈子に連絡を取ったのも、千葉の新居に遊びに行ったときだけで、それっきりだ。

結局あの日以降、可奈子とは会えていない。可奈子にきちんと話がしたいけれど、もう今さらだろうか……。

「それからも、大野さんとは定期的に連絡を取り合っていて、文香が転勤して落ち着いた頃に大野さんの家に遊びに行ったんだろう？　そのときに藤沢さん夫妻も一緒だったって聞いて、大野さんにお願いして藤沢さんを紹介してもらったんだ。藤沢さんって、新進気鋭の一級建築士で業界では有名人なんだよ」

　彼の口から意外な事実を知らされて、驚きを隠せない。

「藤沢さんに、チャペルの建築をお願いをしたんだ。そして、そのチャペルで文香と挙式をする。ホテルの着工までこぎつけるのには時間がかかったけど、結婚式を挙げるなら、このチャペルだと決めてたんだ。そのために文香に接触する時期も計算していた。あの黒川の存在だけが計算外だったけど……」

　彼の壮大な計画を明かされて、言葉が出なかった。そして、もう一つの種明かしを聞いて、私は心の底から驚いた。それは……

「先週の挙式のカメラマン、大村さんにお願いしてたんだけど、気づかなかった？　大村さんの助手に扮した大野さんもいたんだけど」

「え……あの場に可奈子がいたんですか……？」

　篤史さんとは四年前、挙式の日に会っただけで、それ以外では顔を合わせたことがない。あの日のカメラマン……言われてみればそうかと思うけれど、結婚式のときのタキシード姿の印象しかないだけに、同一人物だと結びつかなかった。四年前にはなかった口ひげを蓄えていて、印象がガラリと変わっていたから、カメラマンが篤史さんだっただなんて、思ってもみなかった。

家族写真の撮影の時、カメラマンが耳打ちしていた助手の女性……可奈子に雰囲気が似てると思っていたけれど、やっぱり可奈子だったんだ。

そういえば、セレモニー前に藤沢さんが話していたのは、もしかしてこのことだったの？

それよりも、可奈子には何一つ報告できていなかったのに、全てを知っていたんだ……。

そう思うと、涙が止まらない。

「大野さんには俺から事情を全て説明してあるから、文香は気に病む必要はない。報告できないことをしてしまったのは俺のせいなんだから。今度、史那も連れて、大野さんに会いに行こう」

私は涙を拭うと、笑顔で頷いた。

目の前に置かれているカクテルに手を伸ばし口に含む。アルコールはかなり少なめの飲みやすいカクテルにアレンジされている。きっとこれも、あの日以来アルコールを摂取していない私に配慮したものだろう。本当に痒いところにまで手が届く気遣いに、ますます彼のことが好きになったと伝えたら、一体どんな反応をするだろう。

でもそれはまだ、ここでは言わない。

二人で思い出話をしながらお酒を飲み、史那が眠る寝室に二人で戻ったのは、明け方が近い時間だった。

史那が目を覚ましたとき、彼女の両隣に私と彼がいる。

私たちの姿を見て、そのときどんな顔をするだろうか——

エピローグ

史那の隣に横になると、それまでの色々な緊張が弛み、彼女の穏やかな寝顔に癒されて安心したのか、微量のアルコールの酔いも手伝ってか睡魔がやってきた。

彼も史那の寝顔を見つめている。

いつの間にか私は眠ってしまい、気がつけば朝を迎えており、ベッドルームには誰もいなかった。

久しぶりに寝過ごしたと急いで起きると、リビングで史那が何やら彼に話をしている。寝室のドアはきちんと閉まっておらず、こちらから二人のやり取りが丸見えだ。

「だからね、ふみなもきのうのママみたいにヒラヒラのおようふくをきて、りくんといっしょにあそびたいの」

「うん、理玖くんと遊ぶのはわかったけど、何でヒラヒラのお洋服なんだ？」

「だってね、きのうのママ、かわいかったでしょう？　ふみなもママみたいにしたいの。パパ、ふみなはね、りくくんだいすきなの。パパはママにあげるからね」

……随分とおませな発言が飛び出している。

これは間に入ったほうがいいのだろうか、様子を伺っていると、彼は史那にとんでもないことを言い出した。

「本当に？　もう史那には返さないよ？　ママが嫌がってもママはパパのものだよ？」

「あ、やっぱりやだ、ママがいやっていったらママはふみなのもの！」

「あれ？　史那は理玖くんがいいんだろ？」

「それとこれとはちがうのー！」

朝から微笑ましい親子の会話に、涙が出そうになる。

私はバッグの中からスマホを取り出すと、そんな二人の姿を隠し撮りした。シャッター音の鳴らないカメラアプリというものは本当に便利で、私がこうして写真を撮っているなんて二人は気づいていない。

ふと私は写真フォルダの過去のデータを遡る。今の写真とあの写真を彼に送ったら、一体どんな反応を示すだろう。四年前、初めて一緒に撮影したときのあの写真と、今の隠し撮りの写真を彼の無料通話アプリに送信した。

そのときだった。ルームサービスでも頼んだのだろうか、入口からブザー音が聞こえた。

「さあ、朝ごはんが届いたから、ママを起こしに行こう」

彼の声に、史那は元気に返事をする。

私たちの仮面はすっかりと外れ、お互いがお互いを思いやれる普通の夫婦になれただろうか。

こんな何気ない幸せな日常が、どうかこれからもずっと続きますように……

書き下ろし番外編

知らなかった真実

初めての七五三は、三歳の史那と、五歳の理玖くんで二人同時にお祝いの撮影をすることとなった。

私の両親と遥佳さんのご両親を交え、大掛かりになったけれど、それはそれで楽しいひと時だった。

そして年が明け、史那の誕生日が近づいたある日、私と史那は電車に乗って、ある場所へと向かった。

「ねえママ、どこにいくの？」

雅人さんと結婚してから移動は車が主流となり、公共交通機関を利用する機会がめっきり少なくなった。そのため、今日の史那は久しぶりの電車に興奮している。

「今日はね、この前七五三の時に写真を撮ってくれた、ママのお友達のおうちに行くんだよ」

七五三の撮影は、結婚式の時に写真を撮ってくれた大村夫妻にお願いした。可奈子との交流が途絶えかけていたけれど、またこうして連絡を取るようになったのも、雅人さんのおかげだ。

大村フォトスタジオは、千葉県内にある。

電車を乗り継ぎ、もうすぐ目的地だ。

事前に到着予定時刻の連絡を入れていたので、駅まで可奈子が迎えに来てくれる予定となっている。

道中、史那はグズることもなく、終始お利口にしてくれていたので助かった。

最寄駅で下車すると、私は史那と手を繋ぎ、改札へと向かう。

昨日の時点で可奈子と落ち合うカフェの場所が送られてきており、そこへ向かうべく、スマホで駅舎案内図を見ながら移動した。

駅のコンコースを抜け、構内に併設されたガラス張りのカフェの中に、可奈子の姿がすぐに見つかった。

可奈子もガラス越しに私たちの姿を見つけると『ちょっと待ってて』と口を動かし席を立つ。

私たちを待っている間、時間潰しでコーヒーでも飲んでいたのだろう。

少しして店から外に出てきた可奈子は、満面の笑みを浮かべている。

「文香、久しぶり！　史那ちゃん、こんにちは」

私たちに手を振りながら駆け寄ってくる。

「可奈子、久しぶり」

「かなこおねえちゃん、こんにちは」

七五三の写真撮影時、可奈子は史那に自分のことを「かなこちゃん」と呼んでほしいと話していたのを覚えていたようだ。

「いやん、やっぱり史那ちゃんに『お姉ちゃん』って呼ばれると嬉しいわ」

可奈子はそう言って、史那の頭を優しく撫でた。史那も満更でもない表情を浮かべている。

そんなやり取りを眺めていると、可奈子は顔を上げて私を見つめた。

「よし、じゃあ行こうか。あっちに車停めてるんだ」

可奈子が先に立って駐車場へと誘導する。その後をついて歩いた。

私たちを乗せると、可奈子は車を走らせた。

向かった先は、自宅兼店舗の大村フォトスタジオだ。今日は定休日らしく、店舗は閉まっている。

可奈子は駐車場に車を停めると、私たちを自宅スペースへと案内してくれた。

可奈子の家を訪れるのは、二度目だ。

一度目は、可奈子が結婚してすぐの頃で、私のお腹の中に史那がいた時だから、かれこれ四年近く前のことだ。

そして今日。

可奈子たちのもとにコウノトリはまだ訪れていない。けれど、部屋の至るところには、いつの間にか幼児対策が施されている。

可奈子が用意してくれていたお菓子やおもちゃに、史那は大興奮だ。

階下にあるフォトスタジオのおもちゃをいくつか持って上がってきたと言うけれど、その種類も豊富で、いかに子ども相手の仕事が大変かが窺い知れる。

リビングで史那を遊ばせながら、私と可奈子は思い出話に花を咲かせる。

しばらくすると、来客を知らせるインターフォンが鳴った。

「あ、やっと来た」

可奈子はそう言って席を立つ。

私と史那以外にも、誰かを招いていたようだ。一体誰だろう。

私たちはリビングで可奈子が戻ってくるのを待っていると……

「文香ちゃん、久しぶり！」

可奈子と一緒に入ってきたのは、四年前、可奈子の結婚式の日に知り合った、大久保改め藤沢真奈《まな》さんだった。真奈さんは腕に、生後七ヶ月の女の子、仁美《ひとみ》ちゃんを抱いている。

「わあ、真奈さん、お久しぶりです！　遅ればせながら、ご出産おめでとうございます！」

私の声に、史那は驚いている。

ここまではしゃぐ私を見るのは初めてだからだろう、どう反応していいかわからないようだ。

「ママ、だれ……？」

史那の声に、真奈さんが史那の視線まで身体を落とす。

「はじめまして、史那ちゃん。私は、史那ちゃんのママのお友達で、藤沢真奈って言います。『まなちゃん』って呼んでね。で、この子は私の娘で、『仁美』って言います。仲良くしてくれると嬉しいな」

真奈さんはそう言うと、仁美ちゃんの顔を史那に見せた。

七ヶ月と言えば、そろそろ人見知りをする頃だ。仁美ちゃんは初めて会う私たちを警戒して真奈さんにしがみ付くけれど、年の近い史那には興味があるらしく、小さな手を史那に向かって伸ばした。

「わあ、あかちゃんだ！」

史那はそう言うと、おもちゃそっちのけで仁美ちゃんの虜《とりこ》になった。

そんな史那を、真奈さんが優しく相手してくれる。

可奈子は真奈さんの分のお茶を用意するために席を立ち、リビングには四人が残された。

「数年後には、仁美もこんなふうになるのか……。史那ちゃん、もうすぐ四歳だっけ？おしゃべりも達者ね」

真奈さんは、史那の一挙手一投足に感心している。

史那は、仁美ちゃんのお世話がしたくて堪らないようで、真奈さんの周りから離れようとしない。

真奈さんは可奈子が用意していたベビー用のサークル内に移動し、そこに仁美ちゃんを下ろすと、史那を招き入れた。

「史那ちゃん、ここで仁美と一緒に遊ぼう？」

「うん！」

仁美ちゃんは、ジョイントマットが敷かれたフロアの上に寝かされると、ごろんと寝返りを打った。

「ふみなもやるー！」

史那は仁美ちゃんの真似をして、ごろんと床に寝そべると寝返りを打つ。

そんな史那の様子を見て、仁美ちゃんも嬉しそうに笑顔を見せたかと思うと、一緒に遊ぼうとばかりに喃語《なんご》で史那に向かって声を上げる。

「あー、あー、ああー」

「あらあら、仁美、こんなに嬉しそうなお顔してる。今日は史那お姉ちゃんがいるからいいね」

真奈さんの言葉に史那も嬉しそうだ。

身近な乳児に従弟《いとこ》の蒼良くんがいるけれど、男の子と女の子ではまた違う。史那も蒼良くんの時以上に、仁美ちゃんに対し優しく接している。

キッチンから可奈子が戻ってきた。

二人のご主人同士が幼馴染とのことで、結婚してからも家族ぐるみの交流があるらしい。可奈子も広島から知人のいない千葉にやってきて心細かっただろうから、きっと真奈さんにはたくさん力になってもらったのだろう。

リビングのローテーブルの上に真奈さん用のお茶を置くと、可奈子は私と並んでソファーに腰を下ろした。

「やっぱり子どもっていいね。お世話は大変だろうけど、友達の子どもがこんなに可愛いんだから、我が子なら尚更だろうね」

可奈子の声に、私は頷いた。

「今日、ご主人は？」

私は可奈子に聞いた。今日はフォトスタジオの定休日だけど、私たちが遊びに来るから気を遣って外出されていたとしたら、何だか申し訳なく思う。そんな私の気持ちに反して、可奈子はあっけらかんと口を開く。

「彼は『雪景色が撮りたい』って言って、昨日の夜から東北方面に行ってるよ。水中写真は、今の時期だと寒くて無理だからね」

可奈子のご主人は、有名な水中カメラマンの大村篤史さんだ。私と可奈子は同じ大学で、雅人さんとは大学は違うが同じサークルに所属していた。沖縄で一夜の逢瀬の後、私と連絡がつかなくなった雅人さんの行き当たったのが可奈子で、そのご縁から私たちの結婚式のカメラマンを務めてくれたのだった。

水中撮影の仕事がない時は、こうやって篤史さんの地元の千葉でフォトスタジオを開き、合間で色々な写真の仕事を請け負っているのだという。

真奈さんのご主人は、建築業界でも名の知れた売れっ子一級建築士で、それこそ可奈子を通じたご縁で高宮グループのホテルの設計を請け負ったのだそうだ。『うちのデザインは是非とも藤沢さんにお願いしたい』と、名指しの依頼がひっきりなしで多忙なため、真奈さんはよくここに入り浸っているのだという。

そのせいで、自然とこの部屋も仁美ちゃん仕様にカスタマイズされていったと聞いて、納得がいく。

真奈さんが一人で育児に悩まないよう、そして何より可奈子も将来自分が子どもを授かった時、パニックに陥らないよう、予行練習を兼ねていると聞いて彼女らしいなと思った。

「どう？　その後、高宮さんとはうまくいってる？」

四年前、雅人さんから私の連絡先を知りたいと突然連絡が入り、それから頻繁に連絡を取り合っていたらしく、可奈子にもかなり心配をかけていた。興信所を使って私の生活などを知った雅人さんは、可奈子にもそれらを報告していたのだという。

「うん。史那のことなんて、目に入れても痛くないくらい可愛がってくれてるよ」

私の返答に、可奈子はそうじゃないでしょ？　と前置きをして口を開く。

「文香、あなたのことよ。高宮さんから聞いてない？」

言葉の意味がわからず首をかしげる私に、そっかそっかと可奈子は独り言《ご》ちた。

「結婚式を挙げて半年も経つし、あの話はもう時効よね、真奈ちゃん？」

可奈子はそう言って、ベビーサークル内にいる真奈さんへ声を掛けた。

真奈さんは一瞬、きょとんとした表情を浮かべていたけれど、ああ！　と目を輝かせる。

「うん。あれは文香ちゃんも知っておくべきことだよね？」

真奈さんはそう言うと、仁美ちゃんを抱っこした。そして立ち上がると、史那を連れてこちらへとやってくる。そうして、私たちはローテーブルの周りに集まることとなった。

史那は、テーブルの上に用意されたいちご大福へと手を伸ばす。

真奈さんは膝の上で仁美ちゃんをあやしながら口を開いた。

「半年前……、あの日私が緊急帝王切開にならなかったら、もっと早くこうして集まることができたんだろうね」

「だね。本当なら、結婚式の日に感動の再会を果たすつもりで高宮さんも段取りしていたのに」

二人の言葉に、私の手が止まる。

え……、一体どういうこと……？

私ひとり状況がわからず、可奈子と真奈さんはニヤニヤしながら会話を続ける。

「文香が結婚式を挙げたあの日にね、本当は、私たちもサプライズで登場する予定だったんだよ。だけど真奈ちゃんが緊急入院して全員集合にならないからって、高宮さんがサプライズを中止したの」

可奈子の言葉に、私は黙って頷いた。

確かにあの時、あの場に可奈子や大村さんがいたことに私は全然気付かなかったし、藤沢さんも、真奈さんが緊急入院になって参列できなかったと言っていた。

「文香と再会してから高宮さん、『文香の気持ちを無視するように結婚話を進めてきたから』って、すごく気にしていて。だから、挙式の時に私たちの再会サプライズを仕掛けていたんだけど、それも失敗しちゃって。今だから言えるけど、あの後かなりへこんでいたんだよ」

私の想像していないことを可奈子が口にする。

それに便乗するように、真奈さんが追い打ちをかける。

「そうそう！　私の入院中、高宮さんお忙しい中わざわざお見舞いに来てくれて。直接お祝いをいただいたんだけど、その時の表情が明らかに落胆していて。ああ、サプライズ失敗したんだなって察したの。私も挙式の日と出産のタイミングが重なっちゃったから申し訳ないなと思いながらも、あの顔、文香さんに見せたかったわ」

「ねー！　私も学生の頃の高宮さんしか知らないけど、あの頃は自信に満ち溢れて堂々とした人って印象だったのに、ちょっとびっくりした。あんな高宮さん、滅多にお目にかかれないよ？」

二人が口を揃えて同じことを言う。

一体どんな表情をしていたのだろう、と同時に当時の雅人さんのことを思い出す。

そういえば、ホテルでパーティーがあるまではいつだって不機嫌で、ピリピリとした空気をまとっていたような気がする……。

あの日、藤沢さんからサプライズの話もチラッと聞いたけど、雅人さんからは挙式の日のカメラマンと助手として大村夫妻がいたとしか聞かされていなかった。

藤沢さんは、真奈さんの緊急入院で挙式に参列できなかった、としか聞いていない。

「高宮さん、サプライズに失敗して。文香たちはあの日、ご両親と実家に帰ったでしょう？　あの後、私たち夫婦は高宮さんと一緒にホテルで飲んでたんだけど、『文香に申し訳ない』って落ち込んで散々だったんだよ」

可奈子の言葉に瞠目《どうもく》した。

私に申し訳ないって、どういうこと？

「知らなかったとはいえ、それまでの育児を文香一人にやらせてしまっていたこと。興信所を使って文香のことを調べたのに、何一つ手助けできなかったこと、本当はサプライズの時にそれらを謝罪したかったんだって」

可奈子の言葉を聞いて、真奈さんが口を開く。

「それを聞いて、高宮さんって不器用な人だなって思ったの。文香ちゃん、うちの旦那とパーティーの日に会ったよね？　あの時まであのホテルの設計がうちの人だったこと、知らなかったんだって？　あれも、高宮さんが文香ちゃんとの接点を一つでも増やしたいためのことだったらしいよ。うちとしては大手ホテルとお取引ができて棚ぼただったんだけど」

真奈さんの言葉に私は素直に頷いた。

そうだ。パーティーが始まる前に偶然藤沢さんと会い、ちらっと話を聞いたくらいだ。

「だいたい、何もかも文香に内緒で話を進めるからこんなことになるんだよね……」

「まあまあ、四年間の空白をどう埋めたらいいかわからず足掻《あが》いていたんだから、可愛いものよ。文香ちゃん、今はきちんと意思疎通できているんでしょう？」

二人の視線が私に集まる。こんなにも心配されていただなんて。自分でも赤面しているのがわかるくらい、顔が熱い。私は小さく頷くと、二人が「よかった」と安堵の声を上げた。

「こんなに可愛い娘と愛する妻のためにも、高宮さんはもっと素直にならなきゃね」

「今はもう、充分すぎるくらい素直なんじゃない？　文香の表情見てごらんよ」

赤面する私の表情を見て、二人は優しく微笑んでいる。

史那は一人、会話の意味がわからずきょとんとしている。口の回りに大福の粉をいっぱいつけており、私は照れを誤魔化すために、ティッシュでそれを拭った。

その後は四年の空白がなかったかのように、私たち三人は楽しいひと時を過ごした。

そして楽しい時間はあっという間に過ぎ、時計が十七時を知らせた。

史那の生活習慣を考えると、これくらいが限界だった。今から帰宅し急いで夕飯を食べさせて、お風呂に入って……と、頭の中で帰宅後のシミュレーションをする。

「さあ、そろそろおうちに帰ろうか」

私の言葉に、真奈さんも頷いた。

「駅まで送るよ」

可奈子の言葉に、私は雅人さんに『今から帰る』とメッセージを送ろうとスマホを取り出した。けれど……

「ありがとう、でも大丈夫っぽい」

そう言って、スマホの画面を可奈子と真奈さんに見せると、途端に二人も笑顔になる。

「よかったね」

二人が口を揃えてそう言うには理由がある。

雅人さんからメッセージを受信していたのだ。

『下で待ってる』

メッセージを受信したのは、ほんの数分前だ。

まさかお迎えがあると思っていなかった私は驚きを隠せない。

私たちは、また集まろうと約束して可奈子の家を後にする。

真奈さんも車で来ていたので、私たちは真奈さんを見送ると、雅人さんの車に乗り込んだ。

「パパー、ただいま！」

史那の元気いっぱいな声に、雅人さんは目を細めて「おかえり」と返事する。

史那を後部座席のジュニアシートに座らせると、私は助手席に座る。シートベルトの着用を確認した雅人さんは、静かに車を走らせた。

史那が、今日の出来事を雅人さんに話し、雅人さんがうんうんと頷いている。史那は終始「ひとみちゃんかわいかった」と、仁美ちゃんのことが気に入ったようだ。

「今日は外で食事しようか」

雅人さんの提案に、史那は大喜びだ。

車を急遽、近くのファミリーレストランに停めて、私たちは夕食をいただいた。

以前は雅人さんとファミリーレストランのイメージが結びつかなかったけれど、雅人さんも色々気を遣わなくていいと言って積極的に利用しているので、私も安心した。

食事が終わり、私たちは再び車に乗ると帰宅の途に就く。

しばらくすると、後部座席から静かな寝息が聞こえ始めた。

今日は楽しい出来事がたくさんあり、満腹になったところへ車の心地よい揺れ、当然睡魔には勝てるわけもない。

「史那、寝ちゃったみたい」

私の声に、雅人さんが口を開く。

「今日は楽しかったか?」

「ええ、まさかまたこうして可奈子たちに会えると思ってなかったから。雅人さん、ありがとう」

私が素直に感謝を伝えると、雅人さんは少し照れたようだ。表情は変わらないけれど、耳が少し赤らんでいる。

「あの二人、俺のこと何か言ってなかった？」

結婚式のサプライズで二人を呼んでいたことだろう。真奈さんの予定外の出産でサプライズは失敗に終わったけれど、四年の時を経て、当時の舞台裏を暴露されたと知れば、雅人さんはどう思うだろう。

「いいえ、本当は、真奈さんも結婚式に招待されていたってことだけしか……。ほかにも何かあったんですか？」

「いや……、ならいいんだ」

そう言って、雅人さんは運転に集中する。

きっと雅人さんは、自分の格好悪いところを私に知られたくないはずだ。それなら本人が口にするまで黙っていよう。

いつかきっと、笑い話として自分の口から語ってくれる。そんな日が来ることを信じて……

本書は、2022年7月当社より単行本として刊行されたものに、書き下ろしを加えて文庫化したものです。


この作品に対する皆様のご意見・ご感想をお待ちしております。

おハガキ・お手紙は以下の宛先にお送りください。

【宛先】

〒150-6019 東京都渋谷区恵比寿4-20-3 恵比寿ｶﾞｰﾃﾞﾝﾌﾟﾚｲｽﾀﾜｰ19F
（株）アルファポリス　書籍感想係

メールフォームでのご意見・ご感想は右のＱＲコードから、
あるいは以下のワードで検索をかけてください。

アルファポリス　書籍の感想　検索

ご感想はこちらから

エタニティ文庫

仮面夫婦《かめんふうふ》のはずが、エリート専務《せんむ》に
子《こ》どもごと溺愛《できあい》されています

小田恒子《おだつねこ》

2025年1月15日初版発行

文庫編集－熊澤菜々子・大木 瞳
編集長－倉持真理
発行者－梶本雄介
発行所－株式会社アルファポリス
〒150-6019 東京都渋谷区恵比寿4-20-3 恵比寿ｶﾞｰﾃﾞﾝﾌﾟﾚｲｽﾀﾜｰ19F
TEL 03-6277-1601（営業）　03-6277-1602（編集）
URL https://www.alphapolis.co.jp/
発売元－株式会社星雲社（共同出版社・流通責任出版社）
〒112-0005 東京都文京区水道1-3-30
TEL 03-3868-3275
装丁イラスト－カトーナオ
装丁デザイン－AFTERGLOW
（レーベルフォーマットデザイン－hive&co.,ltd.）

印刷－中央精版印刷株式会社

価格はカバーに表示されてあります。

落丁乱丁の場合はアルファポリスまでご連絡ください。

送料は小社負担でお取り替えします。


ISBN978-4-434-35125-9 C0193

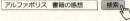